ハヤカワ・ミステリ文庫

〈HM㊹-1〉

二壜の調味料

ロード・ダンセイニ

小林　晋訳

早川書房

7885

THE LITTLE TALES OF SMETHERS AND OTHER STORIES

by

Lord Dunsany

1952

目次

二壜の調味料

二壜の調味料

The Two Bottles of Relish

スメザーズというのがわたくしの名前です。わたくしは皆さんが小男とおっしゃるような男で、商売の方もこぢんまりとやっています。肉や塩味料理にかける調味料ナムヌモの販売のために旅をしています。天下に名高い調味料と申しても過言ではございません。本当に良い品で、体に悪い酸は入ってないし、心臓に悪いなんてこともございませんから、売り込むのは簡単です。さもなければ、この道には入りませんでしたよ。ですが、いつかはもっと難しい商品も扱ってみたいと思っています。なにしろ、難しければ難しいほど、利益の方も大きいって寸法で。今では何一つ心配事もなく商売も上々です。それどころか、とても高いフラットに住んでいます。それはこういう次第で、おかげで皆さんにお話しできるというものです。それも、わたくしのような小男からは思ってもみない話で、他の人間からは聞こうったって聞けない話です。わたくし以外にこのことを知っている人間はみんな口をつぐんでいます。さて、わたくしは初めて職を得て、ロンドンで住む部屋を探していました。場所はロンドン、しかも都心でなければならなかったのです。そこで、わたくしは何軒かとても陰気な建物のある一角に足を運ぶと、そこを仕切っている男に会って、自分の希望を伝えました。フラットと呼ばれる種類のもので、寝室が一つにクロゼットが付いているだけの代物です。さて、男はちょうどその時、一人の紳士――実際にはもっと高い身分の方でしたが――を案内していたところで、彼はわたくしにはあまり注意を払いませんでした。フラットのすべてを仕切っていた男は、ということですよ。そこでわたくしは後について、いろいろな部屋を見て回り、自分に相応しい物件が紹介されるまで待っていました。わたくしたちはとても素敵なフラットにやって来ました。居間、寝室、浴室、そして玄関ホールと呼ばれる小さなスペースがありました。こうしてリンリーさんとお知り合いになれたんです。一緒に部屋を案内してもらっていた人です。

「ちょっと高いな」とリンリーさんが言ったんです。

すると、フラットを取り仕切っていた男は窓の方に向かって顔を背け、歯をせせったんです。こんな単純な仕草で人がどれほど自分の内心をさらけ出してしまうか不思議なものです。彼が言いたかったのは、こういうフラットなら何百と持ってるし、何千という人間が探しているから、誰が借りようと、みんなが探し続けようと構わないんだということです。なぜか、そのことは間違えようがありませんでした。でも、男は言葉一つしゃべるわけでもなく、ただ窓から外を眺め、歯をせせっていたのです。その時、わたくしはリンリーさんにおそるおそる話しかけたのです。「いかがでしょうか、わたくしが家賃を半分払って、共同で使うというのは？　お邪魔はしませんし、終日外出しています。おっしゃることは何でも聞きますし、猫同様お邪魔になることはありません」

そんなことをして、と驚かれたかもしれません。あの人がそれを受けたと言ったら、もっと驚かれるでしょう。少なくとも、こんな小男で、こぢんまりした商売をやっているわたくしをご存じだったら。それでもたちまち、あの人は窓の所にいる男ではなくて、わたくしの方に関心を向けました。

「しかし、寝室は一つしかありませんよ」

「あそこの小部屋なら、楽にベッドが入ります」

「玄関ホール」男が窓からこちらを振り返って、楊枝も取らずに言いました。

「それに、あなたのお好きな時間までベッドは片づけてクロゼットにしまっておきます」

彼は考え込むような表情をして、もう一人の男は窓からロンドンを眺めていました。結局、まさかと思われるかもしれませんが、わたくしの申し出を受けたんです。

「お友だちですか？」とフラットの男が尋ねました。

「まあね」というのがリンリーさんの返事です。

いや、実にありがたいことです。

どうしてこんなことをしたのかお話ししましょう。金はあるのかって？　もちろん、ございません。ですが、オクスフォード大学を卒業したばかりで、ロンドンで二、三か月暮らしてみたいとフラットの男に話していたのを耳に挟んだのです。世間のおおよそを知り、仕事を選ぶ間、あるいはひょっとするとお金に余裕がある間だけ快適に無為の生活を送りたいということがわかりました。待てよ。わたくしはここで考えました。オクスフォード流の物腰は、仕事、とりわけわたくしのような仕事にどんな価値があるだろうか？　こいつは実に大変な価値があるぞ。このリンリーさんからオクスフォード流の物腰の四分の一でも身につけたら、売り上げを倍増することができるし、そうなればもっとずっと難しい商品を扱って、たぶん儲けを三倍にすることができるだろう。いつだってその価値はあるんだ。それに、慎重にやれば、四分の一の教育をさらにその倍に見せかけることもできる。つまり、ミルトンを読んだことを示すのにサタンの地獄行き全編を引用する必要はないってことです。半行で足りるでしょう。

さて、これからお話しする話のことです。わたくしのような小男が皆さんの心胆を寒からしめるようなことなどできっこないとお思いでしょう。フラットに腰を落ち着けると、たちまちオクスフォード流の物腰のことは忘れてしまいました。この人に対する心底からの驚異の念で、そんなことは吹っ飛んでしまったんです。軽業師のように鍛え抜かれ、鳥のように敏捷な頭脳の持ち主でした。教育など必要なかったんです。教育を受けたかどうかも気づかせません。頭の中から絶えずアイディアが、誰も考えてもみなかったようなことが湧き出るのです。そればかりか他人のアイディアを、言うなれば摑み取るんです。こちらが言おうとしていたことを知っていたことが何度もありました。読心術ではなくて、いわゆる直感というやつです。仕事を終えて夜になるとナムヌモのことを頭から追いやるために少々チェスを習おうとしたことがあります。でも、どうしてもチェスの問題を解くことができませんでした。ところが彼がやって来て問題を一目見るなり、「君はたぶんあの駒を最初に動かすのでしょう」と言うので、「でも、どこへです？」と尋ねると、「ああ、あの三つの升目の一つです」との返事。そこでわたくしは答えます。「でもどこに置いても駒を取られてしまいますよ」しかもその駒はいつだってクィーンなんですよ。すると彼は「そう、その駒は何の役にも立っていないから、たぶん相手に取らせなければならないんだよ」と言うのです。

そして、驚いたことに彼の言うとおりなのでした。

ええ、あの人は他人の考えをたどっていたんです。それが彼のやっていたことなんです。さて、或る日のこと、アンジでぞっとするような殺人が起きました。覚えていらっしゃるかどうかは存じません。でも、スティーガーという男がノース・ダウンズ（イングランド南西部の低い丘陵地帯）の平屋建ての家に来て、若い娘と同棲したというので、その名前を初めて知ったのでした。

娘は二百ポンド持っていて、スティーガーが最後の一ペニーまで手に入れると、娘は完全に姿をくらましてしまったんです。そしてスコットランド・ヤードも娘の消息を摑むことはできませんでした。

さて、わたくしは偶然、新聞でスティーガーがナムヌモを二壜買ったことを読みました。アザーソープの警察は彼が娘にしたこと以外は何もかも突き止めていたのです。もちろん、わたくしはそれで興味を惹かれました。さもなければ、事件のことは二度と考えなかったことでしょうし、リンリーにも一言だって話さなかったでしょう。来る日も来る日もナムヌモを売り込んでいたので、ナムヌモのことが頭から離れませんでした。そのため事件のことも忘れませんでした。そこで或る日、わたくしはリンリーに言ったのです。「チェスの問題を見抜いたり、いろいろなことを考える才能があるのに、どうしてアザーソープ事件の謎に挑戦しないのか不思議ですよ。チェス並みの難問ですよ」

「十件の殺人事件にはチェスの一試合に含まれるほどの謎もないよ」と彼は答えました。

「スコットランド・ヤードもお手上げなんです」

「ほう?」

「すっかり打つ手なしで」

「そんなばかな」と彼は言うと、すぐその後でこう言いました。「事情を話してくれるかね?」

　二人とも夕食の席に着いていて、わたくしは新聞で読んだ事実をそのまま伝えました。娘は美しいブロンドで、小柄で、ナンシー・エルスという名前で、二百ポンド所持しており、二人はその家で五日間暮らしました。男の方はその後二週間、そこに留まっていましたが、二度と娘の生きている姿を見た者はいません。娘は南アメリカに行ったとスティーガーは言っていましたが、後で南アメリカと言った覚えはない、南アフリカだと言いました。娘が預金した銀行から一銭残らず引き出され、ほぼ同時期にスティーガーが、少なくとも百五十ポンドを入手したことが判明しました。すると、スティーガーは急に菜食主義者になり、食料はすべて青果物店から買うようになりました。菜食主義者というのが新奇な感じがしたため、アンジ村の巡査は彼に対する疑惑を抱いたのです。巡査はその後スティーガーを監視し、充分に職務を果たしたと言っていいでしょう。スコットランド・ヤードに尋ねられて、返答できなかったことは何一つなかったからです。もちろん、ただ一点を除いてですが。そして、彼は五、六マイル離れたアザーソープ署に事情を報告し、そこの署からも応援が来たのです。警察が断言できたことが一つあります。娘が失踪して以来、スティーガーは家と手入れの行き届いた庭から一歩も外へ出たことがないということです。皆さんも一人の人間を監視し続けたら、自然そうなるでしょうが、見張れば見張るほど男に対する疑惑はふくれるばかりでした。そこでまもなく、警察は男の一挙手一投足にまで注意するようになりましたが、男が菜食主義者であるという事実がなければ、疑惑は生まれず、リンリーにとっても充分な証拠はなかったでしょう。どこからともなく手に入れた百五十ポンドを除いて、彼に不利な証拠が見つかったわけではありませんでした。それに、それを発見したのはアザーソープ警察ではなくてスコットランド・ヤードでした。ですが、アンジの巡査が発見したことは唐松の木に関するもので、これにはスコットランド・ヤードも完全に降参で、ほとんど最後まで、リンリーも手も足も出ませんでした。もちろん、わたくしもお手上げでした。庭の一部に唐松が十本植わっていて、スティーガーは家の賃借契約をする前に家主と或る取り決めをして、唐松の木を勝手に処分して構わないことになっていたのです。そして、ナンシー・エルスが死亡したと目される頃から、その木を一本ずつ切り倒し始めたのです。一日三回、その作業を一週間近く続け、全部切り倒すと、それを長さ二フィート以下の薪にして、きちんと積み上げました。こんな仕事は見たことがありませんよ。でも、何のために？　一つの説は斧を持っていたことに対する口実というものです。しかし、斧よりも口実の方が大げさです。二週間かかって、毎日大変な肉体労働でしたよ。それに、ナンシー・エルスみたいな小柄な女性なら、斧を使わずとも殺して、切り刻むこともできます。もう一つの説は、死体を処分するために薪が欲しかったというものです。でも、彼は使っていません。きちんと積み重ねて放置したままです。誰もがまったくお手上げでした。

さて、以上がリンリーに話した事実です。おっとそうでした。スティーガーは大きな肉切り包丁を買っています。おかしなことをするものですよ、ああいう連中は。でも、結局はそれほどおかしなことでもありません。もしも女性をばらばらにしなければならなかったら、切り刻まなければなりません。そのためには包丁が必要です。ところが、それには否定的な証拠も幾つかありました。彼は娘を焼いていないのです。ときどき、小さなストーヴに火を入れることもありましたが、あとは料理に火を使ったくらいです。そのことは警察がかなり抜け目なく突き止めました。アンジの巡査とアザーソープからの応援がやったのです。周囲にちょっとした森があり、地元では雑木林と呼んでいますが、警察は手頃な木によじ登り、姿を見られないでほとんどあらゆる方向に流れている煙の匂いも嗅ぐことができました。ときどきそうやって、肉の焼ける匂いではなくて、ごく普通の料理だったことを確認しました。アザーソープ警察もなかなかやるじゃありませんか。もっともスティーガーを絞首刑にする役には立ちませんでしたが。それから後になって、スコットランド・ヤードの人間がやって来て、別の事実を摑みました。否定的ではありましたが、ぐっと可能性を絞ることができました。それは家の下と小さな庭の下に引いたチョークが乱れていないことでした。だから彼はナンシーが失踪して以来、外に出ていないことになります。ああ、そうでした。男は包丁の他に大きな鑢（やすり）も持っていました。ですが、鑢には骨を削ったような形跡はなく、包丁にも血痕はありませんでした。もちろん洗ったんでしょう。それもすっかりリンリーに話しました。

さて、これから先に進む前に注意しておく必要があります。わたくしは小男で、まさかそんな人間から血も凍るような恐ろしい話を聞かされるとは、たぶん思っていらっしゃらないことでしょう。でも、この男は殺人犯で、あるいは少なくとも誰かが殺人犯で、女が、それも可愛らしい小娘が殺され、それをやった男は必ずしも皆さんが予想するようなところで踏みとどまるわけではないと警告しておきます。ああいうことをやる心の持ち主であり、絞首索の長い影がちらついても一線を越える人間は何があっても踏みとどまったりはしません。殺人物語はご婦人が暖炉のそばに腰を下ろして一人で読むぶんには結構なこともあります。しかし、殺人は結構どころではありませんし、犯人がやけくそになって痕跡を隠そうとすると、一層大変なことになります。このことを念頭に置いてください。いいですか、警告しましたよ。

そこでわたくしはリンリーに言いました。「で、どうお考えになります？」

「排水管は？」

「いいえ、それは違いますね。スコットランド・ヤードが調べました。それに、その前にはアザーソープ警察の連中も。排水管の中を調べたところ、お粗末な物で、細い管が庭の外の汚水だめに繋がっていました。それから先は何も流れていません。もちろん、流れてはならない物はということですよ」

彼は他にも一つ二つ提案しましたが、いずれもスコットランド・ヤードがすでに試した後でした。こんな言い方を許していただけるなら、ここがこの物語の何ともぱっとしない点なのです。皆さんは探偵活動に乗り出して拡大鏡を持って現場に行く人間をお求めでしょう。まずは現場に出かけ、それから足跡を測り、手がかりを拾い、警察の見落としたナイフを見つけるような人間を。でも、リンリーは現場には絶対に近づかず、わたくしの知る限り拡大鏡も持っていません。そしてスコットランド・ヤードがいつも彼より先回りしていました。

実際のところ、警察は誰よりも手がかりを多く握っていました。男が哀れな小娘を殺したことを示すあらゆる手がかり、男が死体を処分していないことを示すあらゆる手がかり。なのに死体はないのです。南アメリカにもありませんし、南アフリカならなおさらです。そして始終、いいですか、薪になった大量の唐松という手がかりが目の前にありながら、皆目見当がつかないのです。ええ、これ以上の手がかりは必要なさそうで、リンリーは決して現場に近寄りませんでした。問題は手持ちの手がかりをどう活用するかということです。わたくしは完全に途方に暮れていました。スコットランド・ヤードもです。そして、リンリーもこれ以上先に進めないようでした。その間もずっと、謎はわたくしを悩ませ続けていたのです。もしもわたくしが些細なことを覚えていなかったら、もしもリンリーに漏らしたさりげない一言がなかったら、あの謎は他の解き明かせない謎同様、歴史上の暗黒、小さな闇としての道をたどったことでしょう。

さて、実はリンリーは初め、あまり関心をそそられず、わたくしの方は彼なら絶対に興味を覚えると信じて、その問題について絶えず話しかけました。「あなたはチェスの問題が解けるんですよ」

「その方が十倍も難しい」彼は自説に固執して言いました。

「では、どうしてこの問題を解かないのです？」

「では、私の代わりに現場を見に行ってくれないかね」とリンリー。

それが彼の話し方でした。二週間一緒に暮らしていましたから、もうわかっていました。アンジの家に行けと言うのです。どうして彼は自分で行かないのかとおっしゃることでしょうが、こう申し上げて理解いただければ、実のところ田舎に行かせたりしても思索に耽ったりはしませんが、フラットの炉端の椅子に腰掛けていれば彼の頭脳は際限なく活動するのです。そこで翌日、わたくしは列車に乗って、アンジの駅で下車しました。わたくしの眼前にはさながら快い調べのようにノース・ダウンズが立ち上がっていました。

「あっちですよね？」わたくしはポーターに尋ねました。

「そうですよ」とポーターは答えました。「この道に沿って上っていきます。古い櫟（いちい）の木の所で右に曲がるんです。大きな木だから見逃しっこありませんよ。それから……」ポーターはわたくしが道に迷わないように教えてくれました。教えられたとおりで、とても役に立ちました。とうとうアンジの全盛期がやって来たのです。もう誰もがアンジのことを耳にしていました。その頃なら州や郵便局のある町の名前を書かなくても手紙はアンジに届きました。アンジはあの事件で一躍有名になったのです。たぶん、今、アンジを探そうとしたら……。まあとにかく、好機を逃すなかれと諺も言っています。

さて、丘は太陽を浴びて浮かび上がり、まるで歌っているようでした。春や、咲き乱れる山査子(さんざし)、夕暮れにあらゆるものを染めた陽の色、それに小鳥たちのことなどは聞きたくもないでしょう。でも、わたくしは思いました。「若い娘を連れてくるには、なんて素敵な場所だろう」それからあの男が娘をここで殺したことを思い出して、わたくしは前にも申し上げたようにこんな小男ですが、小鳥たちの歌う丘にいる娘を思い浮かべて、独り言をつぶやきました。「もしも、あの男が娘を殺し、結局わたくしが男を絞首台に送ることになったら、おかしなものだな」そして、すぐに例の家への道を見つけ、生け垣から庭を覗いたりして、様子をうかがい始めました。その結果、たいしたことはわからず、警察がまだ発見していないことは何も見つかりませんでしたが、唐松の薪の山が目の前にあって、なんだか妙な感じでした。

生け垣に寄りかかり、山査子の匂いを嗅ぎ、生け垣越しに唐松の薪を眺めたり、その反対側の小ぎれいな家を眺めながら、わたくしはいろいろと考え事をしました。たくさんの仮説を立ててみました。最後にたどり着いた最善の考えは、考えることはオクスフォード-ケンブリッジ流の一流教育を受けたリンリーに任せ、わたくしは彼の言うように事実だけを持ち帰った方が、へたに考えるよりもずっと良い働きができるというものでした。中し忘れましたが、わたくしは午前中にスコットランド・ヤードへ行ってきました。もっとも、あまりお話しするようなことはありません。警察はわたくしに何が知りたいのかと訊きました。答えをきっちり用意しておかなかったので、警察からはあまり得るところはありませんでした。ですが、アンジではすっかり事情が違っていました。皆さんとても協力的で。前に申し上げたとおり、アンジの最盛期だったのです。巡査はわたくしを中に入れ、何も触るなとは言われましたが、中から庭を見せてくれました。十本の唐松の切り株が見え、リンリーが実に観察力があるとほめてくれましたが、或ることに気づきました。それが何かの役に立ったわけではありませんが、わたくしとしては最善を尽くしたのです。木はとにかく切られていました。切り株を見て、この作業をやった人間はあまり木を切ることについて知らなかったなと思いました。巡査はそれは一つの推理だと言いました。そこでわたくしは、木を切った際に、斧が鈍(なま)っていたと言いました。それで巡査は考え込んでしまいました。もっともその時は、わたくしが正しいとも何とも巡査は言いませんでしたが。ナンシーが姿を消して以来、スティーガーは木を切りに小さな庭に出た以外は、外出しなかったとお話ししませんでしたっけ? お話ししましたよね。ええ、まったくそのとおりなんです。警察は男を四六時中交代で監視して、そのことをアンジの巡査が自ら話してくれました。それで事情がかなり絞られました。そのことで唯一気にくわなかったのは、普通の警官ではなくてリンリーならすべてを明らかにしてくれるはずだし、その能力もあるとわたくしが思っていたからでした。こういう話には冒険がつきものです。男が菜食主義者で、青果物店からしか物を買っていなかったことが報じられなかったら、警察が事件を解き明かすことはなかったでしょう。それだって肉屋が腹立ちまぎれに流した風説に過ぎないかもしれません。妙なものですね、いかに些細なことで人間がつまずくかと思うと。地道にやれ、というのがわたくしのモットーなんです。いや、ちょっと話がわき道にそれました。このままずっと続けていきたいものです。以前のことは忘れて。でも無理ですね。

さて、わたくしはいろいろな情報を集めました。こういう話では手がかりと言うべきでしたね。でも、手がかりからは何もわかりませんでした。例えば、男が村で買ったあらゆる物を突き止め、どんな塩を買ったのかまでお答えできます――きれいに見せるために入れるような混ぜ物のない普通の塩でした。それから魚屋から氷を、前にも言った青果物店のマージン・アンド・サンズからは大量の野菜を買いました。それについては巡査とちょっと話もしました。スラッガーという名前の巡査です。どうして娘が失踪してすぐに立ち入り調査をしなかったのか不思議でなりませんでした。「いや、それはできんのですよ。しかも、すぐに怪しいと思ったわけではないんです。娘のことについてですよ。男が菜食主義者と聞いて、初めて何かおかしいぞと思ったわけなんです。男は娘がいなくなって、たっぷり二週間は家に留まっていました。その後で、われわれはすかさず踏み込みました。

しかし、誰も娘の行方を探している人間はいないため、令状は出ませんでした」

「で、何か見つかったのですか？」わたくしはスラッガーに尋ねました。「踏み込んだ時に」

「大きな鑢、それに娘を切り刻んだに違いないナイフと斧だけでした」

「でも、斧は木を切るのに使ったのでしょう？」

「ええ、まあ」少し不満そうに巡査は言いました。

「何のために木を切ったのでしょう？」わたくしは尋ねました。

「いや、もちろん、上司はそれについて何か仮説を持っているようですが、誰にでもお話しするというわけではありません」

やはり、警察は薪のことで途方に暮れていたのです。

「では、男は娘を切り刻んだのですか？」わたくしは尋ねました。

「娘は南アメリカに行ったのだと男は言ってますがね」と巡査。実に公平な考え方の男でした。

今となっては彼が他にどんなことを言ったのか覚えていません。スティーガーは皿などの食器類をすっかりきれいに洗って家を出たそうです。

さて、わたくしはちょうど日没頃に出る列車に乗って、得た情報を携えてリンリーのもとに戻りました。晩春の夕暮れ時、陰気なあの家のあたりは静まり返り、まるで祝福するかのように、その周りを後光が射していました。でも、皆さんは殺人の話が聞きたいのでしょう。さて、リンリーにはすっかり話をしましたが、その大半はわたくしには話す価値もないようなことでした。問題は、何かを端折ろうとすると、彼が察知して、わたくしに話させようとすることでした。「何が重要になるかわからないのだよ。メイドが掃き出した一本の画鋲が一人の人間を絞首刑にするかもしれない」と彼は言うのです。

まあ結構ですよ、でもたとえイートンやハロウで教育を受けたからって、首尾一貫して欲しいものです。わたくしがナムヌモ――わたくしがいなかったら聞いたこともなかったはずですから、結局のところ、これが物語の発端だったわけです――のことに触れて、スティーガーが二壜買ったことに気づいたと言うと、そんなことは些細なことで、重要な問題からはずれてはいけないなどと、それならどうして言ったのでしょう。当然ですが、わたくしはナムヌモについて少し話しました。なぜかというと、その日だけでアンジで五十本近いナムヌモを販売したからです。きっと殺人が人々の精神を刺激し、スティーガーの買った二壜が、ばかでなければ誰でも活用できるチャンスを与えてくれたのです。でも、もちろんリンリーにとっては意味がありませんでした。

人間の考えを見ることも、頭を覗いてみることもできないので、世の中の最も刺激的なことは言葉にすることができません。しかし、夕食前から食事中、そしてその後は炉端で話しかけている間、リンリーと一緒にいたあの晩に気づいたのは、彼の考えは越えることのできない壁にぶつかっていたということです。そして、その壁はスティーガーが死体を処分した方法を見つけることが難しいということではなくて、わたくしが聞き出したように、わざわざ家主に二十五ポンド払って許可を得てまで、毎日二週間にわたって大量の木を切った理由を見つけることができないということでした。それがリンリーをお手上げにさせたのです。スティーガーが死体を隠したかもしれないという点に関しては、警察があらゆる可能性をつぶしているように思えました。埋めたと言ったら、チョークが乱れていなかったと警察は反論するでしょう。どこかへ運んだと言ったら、外へは出ていないと言ったでしょう。焼却したと言ったら、低いところへ煙が流れてきた時、肉の焼ける匂いはしなかったし、高いところに流れた場合には木に登ってまで確認したと言うでしょう。わたくしはリンリーのことがとても気に入っていましたし、彼のような頭脳にすごい考えが宿っているのを見抜くには教育は必要なく、彼ならやり遂げることができるだろうと思っていました。こんな風に警察に先行され、追い越すめども立たなくて、本当に気の毒になりました。

誰かあの家に来た人間はいなかったか、と彼は一、二度尋ねました。誰かが何かを持ち運んだことはないか？　でも、それではあのことは説明できません。それからたぶん、わたくしが役にも立たないことを言ったか、もしかしてまたナムヌモのことを話し始めたのかもしれません。すると彼はかなり鋭い声でさえぎりました。

「では、君ならどうするかね、スメザーズ？」と彼は訊きました。「君だったらどうする？」

「もしも、わたくしがナンシー・エルスを殺したらってことですか？」

「そうだ」

「そんなことをやるなんて想像もできません」わたくしは答えました。

彼はわたくしに苛立ちをぶつけるかのように、ため息を吐きました。

「探偵にはなれそうもありませんな」とわたくしが言うと、彼はただ首を振るばかりでした。

それから一時間近くというもの、彼は暖炉の火を見つめながら考え込んでいました。そして再び首を振りました。

翌日のことは生涯忘れません。その後は二人とも床に就きました。わたくしはいつものようにナムヌモを販売して夕方まで外出していました。そして九時頃になって夕食の席に着きました。ああいったフラットでは料理できないので、当然のことながら火を使わない食事でした。リンリーはサラダから食べ始めました。今でも目に見えるようです、細かい点まで。さて、わたくしはアンジでナムヌモを販売したことでまだ頭がいっぱいでした。ええ、あそこでナムヌモを売りつけることができないとしたらばかでしょうね。なおも販売して、およそ五十本、正確には四十八本ですが、どんな状況であれ、小さな村としてはなかなかの成績です。そこでそのことについてちょっとおしゃべりしたのですが、不意にリンリーにとってナムヌモなど何の意味もないことに気づいて、いきなり口をつぐみました。彼は実に思いやりがあって、どうしたと思いますか？　すぐにわたくしが話をやめたわけに気づいたに違いありません。彼は片方の手を伸ばして言ったのです。「サラダにかけたいから、ナムヌモを取ってくれませんか？」

わたくしは思わずナムヌモを渡そうとしました。でも、もちろんナムヌモはサラダには使いません。肉と塩味料理専用なんです。そのことは壜に書いてあります。

そこで彼に言いました。「これは肉と塩味料理専用なんです」もっとも、塩味料理ってのが何のことなのか、わたくしも知りません。食べたことがないんで。

今まで、人間の表情があんな風に一変するのは見たことがありません。

彼は、そのまままたっぷり一分間はじっと動きませんでした。しかし、表情が物語っていました。幽霊を見たようだ、と表現したくなる人もいるでしょう。でも、本当はそんなんじゃないのです。どういう表情だったかお話ししましょう。誰も今まで見たことのなかったものを、あり得ないものを見たという表情でした。

やがて、彼はこれまでと打って変わった口調で――前よりも低く穏やかで物静かになったように思えましたが――言ったのです。「すると、野菜には合わないと？」

「まったく」わたくしは答えました。

　すると彼は、「うっ」という嗚咽（おえつ）のような音を漏らしました。そんな風に彼が感情を動かされるなんて思ってもみませんでした。もちろん、わたくしにはいったいどういうことなのか見当もつきませんでした。ただ、それが何であれ、イートンだかハロウだかで教育を受けた彼のような人間を茫然自失の状態にしてしまったのだと思いました。目に涙は浮かべていませんでしたが、何かに恐ろしく動揺していたのです。

　やがて、彼は一つ一つの言葉の間（ま）をたっぷり取って話し始めました。「もしかしたら、間違えて、ナムヌモを、野菜に、かけることも、あるだろう」

「一度やったら二度とやりませんよ」とわたくしは答えました。他に答えようがありますか？

　すると彼は、まるでわたくしがこの世の終わりについて語ったかのように、何か恐ろしい意味が浮き上がるほどにひどく強調して、首を振りながらわたくしの言葉を繰り返しました。

　それから彼は黙りこくってしまいました。

「どうしたのです？」わたくしは尋ねました。

「スメザーズ」彼は言いました。

「はい」とわたくし。

「スメザーズ」とリンリー。

そこで、わたくしは「何でしょう?」と尋ねました。

「いいかね、スメザーズ」と彼は言いました。「アンジの青果物店に電話して、尋ねてほしいことがある」

「とおっしゃると?」

「スティーガーはナムヌモを二本買ったそうだが、私の予想どおり同じ日に買ったのであって、数日おいて買ったわけではないということを確認してほしい。そんなことは考えられないんだ」

他に何か彼が言うのではないか少し待っていましたが、それから外出して言われたことをやりました。九時過ぎだったので少々時間がかかりましたが、それでも警察の協力が得られました。およそ六日隔てて買ったということでした。そこで、わたくしは帰ってリンリーに伝えました。部屋に入ると、リンリーは顔を上げて期待を込めた目でわたくしを見ましたが、得られた答えが期待を裏切るものであることは、彼の目が語っていました。病気でもない限り、あんなに苦痛の表情を浮かべるなんてことはありません。彼が何も言わなかったので、わたくしは言いました。「あなたに必要なのは上質のブランディーです。早く床に入るんです」

すると彼は答えました。「いや。スコットランド・ヤードの人間に会わなければ。電話をかけてくれ。すぐに来るように言うんだ」

「ですが」と私は言いました。「こんな時間にスコットランド・ヤードの警部に来てもらうなんて無理です」

彼は目を輝かせていました。だいじょうぶ、いつもの彼でした。

「それならこう言うんだ。ナンシー・エルスは絶対に見つからない。こちらにどなたか来ていただいたら、その理由をご説明しますと」それから彼は、私に向かってだと思いますが、言い足しました。「警察はスティーガーを監視し続ける必要がある。いずれ何かやらかしてしっぽを出す時が来るまで」

そして、驚いたじゃありませんか、やって来たんです。アルトン警部がじきじきに。

待っている間、わたくしはリンリーに話しかけました。好奇心もあったと思います。しかし、暖炉のそばで考えに耽らせたまま彼を一人残しておきたくありませんでした。いったいどういうことなのかと尋ねてもみました。でも、彼は答えようとはしませんでした。「殺人は恐ろしい」やっと口にしたのがこの言葉でした。「そして、その痕跡を隠そうとすると、さらにひどいことになる」

彼はわたくしには話そうとしませんでした。「聞かない方がいい話もある」

まさにそのとおりでした。こんな話は聞かなければ良かったと思います。実際に聞いたわけではないのです。でも、リンリーがアルトン警部に語った最後の言葉、わたくしが漏れ聞いた唯一の言葉から推測したのです。そしてたぶん、皆さんが推測できないように、わたくしの話はここまでにしておくのが賢明です。いくら殺人物語がお好きと言っても。というのも、皆さんは現実の胸の悪くなる殺人よりも、空想的なひねりの利いた殺人物語の方がお好きでしょう？　まあ、お好きになさってください。

アルトン警部がやって来ると、リンリーは黙って握手して、自分の寝室の方へ案内しました。二人は中に入り、小声で話し合い、わたくしには一言も聞き取れませんでした。

部屋に入った時の警部はかなり陽気そうでした。

二人は部屋から出てくると、押し黙ったまま居間を通り抜けて、一緒に玄関ホールに入っていきました。そこでわたくしは二人が交わした唯一の会話を耳にしたのです。初めに沈黙を破ったのは警部でした。

「しかしなぜ」と警部は言いました。「あの男は木を切り倒したんでしょう？」

「ひとえに」リンリーは答えました。「食欲をつけるためです」

スラッガー巡査の射殺
The Shooting of Constable Slugger

以前、スティーガーという殺人犯のお話をしたことがあります。《タイム・アンド・タイド》誌に掲載されて、ずいぶんとショックを受けた方もおられるようで。ま、もっともなことですが。スメザーズと申します。友人のリンリーさんがスティーガーの犯行方法を突き止めたのです。でも、警察は彼を絞首刑にすることはできませんでした。それはまた話が別なんです。そこで当然、警察は男の動静をうかがって待っていました。或る日のこと、アルトン警部がわたくしたちのフラットにやって来て、リンリーさんと握手して言ったのです。「スティーガーがまたやらかしました」

リンリーはうなずいて言いました。「今度は何です？」

アルトン警部が答えました。「スラッガー巡査を殺したのです」

「何ですって？」とリンリーは言いました。「あの殺人事件で大活躍した男でしたね？」

「ええ」とアルトンは言いました。「退職したんです。しかし、スティーガーは絶対に許さなかった。そうして彼を殺害したのです」

「気の毒に」とリンリー。

「何てことだ」とわたくし。

すると、警部はわたくしを見ました。小男なものだから、気づかなかったのです。

「私の話はまったく憶測に基づいたものです。仮定の事件とご承知おきください」

「ええ、もちろん」わたくしは答えました。

「スティーガーが誰かを殺したと言っていた人がいるなどという話が」警部は続けて言いました。「この部屋の外に漏れてはまずいからです。実に困ったことになる。訴えられるでしょう。それに、私はあなたには何も言っていない」

「もちろん」わたくしは繰り返しました。

「彼は充分にわかっています」とリンリー。「スティーガーはどうやってスラッガーを殺したんです?」

警部はちょっと間を置いてから、わたくしに、それからリンリーに目をやり、話を再開しました。「そこがわれわれに理解できない点なのです。奴は前回の犯行現場から四、五マイルしか離れていないアザーソープ村の、スラッガーの向かいの家に住んでいました。われわれの主張は、奴が通りの向こうから開いた窓を通してスラッガーを射殺したというものです。奴はそのことが可能な八番径の大型散弾銃を持っており、スラッガーの首筋には、おっそろしく大きな傷口が、肺に向かって下方に開いていました」

「銃は見つかったんですか？」とリンリーは尋ねました。

「ええ」と警部。「もちろん、村の巡査が踏み込んだ時には、きれいにしてケースに収められていました。その巡査が銃声を聞いたのです。だから直ちに行動しました。真っ先にスラッガーの家に行ったのです。ええ、確かに銃は見つかったのですが、まずいことに医師が弾丸を摘出して不注意にもなくしてしまったか——当人はなくしていないと言っていますが——何らかの理由で、弾丸が跡形もなく消え失せてしまったのです。弾は貫通していないのに、死体から発見されず、大きな傷口が一つ、ちょうど金梃子（かなてこ）でできるような傷口が開いていましたが、該当する凶器は発見されていません。だから何も証明できないので、またおじゃましたというわけです。今度こそスティーガーを捕まえなければなりません」

「八番径はいったい何に使うつもりだったのですかね？」リンリーが尋ねました。

「本当の目的はスラッガーを撃つためでしょう」警部は答えた。「だが、残念なことに、奴には完璧な口実があります。実際にオルニー湿原で鴨を撃って、それを売っているのです。そういうわけで、法廷で奴の本当の目的を主張するわけにはいきません」

「そうですな」とリンリー。「巡査が訪ねた時、スティーガーはいたのですか？」

「ええ」と警部。「家の裏にいました。庭を掘っていました」

「掘っていた？」とリンリー。「事件はいつ起きたのでした？」

「先週の水曜日です」と警部。

「しかし、先週の水曜日と言えば、凍てつくような寒さだったでしょう？」リンリーは言いました。

「ええ、掘っているふりをしていたのです。しかし、だからといって奴を絞首刑にはできません。凍てつくような寒さの日に庭を掘る人間はいませんが、証明はできません。できたとしても、それで有罪にはできません」

「ええ。しかし、警部も私も、彼がまたいかがわしいことをやったことは確信できます」

「しかし、それだけです」と警部は言った。

その週はずっと凍てつくような寒さで、二人が話している間も雪は降りしきっていました。わたくしはじっと座って耳を傾けていましたが、二人はわたくしのことなど忘れているようでした。

「掘っていたことを示す、土の山がありました」アルトン警部は言いました。「だからといって、その時掘っていたことにはなりません。銃声を聞いた人間は大勢いますが、撃つのを見た人間はいません。遺体をX線にかけてみましたが、弾丸の痕跡は見つかりませんでした」

「窓からつるはしでスラッガーを襲ったとは考えられませんか？」

「いや、二階なんです」警部は言いました。「二階の部屋なのです。そして、スティーガーも二階の部屋から彼を撃ったのです。弾丸こそ見つかっていませんが。傷口はやや下方に向いていて、スティーガーの部屋のあるフロアの方が高いのです。弾丸さえ見つけていただけたら」

「傷口は深いのでしょうね」

「ええ、それはもう」アルトンは言いました。

「きっと抜いたのに違いない」

「いや、誰も銃声の後で通りを横切った人間はいません。ミアーズというのがそこの巡査ですが、二十八軒離れた同じ通りに住んでいて、十秒以内に家から飛び出してきましたが、通りには人っ子一人いませんでした」

「弾丸に細いワイヤを結びつけていたということはないのでしょう」とリンリー。「そんなことはもうお考えになったはずですからね」

「ええ、考えてみました」と警部。「しかし、あれほど大きな弾丸なら、スラッガーの家の窓枠や通り、スティーガーの家の壁とか、どこかに血痕が残っているはずです。それがないのです」

「何という大胆不敵」とリンリー。「スラッガーの家の真正面で暮らしていたとは」

「ええ」と警部は言いました。「スラッガーの方でもスティーガーが自分を狙っていることはわかっていました。しかし、そのために自宅をあきらめる気にはならなかったのです。スティーガーは自分がその気になれば、どんなことだってできると思っているのですよ。初めての殺人を逃れたのですから」

「スラッガーは窓を開けていたとおっしゃいましたね」

「ええ、そうです」

「それは証明できますか？」とリンリー。「天候を考えると、確認する必要があるでしょう」

「ええ」とアルトン。「ミアーズが証言するでしょう。スラッガーは天気がどうであれ窓を開けていました。窓辺に座って読んでいたのです。手には新聞を持っていました」

「確かにスティーガーは窓から撃ったように見えます」とリンリー。

「そう考えるのが理にかなっています」とアルトン。「しかし、弾丸が見つからないことには、陪審はどうすると思います？　無罪放免ですよ」

「ええ」リンリーは言いました。「通りの幅はどれくらいです？」

「壁から壁まで十ヤードといったところです。少し足りませんが。九ヤード二フィートです」

「さて、よく考えてみなければ。明日、スティーガーがどうやったのか、私の考えをお話ししましょう」

「そうしていただけたらありがたい」そう言って警部は出ていこうとして振り返りました。その時、再びわたくしのことに気づいて、スティーガーが人を殺したことがあるなんて少しでも漏らしたら重大な犯罪行為になると言いました。まるで、この十五分間、自分はスティーガーに対して名誉毀損——それが正確な呼び方かどうかは知りませんが——などしなかったような顔でした。スティーガーの中傷などしませんと言ってやると、警部は帰っていきました。

「どう思うかね?」リンリーが尋ねました。

「わたくしがですか? もしもスラッガーが銃で撃たれて、弾が貫通しなかったのなら、弾はまだ死体の中にあるはずです」わたくしは言いました。

「しかし、警察は見つけられなかった」

「行って、実際にこの目で確かめたいですね」

「だめだよ、スメザーズ。スコットランド・ヤードが見逃したものが見つかるはずがない——」

「では、どうなさるおつもりなんです?」

「考える」

「何について?」

「消える弾丸だ」

「そんなものがあるのですか?」

「いや」

「それでは、そんなことを考えていったい何になるのです?」

「実際に起きたからだ」とリンリー。「認めざるを得ないことが起きた時には、いかにして起きたのか考えなければならない」

「巨大な矢というのはどうです?」とわたくし。「紐で取り戻すんです」

「ワイヤ付きの弾丸より悪い」というのが彼の答えでした。「もっと血痕が残る」

「十ヤードの長さの槍は?」

「独創的だ」というのがリンリーさんの感想でした。

彼がそれ以上何も言わないので、わたくしは少しむっとして、もっと話をしようとしました。しかし、リンリーさんの考えているとおりでした。そもそも、スティーガーの家を捜索した時に槍など見つからなかったのです。それにまた、二階の部屋にはそれだけのスペースはなかったでしょう。

やがて、電話が鳴りました。アルトン警部からでした。リンリーは電話に向かいました。

「警察が送り蓋(ワッズ)を発見した」

「送り蓋?」とわたくしは尋ねました。

「八番径の送り蓋だ」彼は答えました。「二つの家の間で」

「すると、奴は発砲したんですね」

「それはわかっている」

「では、どこが難しいんです？　もうわかっているなら」

「そのことを証明することだ」とリンリーは言いました。わたくしには何もお手伝いはできませんでした。しばらくして彼は口を開きました。「スコットランド・ヤードに電話をかけてくれ、スメザーズ。そして、傷口の周りに焦げた跡がないか訊いてほしい」

彼は暖炉のそばに座って長いこと考え事をしていました。わたくしは言われたとおりにすると、ないという返事でした。医師は最初何か小さな異物があったように思ったのでしたが――そのため警察は医師が弾丸をなくしたのかもしれないと考えたのでした――自分の勘違いで、何もなかったし、焦げた跡も見つかりませんでした。

そのことをリンリーに伝えると、彼は「すると、燃えてなくなったわけではないんだな」と言いました。

それからまた彼は黙り込んでしまいました。わたくしも同様でしたが、それは何も考えつかなかったからです。やったのはスティーガーだということはわかっていましたが、それでは何にもなりません。

「なんとしても、スティーガーを絞首刑にしなければ」しばらくして、リンリーは言いました。この前、スティーガーが殺したナンシー・エルスのことを考えていたことはわかりました。彼は長いことじっと座っていたので、そのことで参ったのかと思いました。時が過ぎ、あきらめたのかとさえ思いましたが、彼ならきっと解決できると思っていたので、あきらめるはずがないことはわかっていました。

「どうやってスティーガーは殺したのでしょうか？」しばらくして、わたくしは訊きました。

「射殺したんだ」とリンリー。

「どうやって？」とわたくしは問いつめました。

「わからない。たぶんもうわからないだろう」

「ああ、そんな、あなたならわかりますよ。頭を集中しさえしたら」

「ま、いいさ。チェスの問題を貸してくれ」

「だめですよ。そっちに取りかかったら離れないのですから。まず、この問題を解決してください」

今にもあきらめるところだったのです。

「わかったよ」と彼は言いました。「それなら新鮮な空気を吸わせてくれ。ちょっと気分転換が必要だ」

そこでわたくしは窓を開け、彼は遅い晩の凍てつくような空気を吸い込みました。そして、そこにすべての謎の解答があったのです。彼が窓から頭を突き出した瞬間に。わたくしたちの頭脳というのは何とおかしなものでしょうか。わたくしの知っている中で最も鋭い頭脳が、一つの問題に必死で取り組んでいたというのに、目の前に突きつけられなければ——それも偶然に——自分の求めているものがわからないのです。ええ、窓にはとりどりの大きさの氷柱(つらら)が垂れ下がっていて、あやうく顔をぶつけるところだったのです。彼は頭を引っ込めて言いました。「またしてもスティーガーにしてやられた。陪審を説得することはできないな。弾丸は氷でできていたんだ」

スコットランド・ヤードの敵

An Enemy of Scotland Yard

今日、アルトン警部がリンリーさんに会いに来ました。嬉しいことに、ようやく彼もわたくしの存在に慣れたようです。彼というのは警部のことですよ。彼はこう言いました。「スメザーズさんですな？」わたくしがそうですと答えると、彼は言いました。「ここでの話はいっさい内密に願いますよ」わたくしはそうすると答えました。それから彼はリンリーさんに話を始めました。

アルトン警部とは、以前、アンジでの殺人事件と、スラッガー巡査射殺事件のことで会っていました。リンリーさんがおおいに協力したのです。

「またご相談に伺いました、リンリーさん」というのが挨拶代わりの言葉でした。

「またしても、スティーガーですか？」リンリーは尋ねました。

「誰なのかはわかりません」警部は言いました。「たいていの場合、ヤードでは殺人犯が誰かわかっています。あまり難しいことではありません。動機がストレートに犯人を示すのです。それに、その人間が犯行時刻に近くにいたかどうか容易に突き止めることができます。唯一の困難は証明することです。今回は、誰なのかも見当がつけられないのです。あなたのお力を拝借することができたらと思いまして、リンリーさん」

「どんな事件です？」とリンリーは答えました。

「ひどい事件なのです」と警部は言いました。「こんなにひどい事件は、ここしばらくありませんでした」

「それはお気の毒に」わたくしは言いました。

警部はわたくしに注意を払いませんでしたが、なぜかその表情からばかなことを言ってしまったことがわかりました。ひどい事件を扱うのが警察の仕事です。それがなかったら、何のためのスコットランド・ヤードでしょう。言ってから、しまったと思いました。

「先週、スコットランド・ヤードに一通の手紙が届きました」警部は言いました。「その手紙は、もしもキャンベル氏が再びクラブに行くか、アイランド警部がピエロの店にビリヤードの試合を観戦に行くか、あるいはホルバック巡査部長がスクランブラーズ競技場かオールド・サロヴィアンズの競技場でフットボールの試合をするかしたら、やった人間を殺すというものでした。ホルバックはヤードで最高のフットボール選手で、彼はその二つのグラウンドでしか競技しません。ピエロの店でビリヤードを観戦するのはアイランド警部が可能な限り欠かさない習慣でした」リンリーは言いました。「それはまたばかげた脅迫ですね。そんなこと実行できませんよ」

「しかし、ちょっと待ってください、警部」

「キャンベル氏とアイランド警部はすでに死にました」アルトンは言いました。

「死んだ？」あの人があんなに仰天した表情は見たことがありません。

「キャンベル氏は手紙を受け取った当日、ホルン・ストリートにある自分のクラブ、ミートイーターズに出かけ、毒殺されたのです。それから、アイランド警部は翌日、ビリヤード観戦のためにピエロの店に行き、ドアを開けた時に頭上から壁の破片が落下して死亡しました」

「壁の破片が落下したですって？」リンリーは信じられないといった様子で声を張り上げました。

「そうなのです」警部は言いました。「まだ検屍法廷は開かれていませんので、とても小さな記事でしたが、新聞にも載りました。手がかりがあるので、最初の事件の方から先に捜査しているところです」

「手がかりというのは？」リンリーは尋ねました。

「クラブにいた給仕の指紋を入手しました。その給仕は、殺しのあった夜、キャンベル氏の気分が悪くなる前に姿を消しています。もちろん、その男が毒を入れたに違いありませんが、その男については詳しいことも、素性もわかっていませんし、計画全体を練った人物とも考えていません」

「その指紋を拝見できますか？」リンリーは言いました。

すると、アルトン警部はポケットから封筒を出して、中から一枚の紙片を取り出しました。その紙には、完全な指紋がインクで捺されていました。クラブ会員に対する二枚綴りの請求書の一枚で、中央に真っ黒なインクで指紋がありました。リンリーは長いこと見つめていました。

「それで、ピエロの店の方は？」ようやくリンリーは口を開きました。

「それが悩みの種でして」警部は言いました。「アイランドの命を奪った石材は、二つの大きな石の継ぎ目で効果的な爆発が発生したために、落下したのです。爆薬は室内から壁に挿入したとしか考えられない精巧な装置により爆発したのです。装置についてはほとんど何もわかりません。爆発が壁の内部で起きたためということもありますが、テルミットと呼ばれる物質と一緒になって激しく燃えて、わずかな金属部分しか燃え残らなかったからです。とにかく、爆薬を起爆して石材を落下させた装置は確かにありましたが、装置を起動した電線が見つからないのです。火はすぐに消し止められ、損害もごく一部に限られ、ドア周辺、上下左右をわれわれは徹底的に捜査しました。しかし、電線は影も形もありませんでした」

「抜き取ったのでは？」リンリーが尋ねました。

「外を突っ切ったら、人に見られないはずがありません」アルトンは答えました。「しかも、通りには人が大勢いました。地下はだめです。すでに調べました。電線やそれを通すことのできる管はありませんでした。時限信管だったのでしょう」

「アイランド警部は、それほど規則正しい行動をしていたのですか？」とリンリー。

「ええ、規則正しい習慣の人で」とアルトン。「決まった時刻に仕事を終えて、ゲームは決まった時刻に始まりました」

「一秒違わずですか？」リンリーは尋ねました。

「いや、そこまで正確では」

「しかも、半秒の狂いも許されない」リンリーはさらに続けて言いました。「そう、時限信管ではだめですね」

「そのようですな」アルトンは言いました。

そして、二人はしばらく無言のままでした。

「一つ」リンリーはようやく口を切りました。「お話しできることがあります。その給仕が誰であるにせよ……」

「スリマーと名乗っていました」アルトンは言いました。

「彼が誰であるにせよ」リンリーは言いました。「その男にはちょっと底の知れないところがありますね。あなたの予想もしないような底の深さが。あの指紋がそのことを示しています。いつ付いたのでしょうか？」

「逃げた後で見つかったのです」アルトンは言いました。「何か妙なことでも？　指紋などありふれていますよ」

「単に」リンリーは言いました。「殺人を犯す男がインクで紙のど真ん中に、こんなに鮮明な指紋を残して、警察にすぐに発見されるような所に残しておくという点ですよ」

「すると、どうなります？」

「その男の指紋ではないということですよ。或る種の偽造です。つまり、相手は相当奇妙な人間ということになりますね。指紋を偽造するほどの頭脳の持ち主ということだが、指紋の偽造なんて私には初耳ですね。いかがです？」

しかし、アルトン警部は知っているとも知らないとも答えませんでした。

「前例はあるかもしれません」警部は言いました。

「腕利きの偽造者がゴム判を作ったのではないかと思いますね」リンリーは続けて言いました。「しかし、それをやった人間が脅迫状をよこしたとは、最初、私にはとても無理に思えました。さて、ピエロの店での爆破事件です。アイランドがやって来るのをこの目で見た人間が爆破を操作したに違いありません。五十ヤードだか何ヤードだかの所に来たら合図を受けたかもしれませんが、それだけではタイミング良く殺害することは不可能です。

犯人は彼がピエロの店に入るところを見たはずです」

「しかし、たとえそうだったとしても、どうやって爆破したんです?」アルトンは言いました。

「それをこれから考えなければなりません」リンリーは言いました。「警部がドアに近づくのを見ることのできる家は?」

「何軒かあります」警部は答えました。

「それで、三番目の男はどうなんですか?」とリンリー。「ホルバックでしたっけ?」

「ええ、ホルバック巡査部長です」警部は答えました。「明日、フットボールの試合に出ることになっています。脅しには屈しないと言うのです。全員がそうです。しかし、われわれは彼の安全を確認するつもりです。試合はオールド・サロヴィアンズの競技場で行われます。彼のチームで戦うのは警察官ばかりで、相手チームの人間も全員わかっています。全員身元のしっかりした人間ばかりです。最前列で観戦するのはうちの人間ばかりで、その後ろにはさらに何名か余分にグラウンドを囲むように配置し、言うまでもなくゲートから入ってくる人間の監視役を数名置きます。それから試合が終わった時には、ホルバックに何事もないように注意します。われわれがどうするか誰にも口外していませんが、ホルバックが運を天に任せるようなまねはさせません」

「明日ですか」とリンリー。「私も行っていいですか?」

「どうぞ」とアルトン警部。「このチケットで入場できますが、最前列には座れませんよ」

リンリーさんはわたくしが見ているのに気づきました。「私の友人にもチケットをいただけませんか？　君も何が起きるか見たいと思っているのだろう、スメザーズ？」

何が起きるか見たいかですって？　もちろん、そう思っていました。アルトン警部はわたくしを見てから、「ああ、もちろん差し上げますよ」と言って、チケットをリンリーに渡しました。

「どうもご親切に」わたくしは言いました。

「どういたしまして」警部は答えました。

アルトン警部が帰ると、リンリーは長いこと無言でした。彼は立ったまま、何を見るともなくじっと目を凝らしていました。見ている対象はここにはないということですよ。わたくしは彼のじゃまになるようなことは何も言いませんでした。ようやく彼は口を開きました。「こっちに来て座ってくれないか、スメザーズ」

そういうわけで、わたくしたちは暖炉の前に座りました。ところで、季節は冬で、お茶の時間が近づいていました。リンリーはパイプにタバコを詰め始めました。

「どうなさったんです？」

「今日では何もかもすさまじいほど組織化が進んでいる」リンリーは言いました。「どちらの側についてもだ。スコットランド・ヤードの組織化によって、犯罪者は犯罪を断念するか、警察を出し抜くかのどちらかを選ばなければならない。もちろん、この事件を企んだ人間はかつて捕まったことのある人間だ。たぶん、キャンベル自身が逮捕したのだろう。彼が実質的な主任だったんだ。名目上は違うが、実質的にはね。警察が探しているのは誰であれ、犯人は悪意ある人物だ。もしかしたら何年も刑務所で計画を練り、三人の男たちに対する恨みを腐った心でねちねちと考え続けていたのかもしれない。どんな場合にあの三人が一緒に働いていたか調べると興味深いね。彼らを憎んでいた人間を突き止める役に立つかもしれない。あの指紋は、その男がまったくの愚か者でないなら、かなり頭の切れる極悪人ということを示している。そこでアイランドがピエロの店の戸口で殺された方法を突き止めるには、かなり巧妙な手口を探さなければならないことになる」

「いったいどういう方法を用いたのか、わたくしにはさっぱり見当がつきません」

「電線を探していてアルトンが何を見つけたか覚えているかね？」彼はわたくしに尋ねました。「それは何だった？」

「このわたくしにはさっぱり」

「あなたは歳を取りすぎている」リンリーは言いました。「アルトン警部も同じだが」

「わたくしは年寄りではありませんよ。警部だって――」

「どちらも無線が発明される前に生まれていたということだ」

普及してから生まれたのだから。お二人は違う。あの爆発は何か秒単位で正確に起動できる装置によるものだ。アルトンは電線を探したが、発見できず、敗北を喫した。単なる無線なのだ。壁に埋め込まれた小さな装置だ」

「それは結構ですが」わたくしは言いました。「小型の無線受信装置は今ではありふれていて、きっとどんな爆発だって起こせます。しかし、送信装置を家ごとに置いておくわけにはいきません。これは重要な点です」

「それをこれから見つけなければならないのだよ」リンリーは言いました。

「それで」とわたくしは言いました。「ピエロの店のドアを見張ることのできる家は何軒あるんですか？」

「広場の反対側に何軒もある」とリンリーは答えました。「それに、ピエロの店を背にして、右側の通りにさらに何軒か」

ピエロの店は何本も樹木の植わった小さな広場に面していました。夜になると椋鳥（むくどり）が憩い、昼間は雀がやってきました。あらゆる種類の人々がベンチに腰かけ、聞き出すことができたらこの物語だって色あせてしまうような波瀾万丈の人生をそれぞれが送っていたのです。その中にはアルトンの部下が、とりどりの服装で混じっていました。

「しかし、たぶんかなり絞ることができると思う」リンリーは話を続けました。「アイランドが近づいてくるのを見ることができない家を除外すれば。犯人は正確に仕事をやり遂げる必要があったのだから」

「では、スコットランド・ヤードに電話しましょう」わたくしは言いました。「いずれかの家に送信機があるかどうか、すぐに確かめてくれますよ。ああいう大型装置は簡単には隠せませんから」

「いいぞ、スメザーズ。だが、警部にだけ話の内容がわかるようにうまく伝えてくれ。アルトン警部には無線なら考えられるということと、店のドアばかりでなくアイランドが近づいてくるのも監視できる家を充分に捜索するように伝えるだけで充分だ」

わたくしが、ほとんど一言一句そのまま伝えると、スコットランド・ヤードはとても感謝したようでした。

わたくしたちはそれからお茶の時間にして、リンリーは彼独特のやり方でそのことをすっかり頭から追い払いました。たとえてみれば、ふたは閉じたままにして頭の奥底に浸透させたのです。わたくしたちはそれ以外のさまざまなことを話し合いました。しかし、その夜も遅くなってから、十時か十一時頃だったと思いますが、電話のベルが鳴り、リンリーが応答に出て戻ると言いました。「どの家にも送信機はなかったそうだ。これをどう考えるかね、スメザーズ？」

「推理が間違っていたようですね」

「電話があれば、そうでもないのだがね」とリンリーは答えました。

わたくしには何のことやらさっぱりわかりませんでした。

「明日は何事もないことを願うよ。ああいった連中はとにかく抜け目がないからね。きっと何かあるはずだ」

「どんなことが？」わたくしは尋ねました。

「さあ」とリンリー。「しかし、この犯人は私にイタチを連想させる。奴はきっとホルバックを尾行しているはずだ。アルトンには捕まえられるかな？」

「当然でしょう。何百人か知りませんが、とにかく何名も部下を使っているのですから」

「重要なのは人数ではない」リンリーは言いました。「ああいう狡猾な人間を相手にした場合は」それから不意に思いついたように付け加えました。「ちょっとグラウンドを見てこよう」

「この時間にですか？」

「ああ」リンリーは言いました。「眠くないし、あそこでだってわれわれは頭を働かせることはできる」

まるでわたくしも頭を使っているみたいな言い方をしてくれたので、感謝したい気持ちでした。ええ、もちろん、わたくしもご一緒してバスに乗り、路面電車のあるロンドンの一地区にやって来ました。やがてバスを降り、夜遅く家路を急ぐ人たちで混み合った路面電車に乗り換えました。

「ホルバック巡査部長はかなりタフな人のようですね」わたくしは言いました。「オールド・サロヴィアンズを相手にフットボールをやるなんて」

「さあね」リンリーはそう答えると、新聞を読み続けました。その時、少し離れた反対側にいた一人の男が、わたくしから顔を逸らすようにして、天井を見上げました。

それからすぐに下車しました。冷えて、暗い、ちょっと風のある夜でした。わたくしたちの歩いていた通りはほとんど人気がなくて、街灯の下で夕刊を読んでいる男くらいしかいませんでした。次の街灯の所に来るまでに誰にも会わず、そこでもやはり別の男が新聞を広げていました。ねぐらからこっそりと抜け出す猫以外は何も見当たらず、新聞を読んでいる男が時折目にとまるくらいでした。どの男たちもこちらは見ずに、新聞から顔を上げて、わたくしたちの進んでいる方向に目をやるだけでした。わたくしたちが通り過ぎるたびに、裏面を読もうとしてページをめくる小さな音がしました。リンリーに新聞を読む男たちのことを話すと、彼らにとって一日のうちで新聞を読む唯一の時間で、街灯を照明にすればただなのだというのが彼の返事でした。

やがて家並みがとぎれ、大きな鉄の柵になりました。その柵の内側にはフットボール場のゲートが見えました。かすんだフィールドに、曲がりくねった柳の並木が、まるで巨大な悪鬼が並んで散歩に出かけようとしている姿に見えました。ゲートの所まで来ると、新聞を持った男の一人がこちらに向かって咳をしました。そのことをリンリーに伝えると、こんな寒い夜に外で新聞を読んだら咳が出るのも当たり前だと言いました。

柵に沿って進むと、やがて柵が曲がり、反対側に生垣のある狭い小道に入っていきました。ロンドンのど真ん中を通ってきて、再び小道に出くわすとは愉快でした。すると柵は再び曲がり、柵に沿ってフィールドの周りを回りました。黒い柳並木の形状ととらえどころのない霧から、一本の流れがフィールドを横切っているのがわかりました。まもなく、流れが柵の下を通るところまでやって来ると、リンリーは立ち止まって流れの抜ける場所を見て、ワイヤでしっかりと塞いであるのを確認しました。静謐な夜で、流れの上に垂れ込めた霧はよどみ、柳の小枝はシッと制止している手のように静かで、フィールドはしんと静まり返り、物音と言ってはわたくしたちが通り過ぎる時にときどき聞こえる男の咳だけでした。やがて、リンリーはポケットから折り畳んだ新聞を取り出し、それを手に持って、歩きながら少し振ると、しばらくして咳はぴたりとやみました。

「咳をなおしてやったわけですか」

しかし、彼は理解できない様子で、わたくしは再び黙り込んでしまいました。

その場を離れ、再び通りに出ると、長いこと黙り込んで歩き続けました。やがて、リンリーが言いました。「いったい奴らがどうするつもりなのか、さっぱりわからない。しかし、明日になればわかるだろう」

「過去の事件だって、わたくしにはちんぷんかんぷんです」わたくしは言いました。

「ふむ」リンリーは言いました。「毒殺は単純だった。給仕がミートイーターズ・クラブに着いた日付から計画がスタートした日付がわかる。十か月働いていたのだ。このすべてを手配している悪党が直前に刑務所から出たことも充分に考えられる。計画を立てるのに長くはかからなかっただろう。おそらく、キャンベルとアイランドにぶち込まれて刑務所にいる間、何度も何度も計画を練ったのだろう。それから、夜になってピエロの店の壁に爆薬を埋め込むのも大して難しくはない。こそ泥仕事みたいなものだし、特に警備の行われていた建物ではない。ピエロの店には高価なビリヤード台があるが、他に金目のものは何もなくて、獲物がビリヤード台ではこそ泥に入る気にもならないだろう」

「でも、どうやって爆薬に点火したのでしょう?」わたくしは訊きました。

「ああ。それは大仕事だった」リンリーは答えました。「電線を使ったわけではないので、無線によることは明らかだ」

「でも、送信機は見つかりませんでしたよ」わたくしは指摘しました。「どの家からも」

「どこにあってもおかしくはないよ」リンリーは言いました。「電話と繋がっているなら」

その時になって、この犯罪計画のスケールにわたくしは圧倒されてきました。

「しかし、まさかそんなに手の込んだことはやらないでしょう」

「いつだって起きるのは単純なことで」リンリーは言いました。「それをすべて真っ先に試さなければならない。しかし、その中にはなかったとなると……」

その時、路面電車の所に着いたので、すでに二人の人命を奪い、次の人間の殺害にとりかかっている、この奇妙な計画について、それ以上話しませんでした。

翌朝、朝食の席で試合は二時半に始まるとリンリーが言いました。「昨夜は警察がグラウンドを監視していた。何者かが侵入して潜んでいたとは考えにくいし、今日は入場者は全員チケットを持ってゲートを通らなければならない」

「リヴォルヴァーを買ってきましょうか？」

「いや」リンリーは言いました。「必要と思ったら、ちょっとした銃を携行したシャーロック・ホームズの時代であれば、それも結構だろう。しかし、世界は一層複雑になった。幾つも許可証が必要だ。申請書に書き込まなくても済んだ時代は、たぶん今よりも幸福な時代だったのだろう。しかし、仕方がない。もはや、あの時代に戻ることはたぶんかなわないことだ。そう、リヴォルヴァーはいらない、スメザーズ。しかし、目をしっかり開けていてくれ」

もちろん、リンリーの言うとおりでした。いつでもそうなのです。しかし、目を開けて見ているだけとなると、興奮も少し冷めてしまいます。まあ、リヴォルヴァーを持っていたとしても、結局たいしたことはできなかったでしょう。それは機関銃だって同じです。

　昼食はあまり口に入りませんでした。リンリーはあれこれ考えるのに忙しく、わたくしの方も胸が高鳴っていたのです。そして、フットボール競技場へ向かいました。今回はタクシーを使いました。ゲートでチケットを見せて入場すると、すぐに制服姿の一人の警部が目に入りました。「昨夜は寒かったでしょう」リンリーは警部に言いました。警部はただ笑うばかりでした。

　あの柵はとても頑丈で高く、上には釘が打ってありました。夜のうちに侵入して柳の間に身を潜めるのは容易なことではありません。しかも、霧の中で咳をしながら新聞を読んでいる男たちが外に何人もいたときては不可能です。試合はちょうど始まったばかりで、わたくしたちはアルトン警部を探しながら、観衆の後ろを進んでいきました。観衆の大半は両手を背中に回して、ステッキか傘を握っているようでした。わたくしたちが通り過ぎると、ステッキや傘がぴくりと持ち上がることに気づきました。怪しい観衆です。組織化されていることは間違いありません。ただ一つ、わたくしが少し不安を感じたのは、その疑惑が実に偏ったものではないかという点でした。相手が姿を見せたとき、何者であれ警察が真犯人に目星をつけているか、まったくはずれるかのどちらかではないかと思っていたのです。犯人が姿を現して警察全体を相手に回して、そのうちの一人を殺そうとするとは、なんという厚かましい人物だろうと思いました。厚かましいのは確かでした。さもなければ、スコットランド・ヤードに脅迫状を送って、すでにその三分の二を実行したはずがありません。そのうちにアルトン警部を見つけ、リンリーは彼に近づいて誰がホルバックなのか尋ねました。ホルバックの名前を聞いて、近くにいる観衆が色めき立ち、わたくしたちを監視するように小さな合図を送り始めましたが、アルトンがうなずいて止めさせて、リンリーにホルバックを指し示しました。ホルバックは巨漢で、すぐにわかり、フルバックでした。わたくしはとりわけホルバックのプレイに気を配りながら、試合を観戦しました。しかし、ボールはフォワードの方に行ってしまい、ホルバックはまだ活躍していませんでした。リンリーは観衆を見ました。

しばらくすると、リンリーはわたくしの方を向いて、低い声で言いました。「ここを通り抜けたとしたら、ぼくよりも賢いな」

「えっ？　柵のことですか？」わたくしは言いました。

「いや」リンリーは言いました。「観衆だよ。もっとも、柵でも同じことだが」

「では、どうするつもりでしょう？」

「何もできないよ」

その点では、リンリーは間違っていました。

ついにボールがホルバックの所に飛んできて、スリークオーター先までキックしました。ボールが戻り、再び彼の所に飛んできました。今度は数ヤードほどボールをキープしていると、敵の一人が攻撃してきました。ホルバックは再びボールを確保して、前方にドリブルし、数名の敵の間を抜けました。フィールドの半ばを疾走したところで、ばったりと倒れて死んだのです。

場内騒然となったことは言うまでもありません。そもそも観衆の半分が警戒していたのです。それが今、目の前で起こったのです。警戒していなかった残りの半分も驚いたことには変わりありません。医者を呼びましたが、ホルバックは完全に事切れていて、警察は直前にホルバックを攻撃した男を逮捕しました。この間ずっとリンリーは一言も発さずに立っていました。

「どうお考えになります?」しばらくしてわたくしが尋ねました。

「さあ」リンリーは言いました。「周りにいる人たちはわれわれのことを疑っている」

「どうしてです?」

「われわれはよそ者だからね。声を出さないように」

そこでわたくしは黙りました。

再びアルトン警部が急いで通り過ぎる姿が目に入りました。リンリーは彼に近づいて
「やれやれ、事件は起こってしまいましたね」と言いました。

しかし、アルトンは不機嫌で、返事もろくにしませんでした。非常に綿密な計画を練ったにもかかわらず、敗北を喫したばかりか、一人の男の生命を失ったのです。

「後でわれわれに会いに来るよ」リンリーはわたくしに言いました。

そこで、わたくしたちは観衆と一緒にグラウンドを後にしました。最初、尾行されているような気がしましたが、群衆の中で確認するのは容易ではありません。それから、通り過ぎた人間の誰かが「彼らはだいじょうぶだ。放っておけ」というような合図を送ったように思います。でも、みんな印象に過ぎません。

実際、帰宅するとまもなく、アルトン警部がやって来ました。もちろん、目的はリンリーです。

彼はとても困っていました。

「医者は何と言っています?」というのが、リンリーが最初にした質問でした。

「実は、その件でお伺いしたのです」アルトンは言いました。

「というと?」リンリーは言いました。

「ヘビに咬まれたのだと言っています」

「ヘビとは、ちょっと季節はずれですね」わたくしは言いました。二人ともわたくしには注意を払いませんでした。

「どんな種類のヘビでしたか?」リンリーが尋ねました。

「ラッセルクサリヘビ(インド・東南アジアの毒蛇)です」アルトンは答えました。

それから二人はしばらくそのヘビについて話しました。ギリシャ神話のゴルゴンみたいなへビのようでした。血液を凝固させて、つまり固めて人を殺すのです。幸い、そんなヘビはイギリスにはいません。

「どこを咬まれたのですか?」リンリーの次の質問でした。

「これまでのところ、咬み傷は発見されていません」警部は言いました。「しかし、もちろん死体を調べれば見つかるでしょう。ホルバックと最後に接触した男を拘留しています。オーナットという名前で、激しい攻撃を仕掛けた男です」

「所持品は検査しましたか?」リンリーは尋ねました。

「ええ。しかし、不審物は所持していませんでした」

「拘留を解いた方がいいと思いますね」

「もうそうしました」警部は答えました。「しかし、住所は控えてあります」

その時、電話が鳴ったので、わたくしが出ました。相手はアルトン警部を出してほしいと言うので、警部に伝えました。

「傷口が見つかりました」電話から戻ってくると、アルトンが言いました。「右足の裏でした」

「ずいぶんと底の薄い靴をはいていたんですね」わたくしが言いました。

しかし、リンリーはすぐに話の要点を飲み込みました。

「それで何もかも説明がつきます。あれだけの観衆が見ていてはグラウンドに近づくわけにはいきません。しかし、靴に近づくことはできます」

「そうお考えですか？」警部が言いました。

「理にかなっています」リンリーは言いました。「フットボール・シューズの底を通して刺すわけにはいきません。きっと、靴の中から刺したのでしょう」

アルトン警部はうなずきました。その晩、警部は再びやって来て、リンリーにそのとおりだったと言いに立ち去りました。どうやらそのとおりのようでした。警部は確認のためました。ホルバックの靴底にヘビの牙を固定し、何かカヴァーのようなものをかぶせて、靴が暖まってくるとカヴァーが溶け出し、走ることによって牙が足の裏に刺さるという仕組みでした。走ったときに最もよく曲がる、親指の付け根のふくらんだ部分に固定してありました。さらにもう一つ、保護のための仕掛けがありました。散弾銃に付いているような一種の安全装置で、それが利いている時には働かず、靴のつま先を強く踏むことによってはずれるようになっている仕掛けです。ボールを蹴れば安全装置がはずれます。明らかに、そのとおりのことが起きたのでしょう。次にホルバックが走ってボールを強く蹴ると、牙が足の裏に刺さって毒が流れ込み、インドのラッセルクサリヘビが彼の生命に終止符を打ったわけです。

「その犯人について、手がかりは？」リンリーは尋ねました。

「まだ何も」警部は答えました。「動物園に連絡しましたが、誰もヘビから毒を取った人間はいません。インドへ旅行した人間のようです。薬局で署名をして買ったわけではない毒物の出所を突き止めるのは、容易ではありません」

「ええ」リンリーは言いました。「しかし、別の方面から犯人を追い込むことにしましょう。他の殺人から。手がかりは電話交換局にあります。殺しのあった時刻はご存じですね。ドアを見ることができ、とにかくドアに近づいてくる人間の姿を見て、犯人が準備万端整えることのできる家を」

「それでどうなります？」アルトンが訊きました。

「そうなれば簡単です」リンリーは言いました。「話していた相手が誰なのか調べ、その時刻に電話を受けた人間の中で誰が送信機を持っているか調べるのです。イギリス国内にそれほど数多くはありませんよ」

「なるほど」アルトンは言いました。「無線で起爆したとお考えなのですな？」

「間違いありません」リンリーは答えました。

「無線でそんなことができるとも？」アルトンが尋ねました。

「火花を飛ばしたり、マッチを擦ったりすることですか？　もちろんです」リンリーは答えました。「船や飛行機はそうやって操縦しているのですよ」

「それで、送信機はどこにあるとお考えですか？」アルトンは言いました。

「ピエロの店のドアが見えて、アイランドがやって来るのが見える家から」リンリーは言いました。「電話をかけた相手の家です」

「電話を調べてみましょう」アルトン警部はそれだけ言うと、すぐに帰っていきました。

「送信機は大きな装置なのでしょう?」わたくしはリンリーに尋ねました。

「ああ」

「ロンドンで隠すのは容易ではありませんね」わたくしは言いました。「こう人が多くては」

「アルトンが探し始めたら容易ではなくなるだろう」というのがリンリーの感想でした。

警部は、翌朝やって来ました。「犯行時刻に一軒の家から電話をかけていたことが判明しました。コルクィストと名乗り、行方はわかりませんが、オフィスが欲しいと言って、二十九番の家の二階の部屋を借りた男です。殺人の一週間前に部屋を借り、事件当日の晩に引き払っています。不動産業者と称していました。ちょうど殺人の時刻にヨークシャーに長距離電話をかけていました」

「ヨークシャーですって!」リンリーは言いました。

「ええ」警部は答えました。

「結局のところ」リンリーは言いました。「それでいけない理由はないですね」

「もちろん、その男は今では姿を消しています」アルトンは言いました。

「二十九番はアイランドが通る通りをよく見渡せるのですか？」リンリーは尋ねました。

「ええ」警部は答えました。「アイランドがずっと向こうからやって来るのが、二階の窓から見えます」

「そうなると、警部はヨークシャーまで出かけなければなりませんね」リンリーは言いました。

「ヨークシャーですか？」警部は言いました。

「ええ。もしもそこが二十九番の家から電話をかけた相手先ならば。ヨークシャーのどこです？」

「ヘンビーといって、荒野の寒村です」アルトンは言いました。

「すると、そこが殺人現場ということになりますね」リンリーは言いました。

しばらく、アルトンは信じられないといった顔をしていました。しかし、リンリーは自分の主張を押し通しました。「もし電線がなかったのなら」彼は言いました。「無線でやったのです。偶然でできることではありません。放っておくと偶然は時に奇妙な悪戯をしますが、犯人があらゆる準備を整えた後で、犯人にとって正確に特定の瞬間に爆発を起こすことなどできるものではありません。ああいう計画には偶然の入る余地はありません。ええ、無線でやったのです。もし無線を使ったのなら、ヨークシャーからでも可能です」

「では、その家まで出かけて、奴を見つけるしか手はありませんな」アルトンは半信半疑でした。

「ええ」リンリーは言いました。「それに、出かける前に犯人の目星がつくかもしれませんよ。犯人はキャンベル、アイランド警部、ホルバック巡査部長の三人が一致協力して刑務所にぶちこんだ人間で、そこで復讐計画を温めていたのです。そして、犯人は暮らし向きが良いか、犯罪が充分に引き合うものだったはずです。経済的に、ということですよ。送信機はただで手に入るものではありません。突き止めるのは難しくないでしょう」

「ええ」警部は言いました。「そいつはセプトンだと思います」

「どんな犯罪を犯したのですか？」リンリーは尋ねました。

「コカイン密売です」アルトンは言いました。「いかがわしい賭博場周辺で麻薬を手広く売っていたのです。キャンベル氏が彼を突き止め、アイランドとホルバックが協力しました。今頃は出所しているでしょう。パークハースト刑務所にいたのですよ」

「では、その男はヨークシャーにいますよ」リンリーは言いました。「もう一人の男が受話器を持ちながらピエロの店を監視していたのです。しかし、セプトンはヨークシャーにいたのでしょう」

「どうしてセプトンの方はヨークシャーにいたとお考えなのですか？」アルトンは尋ねました。

「あの種の人間は、常に犯行現場から遠ざかろうとするものです」リンリーは答えました。

「あの連中はこの計画に資金を出して、可能ならば自分たちは身を潜めているのです」

「確かに、その点はおっしゃるとおりと思います」ブリテン島の犯罪をくまなく知っているアルトンは言いました。「ヘンビーに出かけます。早ければ早い方がいい。ヘンビーの十五番が電話番号です。医師の家ですが、本人はスイスに行って、ブラウンという名前の男に一年間貸しています。ブラウンが来て、まだ二か月にしかなりません」

「セプトンがパークハーストから出所したのはいつですか？」リンリーは尋ねました。

「しばらく前です」アルトンは答えました。「出所後しばらくは警察署に届け出る義務があります。それも、二か月半前で終わりました」

「その男を捕まえるのは難しくないのでしょう」連れていってもらえるのではないかと思って、わたくしは言いました。

「そいつは銃を使うのです」警部は言いました。「前回もそれで手こずりました」

もちろん、わたくしの商売からははずれています。わたくしは肉と塩味料理専用の調味料ナムヌモを商って旅をします。わたくしはどんな家にも潜り込めます。もちろん、いつでも売れるかどうかは保証の限りではありません。相手がどんなに入れまいとしても気にしません。最後にはわたくしは入り込んでしまいます。しかし、もちろん射撃となるとわたくしには初めての経験です。射撃結構などとうそぶくつもりはありません。それでも、わたくしは行きたかったのです。

「でも、二人ならもちろん相手をやっつけることができるでしょう」わたくしは言いました。

「いや。それよりもいい手があります」アルトンは言いました。

警部は自分の計画については話しませんでしたが、リンリーの方を向いて言いました。

「あなたもいらっしゃいますか？　明日の午後二時半の列車で出かけます」

「もっと早くしたらいかがです」リンリーは言いました。

「いや」アルトンは言いました。「家は丘の上に建っていて、見晴らしがいいのです」

最初、出かけるのが早いか遅いかで見晴らしがどう違うのか、わたくしには理解できませんでした。しかし、すぐに自分が愚かだったことに気づきました。リンリーはたちどころに理解しました。彼はわたくしを見、それから警部を見て、わたくしも同行していいか尋ねようとしました。「ああ、なるほど」とアルトンは言いました。警部の言葉そのものは何の意味もありませんでしたが、なぜかわたくしも同行していいのだと思いました。

「では、列車に乗ってください。そこで合流します」アルトンは言いました。「アーネスに宿を予約します。一等にした方がいいですよ。そうしたら、たぶんわれわれだけでしょう」

「結構です」リンリーは言いました。「相手は経験豊富だから、警官にすぐ気づくでしょう。ブーツを見て判断するのでしょう？」

そしてリンリーはアルトンの大きなブーツに目をやりました。

「大男ばかりですから、ブーツも大きくなります」アルトンは言いました。

「ええ、当然ですね」リンリーは警部を戸口に見送りながら言いました。

アルトン警部が出ていくと、リンリーはわたくしの所に戻ってきて言いました。「行きたいのだろう、スメザーズ？」

「ええ」

すると、彼は引き出しの所に行って、二挺のリヴォルヴァーを持って戻ってきました。

「一つ持っていった方がいい。注意しろよ。弾が装塡してある。銃を持っていることはアルトンには言わない方がいい。警部が知ったら、書類を書かされるか、刑務所に送られるか、まあそういったところだ」

「ちょっとかさばりますね。ポケットに入れたら、ふくらみに気づかれてしまうのでは？」

「ああ」リンリーは言いました。「アルトンはふくらみに気づくだろう。しかし、何なのか訊くような人間ではない。彼のためにもう一挺リヴォルヴァーを持っていくが、危険な状況にならない限り、彼には渡さない。列車の中で渡したら黙認できなくなるから」

「警部は銃を持っていないのですか？」

「禁止されているんだ」

「犯罪に立ち向かうにしては、公平とは言えませんね」わたくしは言いました。

「まあね」リンリーは言いました。

さて、翌日、わたくしたちは二時半の列車に乗るためにキングズ・クロス駅に行きました。わたくしはリヴォルヴァーを一挺、リンリーは二挺携えて。リンリーがアーネスまでの切符を買おうとすると、すでにわたくしたちのために席が予約済みであると出札係が教えてくれました。ポーターに案内された客車には、わたくしたちの席を予約するラベルがありました。一つの席には〝アルトン氏〟とあり、二つの席にはスマイス夫妻、そして六番目の席にはすでに人が座っていました。どうやらわたくしたちの貸し切りというわけではないようでした。

時間が経ちましたが、警部は来ません。二時二十八分になると、わたくしは心配になってきました。もしも列車が出発し、アルトンを欠いてわたくしたちだけで危険な犯罪者を求めてヨークシャーへ行くとしたら、どうなることでしょう？

リンリーは言いました。「ああ、警部なら現れるよ」しかし、現れませんでした。

それから、わたくしはポーターを呼んで、アルトンのような風采の人物が列車に乗るのを見たかどうか訊きました。もちろん、警部がどんな人物だか述べなければなりませんでした。すると、客車に乗っていたもう一人の乗客が話に加わって、わたくしの友人の人相を尋ねました。その乗客ですが、風変わりな頰髯の持ち主で、大きな口髭を垂らし、小粋なエナメル革のブーツをはいていました。小さな高い声で話しました。わたくしは警部のことをまあ適当に述べました。体格の立派な、髭をきれいに剃った、長身の男であると。すると相手は言いました。「どんなブーツをはいています？」

「ブーツですか？　それはまたどうして？」

「プラットフォームに立っていると目立ちます。人を見分けるのに役立ちますよ」

「なるほど。とても大きなブーツです」わたくしは答えました。

わたくしにとってもそうなのです。隅の席に縮こまっているこの小男にとっては、なおさらだと言えるでしょう。

「ああ、あなたのおっしゃるような人間には心当たりがあります」男は風変わりな小声で言いましたが、そのアクセントにどこか聞き覚えがありました。「この客車の近くではそういう人は見ていませんが、注意してみましょう」

「もう一分しかないのです」わたくしは言いました。

「もう来ているのかもしれませんよ」

やがて、列車は発車しました。

「これからどうします？」わたくしはリンリーに尋ねました。

「不躾（ぶしつけ）かもしれませんが、あなたとご友人は何をなされるんです？」わたくしが困った顔をしていたのを見て、隅の男が尋ねました。

「釣りです」

「ああ、楽しいスポーツですな」

「でも、友人が餌を全部持っていたのです」わたくしは彼に言いました。「なのに、乗り遅れてしまった」

「どんな餌をお使いなんです？」

「生き餌です」リンリーが答えたので、わたくしはびっくりしました。

隅の男は驚いた風もありませんでした。男はリンリーには何も言いませんでしたが、わたくしにはこう言いました。「どこかでお会いしませんでしたか？　あなたのお顔には見覚えがあります」

「そうでしょうか。わたくしはスメザーズと言います」

「ああ。私はアルトンです」

「アルトン？　まさかアルトン警部ではないでしょう」

「いけませんか？　ブーツを見て、おわかりになりませんでしたか？」

わたくしの驚く顔を見て、リンリーは穏やかに微笑みました。するとわたくしより先にわかっていたのです。でも、それほど前というわけではないと思います。わたくしはばかみたいな気がしましたが、不意にはっとひらめいて尋ねました。「痛くはないのですか？」

「ああ、たいしたことはありません」

しかし、そうは言ったものの、本当のことではありませんでした。

「列車の中では脱いだらいかがです?」リンリーが言いました。

「そうしましょうか」警部は答えました。

そこで、警部はブーツを脱いで、アタッシェ・ケースの中から取り出した大きなスリッパにはき替えました。それとともに風変わりな声とアクセントもやめたので、奇妙な頬髯にもかかわらず、容易に警部だとわかってきました。前よりもずっと大きくなったように見えたのは、実に奇妙でした。殻から抜け出したカタツムリさながら、警部は隅から出てきました。リンリーはリヴォルヴァーをポケットから取り出して、アルトンに差し出しました。

「許可証はお持ちですか?」アルトンは尋ねました。

「いいえ」リンリーは答えました。「しかし、狙いは正確ではずしませんよ」

「実は、警官はこういうものは携行してはいけないのです」そう警部は言って、ポケットに銃を滑り込ませた。

「全員が一挺ずつ持っています」リンリーはわたくしを指しながら言いました。

「あまり役には立ちますまい」アルトンは言いました。「相手はわれわれよりもずっと武装しています。これがあっても、家に入ることはできないでしょうし、入ったら不要になるでしょう」

「どうしてです?」リンリーは尋ねました。

すると、アルトン警部はポケットからテニスボール大のガラス玉を取り出しました。警部はそれを左手に持ち替え、周囲にゴムが付いて、頭に巻くストラップのある眼鏡を二本取り出して、それぞれをわたくしたちに渡しました。「室内でこのボールが割れると、われわれは見えますが、相手は目が見えなくなります」

「催涙ガス」リンリーは言いました。

「そのとおりです」警部は言いました。

この世界では、二つのものが複雑になっているなという考えが浮かびました。犯罪とスコットランド・ヤードです。

「問題は」警部は続けて言いました。「いかにして中に入るかということです」

さて、二人はいろいろと議論して幾つも計画を立てました。しかし、残念なのは、いずれも優れた計画ではなかったことです。アルトンはヘンビーの巡査に列車で送らせた、家の簡単な見取り図を三、四枚持っていました。わたくしは二人がこんなことばかり言うのを耳にしていました。「しかし、そこはこの窓から見られる」家に侵入するには幾つもの方法がありましたが、最善の方法でも二人の人間が犠牲になって三人目が入れるといったものでした。

「では、どうします？」最後にリンリーが訊きました。

「戸口まで行って、呼び鈴を鳴らすことになりますな」アルトンは答えました。

「しかし、ドアを開けますかね？」リンリーは尋ねました。

「さあ」アルトンは言いました。「ああいう男は開けないでしょうな」

それ以上議論は先に進みませんでした。そこで、わたくしは口を挟む頃合いだと思いました。もっとも、二人ともわたくしのことはずっと忘れていましたが。

「わたくしなら家には入れます」

「あなたが？」警部は言いました。

「ええ」わたくしは答えました。「わたくしは肉と塩味料理の調味料のナムヌモの訪問販売をしています」

「しかし、どうやって家に入るんです？」

「ああ、手はいろいろあります」わたくしは言いました。「家に入り込めなかったら、ナムヌモの訪問販売などやってられませんよ」

「だが、この男は武器を持っているんだ」リンリーが言いました。「それに、君を家に入れたがらないだろう」

「わたくしを家に入れたがる人間などおりませんよ」わたくしは言いました。「欲しくもない物を売りつけに来た、見ず知らずの人間なんですから。それでも、わたくしは入りまきません」

「そりゃあそうです」わたくしは答えました。「誰もわたくしを押し留めておくことはできません」

「家に入れると思っているんですか？」警部は訊きました。

「ま、それがわたくしの仕事ですから。警官にどうやって制服を着るのか尋ねるようなものです。するりと入り込むんです」

「しかし、どうやって？」警部が同じ質問を繰り返しました。

す」

「やるだけやってみましょう」警部は考え込んでから言った。「中に入ったらガラス玉を落とせますか？」

「ナムヌモを売りつけるよりもたやすいことです」わたくしは言いました。

「やってみてもいいでしょう。硬い物の上に落としてください。破裂はしません。ただ割れるだけです。落とした後では、相手はあなたを見ることはできません。あなたはこの眼鏡をつけなければなりません」

「わたくしは構わないのですが。そうなると仕事がやりにくくなります。わたくしはいつも、家に入る前はできるだけすっきりした身なりをします。そういう物を顔にかけたら、ずっと難しくなります。わたくしは構いませんがね」

「何とか言ってごまかすことはできませんかね？」

「ごまかすんだ！」リンリーが言いました。「ナムヌモを売りつけることのできる人間に不可能はない」

わたくしの言いたいことはちょっと違っていました。これでは製造者に酷っていうものです。とはいえ、まんざら間違っていたわけでもありません。

「もちろん、できますとも」わたくしは言いました。

そこで警部はわたくしにガラス玉を四個渡して、機会を見つけたらいつでも落とすようにと言いました。

「他にあの家にどんな人間がいるかわからないのです。非常に腹黒い人間かもしれないし、だまされやすい人間かもしれません」

結局、相手は一人だけでした。

さて、アーネスに入ると、フォードを一台雇って、ヘンビーまで車を四マイル走らせました。その頃には暗くなってきて、車の中でアルトンとリンリーが口には出さないまでも心配していることがわかりました。わたくしはすっかり安心していました。それというのも、目の前の仕事はわたくしにできること、つまり、家に入ることだったからでした。何も知らない人間の中で、自分の仕事をやることほど人を落ち着かせることはありません。他の人間に対して優越感を感じることができます。丘の上のヘンビーの町は夜に包まれ、そこから闇の中に消えていく一本の道が見えました。その通りの最後の家を百ヤードほど過ぎると、ヘンビーの十五番の電話番号を持つ家がぽつんと建っていました。わたくしたちは家のずっと手前で車を止めて、最後の数百ヤードを歩きました。アルトンは運転手に外に出て歩く理由を説明しました。もっともらしい理由に思えましたが、わたくしはなぜか二つのことに気づきました。運転手はアルトンの言葉を一言も信じていないことと、わたくしたちの真の目的に運転手が気づいていないことです。

「私だったら今、保護眼鏡をかけますよ」アルトンが言いました。

そして二人は、まだ家から見えない所にいるうちに、わたくしが眼鏡をかける手伝いをしてくれました。助けが必要になった際に吹くホイッスルをアルトンがくれました。「われわれは見られないぎりぎりの距離まで近づきます」警部は言いました。とは言っても、わたくしがホイッスルを吹いて助けを呼ぶようなことになったら、手遅れだろうなと思いました。わたくしが不安そうに見えたからかもしれません、アルトンが言いました。「われわれが気づかれるほど近づいたら、誰も入れてくれないでしょう。いずれにせよ、あなたを入れてくれないかもしれません。しかし、できるだけのことをしてください」

「だいじょうぶ、入ってみせます」わたくしはそう言って出かけました。

その夜はとても暗くて、実際には好都合だったのでしょうが、そうは思えませんでした。そのうえ、人気（ひとけ）もなくて、わたくしに吹きつける風はまるで夜に吸い込まれるようでした。わたくしの方に向かってやってくる足音が聞こえ、一人の男が通り過ぎました。アルトンに報告に行く村の巡査に違いないと思いました。これでわたくしがホイッスルを吹いた時に三人の人間が駆けつけることになりますが、だからといって孤独感が薄れるわけでもありません。やがて、家にたどり着きました。くぐり戸を抜けて、小さな庭を通る小道を進むと、正面玄関にやって来ました。わたくしは二階の窓が開くまで呼び鈴を鳴らし続けました。暗い部屋の窓で、顔は見えませんでした。

「何の用だ？」声は言いました。

「何も必要ないなら、用はありません」わたくしは言いました。

「どういうことだ？」暗い部屋から声が言いました。

「ただ」わたくしは言いました。「ほとんどどんな人間でも求めているものが一つあります」

「ほう？　何だ？」

「健康です」わたくしは答えました。「そして、食べ物なしで健康など考えられるでしょうか？　良い食べ物、そしてそれにつける調味料なしに？」

「何も買わないぞ」そう言って、男は窓を閉めようとしました。

「ちょっと待ってください」わたくしは言いました。「何かを売りつけようというのではありません。ここに肉と塩味料理にもってこいの素晴らしい調味料があります。でも、お金はいただきません。進呈します」

これは人の心をぐっと摑みます。一ダース買うお客様には一本くらい差し上げるものなのです。この一本は無料ですよと言って、わたくしは何人ものお客を摑み、後で一ダースの注文書にサインをもらうのです。もちろん、皆さん即金で払ってくださいます。そこが難しいところなのです。注文と現金を受け取るところが。いずれも先の話ですが、無料の一本で家に入ることができるのです。さて、いよいよです。

「それで、これをどうしようっていうんだ?」男は尋ねました。

質問するほど関心をそそられたってわけです。

「いや、実は」わたくしは言いました。「これがお気に召して、もっと注文するっていうわけです。そこでわたくしが必要になるってわけです」

考えれば考えるほど、どんなに人の心を摑んだかおわかりになるでしょう。ビジネスというものは、お客が満足して、それなしではいられなくなった時に始まるようなものです。人間というものはとてもだまされやすいのです。わたくしにはわかっています。そして、殺人犯もやはり人間に過ぎないのです。

「ああ、そうか。ではもらおうか」男はしぶしぶのように言いました。

そして、わたくしはナムヌモを持って進みました。男はドアを開けて、家の中には一人きりのようでした。立派な食事は、あるいはそれを望むことも、こういう人間には大きな意味を持っているのです。

男はわたくしを、玄関ホールから引っ込んだ小さな部屋に連れてきて、明かりをつけて腰を下ろしました。「見せてくれ」

そこに座っていたのは、いやな表情の男でした。ごまかしの利く相手ではありません。男が相手の心を読むというわけではありませんが、鋭い目をして、こちらが何か思いついたら先回りしそうなのです。オレンジ色の口髭を短く刈っていました。腰かけて、わたくしをじっと見ているのです。アルトンとリンリーはずっと離れた所にいます。ナムヌモを使ったごまかしなら、この男にも、あるいは誰にだって、気にしないでやれます。わたくしには第二の天性と化していて、ごまかしなどとは少しも思っていないからです。しかし、これからやる手は使う気になれませんでした。

「あなたに差し上げる一壜です」ナムヌモをポケットから取り出して、わたくしは言いました。そして、ガス弾も三個取り出して、「サンプルです」と言いました。

しかし、男はわたくしの手に持ったものは見ないで、ゴムを取り付けた私の眼鏡をじっと見つめていました。それを見て取ったわたくしは、慌てて説明しました。

「ナムヌモの香りは口から涎を流すばかりか、目からも涙を流すのです」

もちろん、こうなっては売りつけることなどかないません。皿の中に涙を流したがる人などいないからです。しかし、その日の目的はナムヌモを売ることではありませんでした。

男はわたくしから目を離しませんでした。そして、一方の手をおろすと、ゆっくりとこちらにリヴォルヴァーを向けました。

「ああっ！　やめてください」わたくしは言いました。

そこでわたくしは催涙ガスのたっぷり入った三個の玉を落とし、そのうえに調味料のボトルを落としました。わたくしは粗相を詫びて、破片を片づけようと身をかがめました。その時にはガスが男に届いていました。男は立ち上がって、手探りでわたくしの方に向かって来て、撃とうとしました。しかし、時すでに遅し。男は目が見えなくなっていたのです。そこでわたくしは静かに男から身をかわしました。男は立ち止まって耳を澄ませ、音のしたと思った方向にリヴォルヴァーを向けていました。突然、男は気が変わったのか、自分の頭を撃ち抜きました。

第二戦線

The Second Front

わたくしがリンリーさんのことを書いてからだいぶ経っていますので、スメザーズという名前などお忘れのことでしょう。わたくしの名前です。ですが、肉と塩味料理の調味料、ナムヌモのことなら世界中が知っています。わたくしはそれを売って歩いているのです。つまり、いろいろな土地を旅して注文を取ってきたりしています。いや、戦争で何もかも台無しになるまではそうしていました。それについて、つまりナムヌモについて書いた物語のことを覚えていらっしゃる方もおられるでしょう。というのも、そこに登場したのがリンリーさんで、あの人は容易には忘れがたい人だからです。もしも覚えておいでなら、スティーガーとアンジで起きた事件のことも忘れていらっしゃらないでしょう。忌まわしい事件でした、あれは。あの事件のことは物語に書きました。『二壜の調味料』という題名です。すると、スティーガーは再び姿を現しました。スラッガー巡査を射殺した事件です。警察はどちらの事件でも彼を逮捕することができませんでした。おかしな話でもあります。なぜなら、警察は彼が両方の殺人を実行した犯人であることを完璧に把握し、リンリーさんが協力してその方法を警察に教えたからです。それでも、警察は彼を逮捕できませんでした。確かに、捕まえたければ警察はいつでも彼を捕まえることはできました。しかし、無罪の評決になってしまうということなのです。犯罪者が有罪の評決を恐れる以上に、警察は無罪の評決を恐れていました。そういうわけで、スティーガーはいまだに野放しになっています。次に、三つの殺人を犯した男の話が続き、そこでもリンリーが警察に力を貸しました。警察は犯人を捕まえました。やがて戦争が起き、殺人など取るに足らない事件のように思えるようになり、長いことスティーガーの名前を聞くことはありませんでした。リンリーさんは将校になり、その頭脳が注目されるや、陸軍省の情報部に配属され、夢にも思わなかったことですが、わたくしの方は兵卒になり、昔はなんと良いものがあっただろうと広告社がこぼす時を除けば、もはやナムヌモのことは耳にしなくなりました。そう、わたくしは一九四〇年の夏に召集されて、ロンドン近郊の兵舎に入れられました。わたくしはよく茶色の毛布の下で夜中に目を覚まし、イギリス軍の参戦している戦いや、学校で聞いたこと、さらに軍曹が教えてくれたことについて考えを巡らせ、戦いはどんなものだろうか、どんな音がするのだろうかと思い描こうとしていました。その間も戦いは兵舎の上空で繰り広げられていたのです。昔の戦争はそんな夜に比べればずっと静かだったかもしれないなと思いました。ですが、本当のところは知りません。

さて、その戦いは一年後に終わりました。わたくしたちが勝利したのです。正確には空軍の兵士たちが。しかし、わたくしたちにはあまり物資がありませんでした。いやな時代でした。今ではドイツ人もああいうことはしないと思います。最近では彼らも文化や文明を破壊してはいけないと言っています。しかし、当時はそんなことはまったく理解せず、わたくしたちの都市を破壊し尽くすことばかり口にしていました。そして、あわやというところまで行ったのです。ですが、戦争について書くつもりはありません。たぶん、百年後に誰かが書くでしょう。一九一四年に始まって、一九一九年から一九三九年までの休止を挟んで続いた戦争から興味津々の物語ができあがるでしょう。わたくしはリンリーさんの物語を続けることにします。あれは一九四三年のことでした。一日休暇をもらって、トラックで外出し、ロンドンにやって来ました。最初にやったことは、ランカスター・ストリートに寄って昔のフラットを一目見ることでした。フラットを見たかったのは、ずっと兵舎に住んでいたわけではないということを確認したかったからです。ですが、なくなっていました、あのフラットは。雑草や花々の生い茂る一角になっていました。そして土台がだいぶ残っていました。見たかったものはありませんでしたが、或る意味ではその眺めが気に入りました。わたくしの覚えているフラットは薄汚れて黒ずみ、クラレンス・ガーデンズと呼ばれていました。今ではまさに庭になっていました。とにかく、陽光が当たり、何かの花が咲いていました。ロンドンに住んでいる人で、田舎の景観に時たまあこがれの思いを抱かない人はいないでしょう。ここはちょっとした田舎の様相を呈していて、野草がぼうぼうと生い茂り、田舎以上ではないかとも思われました。そして、しばらく、何マイルと延びた舗道の中に陽光を浴びた野草の生えた一角を見て楽しんでいるうちに、土台をむき出しにするに至った殺戮(さつりく)に思いを馳せました。空を見上げ、住んでいたフラットはどのあたりだろうと考えました。かつて、あの青空のあたりで歩き回ったり、腰を下ろしてリンリーさんの話に耳を傾けたことがあったなんて、不思議な気がしたからです。わたくしが目を上空から土台に転じると、一人の将校がそばに立ってこちらを見ているのに気づきました。わたくしが気をつけの姿勢をとって敬礼すると、将校は言いました。「おい、スメザーズじゃないか」

わたくしは答えました。「まさか、リンリーさんではないでしょうね！」制服を着てすっかり見違えたからでした。

彼は「そうだよ」と言って、握手をしました。

すぐに、わたくしたちは昔のフラットの話をしていました。

やがて、彼はこう言って、わたくしをびっくりさせました。「君こそ求めていた人間だ」

いや、わたくしは兵卒になってからいろいろな仕事をしてきました。それこそありとあらゆる仕事を。ですが、こんなことを言った人は一人もいません。それも、リンリーさんが言うと、まるで本当のことのように聞こえます。

「いったいどうしてです？」わたくしは尋ねました。

「これから話す」彼は言いました。「あのスティーガーがまた暗躍しているんだ」

「スティーガー！」わたくしは言いました。「ナムヌモを二壜買った男ですね」

「その男だ」

「それからスラッガー巡査を射殺した。今度は何です？　例によって例のごとしですか？」

「もっとひどい」

「もっとひどいですって！　あの男は殺人犯ですよ」

「われわれの知る限り、ほんの二人殺しただけだ」リンリーは言いました。「いわば小売りの殺人者だ。だが、今ではスパイなんだ」

「なるほど。大量販売に走ったというわけですか」

「そうだ。そこで君に彼の監視を手伝ってほしいんだ」

「よろこんで。できるだけのことはいたしましょう。どこにいるんです？」

「ああ、奴はここにいる。ロンドンに」

「どうして逮捕しないのです？」わたくしは尋ねました。

「それは最後の手段だ。他の大勢を警戒させるから」

「今回は何をしでかしたのですか？」

「実は」リンリーは言いました。「ほんの数日前に、奴が最近、千ポンドの大金を受け取ったことが判明したばかりだ。サマセット・ハウスが発見して報告した」

「また娘を殺して金を奪ったのではありませんか？」わたくしは尋ねました。

「いや、そんなに簡単なことではない」リンリーは言いました。「ナンシー・エルスは二百ポンド持っていたが、そう毎日金持ちの娘を見つけることはできない」

「すると、その千ポンドはどこから来たのでしょう？」

「悪銭の中でも最たるものだ」

「スパイ活動というわけですか？」

「そのとおり。世界中の不正な仕事の中で最も稼ぎの大きい仕事だ。特に、初めての時にはね。新人を仲間に加えるためには、ほとんどどんなものだってくれる。もしも役に立ちそうだと思ったら。そして、スティーガーはおおいに役に立つ。実際に熟練した殺人犯で、スパイにも熟練することだろう」

「それで、奴はどこに？」わたくしは再び尋ねました。

「だいじょうぶ、居場所は見つけた」リンリーは言いました。「スティーガーを見つけ出すのは難しいことではない。いつでも難しいのは、彼がやったことを証明することだ。ハムレットが言ったように『そこが問題なのだ』（第三幕第一場）」

「奴は何をすっぱ抜いたのですか？」

「まだ何も」リンリーが言いました。「そこで君に奴の監視を手伝ってほしい。千ポンドとなるとかなりの報酬で、相当な情報に違いない。もちろん、それは国内にいるドイツ人か、売国奴といった連中が支払ったものだ。しかし、彼らはまだ情報を国外に持ち出せずにいる」

「どうしてご存じなんです？」

「ドイツ人がそれだけの大金を支払うようなことは一つしかないが」リンリーは言いました。「敵側はまだそのことを知らないからだ」

「お訊きしてよろしければ、それはどんなことです？」

「第二戦線の位置だ」リンリーは言った。「奴が何らかの手段で見つけ出し、別のスパイが自分の自由になる金から支払ったのだろうと、われわれは考えている。しかし、ドイツに持ち出せれば百万ポンドの価値があるだろう。一億ポンドだって安いくらいだが、たぶん相手は五万ポンド払うだろう。いずれにせよ、敵がまだ知らないことはわかっているし、千ポンドはほんの手付金だ。しかし、手付金に変わりはない」

「奴はどうやって見つけ出したのでしょう？」

「そこまではわかっていない」リンリーは言いました。

すね」
「なるほど。そこで、あなたは奴が国外に脱出しないように見張ってほしいというわけで
「ああ、脱出ならできない」リンリーは言いました。「しかし、奴が情報を送らないよう
に監視してほしい」
「奴はどうするでしょうか？」
「おそらく、無線だろう」
「どうやって？」わたくしは尋ねました。
「戦争が始まって以降使用されたすべての送信機のありかは突き止めた。しかし、まだ使
われていない送信機が隠してあって、こういう大きな情報のために待機しているのかもし
れない。伝書鳩もすべて突き止めたと考えているが、どこかにわれわれの把握していない
鳩が一羽や二羽いるかもしれない。しかし、鳩を隠すよりも送信機を隠す方が簡単だ。餌
をやる必要がないから」
「それで、わたくしに奴を監視しろとおっしゃるのですか？」
「四六時中というわけではない」リンリーは言いました。「奴はロンドンにいるが、君の
想像以上にわれわれはすべての家についてよく把握している。ロンドンであれば、奴がど
こで送信機を使っても恐るるに足りない。しかし、広々とした田舎となるとそうはいかな
いから、奴が移動する際には監視が必要だ」

「相手の男はどうなのです？」わたくしは尋ねました。「奴に金を支払った男です」「その男は潜伏していて」リンリーは言いました。「まだ所在が摑めない。しかし、それはひとえに男が身を潜めているからで、無線送信機で妙なことをしでかしていたら、すぐに突き止めただろう。このため、その男は仕事をやらずに、スティーガーに一任するだろうとわれわれはにらんでいる。なにしろ、スティーガーときたらかなり抜け目ない男で、二人も人を殺しておきながらイングランド、スコットランド、北アイルランドを大手を振って歩くことができるのだから」

「よろこんで奴を監視します」わたくしは言いました。「わたくしにできるとお考えなら」

とはいえ、わたくしはちょっとためらうような言い方をしました。それというのも、リンリーさんが親切にもこんな仕事を提供してくれたとはいえ、話しているうちにかなり重要な仕事であることがわかってきて、正直言ってわたくしにはこういう大仕事を任される資格はなかったからです。たぶん、そういう風に育てられて、早くから大きな仕事をやる機会が与えられていたらだいじょうぶだったかもしれませんが、これまでずっとナムヌモの販売をやってきて、それ以上大きな仕事の経験がなく、なぜか自分が仕事に見合ったサイズの人間になったように思えました。あるいは、もしかしたら仕事の方が自分のサイズに見合っていて、だからその仕事が来て、もっと大きな仕事は来なかったのかもしれません。そして今、もしもわたくしが成功してもたいしたことはなさそうですが、しくじったら第二戦線の位置に関する情報を敵方に知らせてしまい、ひいては数百万もの人命を失うことになるかもしれない仕事をリンリーさんは提供してくれているのです。だからわたくしは『もしもわたくしにできるとお考えなら』と言って、わたくしには無理だということを匂わせたのです。それならフェアだと思いました。しかし、リンリーさんはこう言いました。「だいじょうぶ、君こそうってつけの人材だ」

「よろこんで最善を尽くします」わたくしは言いました。「制服を着るのですか？」

「いや。そこが肝心な点だ。奴にイギリス軍が監視していることを悟られたくない。イギリス軍だろうと誰だろうと監視していることはね。ところが、どういうものか、軍服だと君は完璧な軍人に見えるが、平服ではわれわれの避けたい印象を与えることがまったくないんだ」

もちろん、わたくしは軍服を着たって完全な軍人には見えませんでしたし、見えるようにもなりませんでした。そう言ってくれたのは彼のお世辞でしたが、要点はわかりました。「いいですよ。数年さかのぼってナムヌモ時代に戻れば、奴の周囲をうろついても、軍人らしくは見えないでしょう」

「それでは」リンリーは言いました。「連絡するよ。今はまだ必要ではない。奴をしっかり監視している。しかし、どこか無線の近くに行ったら、他にも監視する人間が必要だ。

その時は至近距離から監視しなければならない。五秒で、奴はヨーロッパを壊滅させてしまうんだ。まだ壊滅していない部分を、ということだが」

この出来事は一九四三年六月末のことで、ヨーロッパ侵攻作戦がすっかり整い、ドイツ人たちがまだあれこれ推測していた時のことでした。そして、推測しながらも彼らは二、三千マイルにわたる戦線を強化しなければなりませんでした。もしもスティーガーが事実を把握しているならば、その一言で上陸地点が百マイルに限定されて、おおいに面倒を省くことができます。夏至の直後のその日、リンリーと別れた時の状況はそんなものでした。そして、別れる前に彼は立派な制服姿で、わたくしはと言えばしがない一兵卒だというのに、大ホテルでとても素晴らしい昼食をごちそうしてくれたのです。たとえ誰も聞いていなくても、そこではもうスティーガーのことはいっさい口にしませんでした。その種の事柄は一言も彼は室内では話そうとしませんでした。さて、わたくしは彼に感謝しました。わたくしのことを覚えていてくれたことと、こんな素晴らしい昼食をごちそうしてくれたことに対して。そしてわたくしはバスに乗って兵舎に戻りました。ほんの一週間後にリンリーから手紙が届きました。『仕事の手はずは整った。君の部隊長に書簡を送った』とだけ書いてありました。そしてわたくしは翌朝、中隊事務室に呼び出され、旅行許可証を支給され、その日のうちに陸軍省に出頭し、そこで特殊任務について説明を受けるようにと言われました。そこでわたくしはロンドンに出かけて、命令どおり陸軍省の担当部局に出頭し、民間人風のスーツのサイズ合わせをして、アルバート・ホールでの演奏会の切符を受け取りました。わたくしがすべきことは切符に記された番号の座席に座って、できるだけ音楽に関心を払うと同時に、右側に座っている男を監視することでした。服のサイズ合わせをしている間に言われたのはそれだけでした。やがて、わたくしの髪型があまりにも軍隊風だったので、髪にブラシを入れられている間にリンリーがやって来ました。それからリンリーがすっかり説明してくれました。問題の演奏会はラジオ放送されることになっていて、スティーガーはマイクの真下の席を選んだとの報告がありました。第二戦線の秘密を摑んでいることを今でも確信して、演奏の合間にきっと何か言うことはほぼ間違いありませんでした。そして、全世界がそれを聞くのです。もちろん、演奏中もずっと見張っている必要がありますが、おそらくやるとしたら演奏の休止時間でしょう。

「では、どうやってわたくしは阻止したらよろしいんですか？」

「ぼくも」リンリーは言いました。「奴の隣に座るから、阻止することができると思う。だが、君の協力はありがたいよ。特に、奴が攻撃予定の国名を怒鳴り始めた時などは。その時は君も大声を出してかき消すか、他の方法で奴を阻止しなければならない。しかし、奴がそうするとは思えない。実際には千に一つの可能性といったところだろう。なぜなら、敵に警告したことがわかってしまうし、奴も絞首刑になるからで、それは奴がこれまでなんとしても避けていたことだからだ。ほぼ間違いなくやることは信号を送ることで、ぼくはそれを警戒しているが、君の協力も必要だ」

「それで、どうやって奴を阻止するのかお訊きしてよろしいですか？」「奴が何かやり始めた時に」

「単に無線のスイッチを切ってしまうんだ」リンリーは言いました。

さて、それは午前中のことでした。その日の晩、わたくしはアルバート・ホールの中央席、オーケストラの正面の席に座っていました。すぐ前の上方には小さな物体が吊り下がっていました。それがマイクでした。一目でわかったのは、これまでに見たことのなかった物だからで、マイクというものがそんなものだったからです。やがてリンリーが入ってきて、一つおいて右隣に着席しました。彼はわたくしの顔を見ようともしませんでした。右を見てから左を見ましたが、左を見た時も――たとえわたくしが目に入ったにしても――何マイルも先、少なくとも何ヤードも先を見ました。それからスティーガーが入ってきました。会ったのはこれが初めてでした。こんなことを申し上げてお気を悪くされることはないと思いますが、殺人者は顔を見ただけでわかります。確かにスティーガーでした。やがて、演奏が始まりました。曲はいわゆる交響曲というやつでした。ベートーヴェンの第五交響曲とやらで、間に休止が三回あります。いや、実に結構な曲で、スティーガーは何もしないで曲に耳を傾けていました。第一楽章の間は身動き一つしないで、唇も開きませんでした。そして休止になりました。わたくしは犬を警戒する猫のように彼のことを見入れて、なんだか頭の中で曲を反復しながら音楽のことだけ考えているみたいでした。彼も平服でした。それからわたくしは再びスティーガーを見ました。するとスティーガーは手を胸ポケットに入れて、口を開けて息を吸い込みました。咳をしようとするところでした。他にも一、二名が少し咳をしていました。演奏中抑えていた小さな咳でした。しかし、スティーガーがしようとしていたのは特大の咳でした。吸い込んだ息の大きさからわかります。同時にリンリーが赤いハンカチを引き出しました。そしてわたくしを素早く見ると、手をわずかに振って何もするなと合図をしました。わたくしが前かがみになってどうしたものかと迷っていたからでした。次に彼は座り直して、再び音楽に思いを戻しました。少なくとも、満ち足りて居心地良さそうな様子でした。スティーガーは思いどおりに咳をしましたが、リンリーからの指示があったので、わたくしは放っておきました。それからスティーガーは一度、さらにもう一度けたたましい音で鼻をかんで、再び咳をしました。次に彼はもう一度咳をしてから鼻をかんで、ハンカチをしまいました。そして、リンリー同様におとなしく座りました。すぐに音楽が始まりました。スティーガーはその間ずっと身動きせず、唇も開けませんでした。次の休止になると、わたくしはリンリーを見ましたが、彼は首を振るだけでした。やがてスティーガーは大きく息を吸い込んでハンカチを引き出し、リンリーも自分のハンカチを取り出しました。スティーガーは再び咳を一つしてから鼻をかみました。そしてさらにもう一度鼻をかんでから咳をし、最後に先ほどと同様に咳をしてから鼻をかみました。やがて再び演奏が始まりました。演奏に専念できたら素晴らしい曲だったと思いますが、わたくしは仕事で手一杯でした。スティーガーを監視していたのです。彼は何もしませんでした。演奏の最中も曲の合間も、その後ずっと。くしゃみ一つしませんでした。さて、もうあまりお話しすることはありません。リンリーが後で種明かしをしてくれました。スティーガーのやったことについてですよ。二、三日して、シシリー島侵攻があって、それからリンリーが話してくれました。わたくしの功労に対して一日休暇を取ってくれたのです。もっとも、残念ながらわたくしは役に立つようなことはしていませんが。実際、何一つやったわけではありませんでしたが、休暇をいただいて、ロンドンに出かけてリンリーに会いました。ありがたいことに再び昼食をごちそうしてくれて、この戦争が始まる前の昔の四方山話をあれやこれやしました。それからスティーガーの送った信号は何なのかリンリーが話してくれました。奴はモールス信号を使ったのだということでした。咳は短い信号のトン、鼻をかむ音は長い信号のツーです。そして奴が送った信号は〝エトナ（シシリー島にあるヨーロッパ最大の活火山）〟でした。

「どうしてエトナなんです？」

シシリーよりもずっと短いからだ、とリンリーさんは言いました。トンとツーが六つしかいらないが、シシリーだと十九必要だ。それに、エトナで充分通じるから。しかし、その信号は送られませんでした。制御デスクに男がいて、指をボタンに当てながらリンリーを見ていて、赤いハンカチを見るとボタンを押して放送を中断していたのです。もちろん、演奏が始まる時には再開しました。全聴衆が、つまり全世界が聞き逃したのは、着席している聴衆の立てる音や、演奏家たちが音あわせをする音など、合間に聞こえるあらゆる小さな音でした。だからどうしたのか説明する必要もありませんでした。しかし、音楽が中断した時には口実を用意していました。

「それは何です?」

「技術的な障害さ」リンリーは言いました。

おっと、もう一つお話しすることがありました。わたくしはできるだけ目立たずに、兵隊にも見えないように、そして彼に監視していることを気づかれないようにと言われました。そこでわたくしは今の自分を捨てて、古い本当の自分に戻るのが最善だと思ったのです。意見を求められたらこう答えるつもりでした。ですが、おそらく誰も自分のことや本当の自分についてはよく知らないのです。さて、スティーガーが帰りかけた時、わたくしは彼に近づいて言いました。最近は商売とか何にとっても悪い時代で、何も手に入らないし、ナムヌモだって入手できません。ですが、あの良き時代も戻ってきてナムヌモも再び市場に出回るでしょう。わたくしはナムヌモの巡回販売員で、そのことはポケットに昔の注文書が一、二枚残っていますから証明できます。予約注文なさいませんか? 戦争が終わったらすぐに昔の値段で一壜お届けしましょう。半ダースご注文になれば、さらに値引きいたしますし、お支払いは現品が届いてからです。そうやって、わたくしは彼から半ダースの注文を取り、彼は注文書に氏名と住所を記入しました。コーニーリアス・ウェスターハウスと名前を記入し、住所はバプハム・ロード九四番、ワンズワースでした。もちろん、そんな道路などありませんし、コーニーリアス・ウェスターハウスという名前の人物などいないことも知っています。ですが、再び昔の仕事をやって、どういうわけか血が熱くなり、不意にスリルを感じたのです。

二人の暗殺者

The Two Assassins

わたくしのことを覚えていらっしゃるかどうか。リンリーさんに関するお話を一つ二つ披露した者です。名前はスメザーズです。素晴らしい頭脳の持ち主リンリーさんのことは記憶にとどめておく価値がありますが、わたくしのことは覚えていらっしゃらないでしょう。それでも多くのお宅にお邪魔したことはあるのですよ。覚えている方もいらっしゃるかもしれませんが、わたくしはナムヌモのセールスをやっています。皆さんの大半はわたくしが皆さんのお宅に入ったことがあるとはお思いにならないでしょう。ですが、その点では皆さんは間違っています。何人かの方は「うちにはそんな物は置かない」とおっしゃって玄関のドアを閉め、やれやれこれで片づいたと思われたことでしょう。でも、裏口をお忘れです。わたくしはいつもそこから入るのです。だから、皆さんがご存じかどうかは別として、大半のキッチンにナムヌモが置いてあるのです。さて、今日はナムヌモの話をしようというのではありません——もっともナムヌモの話をやめるつもりはありませんでしたが——今日はリンリーさんについてのお話をするつもりです。こういう話です。サン・パラディソの大統領がロンドンを訪問し、盛大な歓迎会に出席することになりました。そして、手短に言うと、スコットランド・ヤードはその席で大統領が暗殺されるという情報を摑んだのでした。政府はとりわけそのようなことにならないよう神経をとがらせました。そういう事態を望まない理由について立ち入る必要はありません。しかし、もしそんなことになったら、サン・パラディソに与える影響は甚大で、かなりのパラディソ人たちがそれを狙っていて、わが政府としてはそうならないようぴりぴりしていたのです。そんなところへ、突然、ドン・ワルドスが一味に加わっているという情報がスコットランド・ヤードにもたらされました。この男について詳しくお話しする必要はありませんが、以前からたびたびこのようなことに手を貸した人物です。そして、失敗したことがないとパラディソ海岸中に聞こえている男で、捕まるなど論外でした。しかも、その男の手口は単に考えることだったのです。彼は他の暗殺者たちがやった方法を調べ、どんなことが予想されるか知ります。そして、新しい方法を試みるのです。スコットランド・ヤードはおおいに心配になりました。サン・パラディソでの暗殺はほとんどいつも成功していたからです。そしてパラディソ人が大統領を狙っている、しかもドン・ワルドスが率いているとなると、再び暗殺をやってのける可能性が高くなります。ロンドンでそんなことをさせるわけにはいきません。さまざまな理由から、ちょうどその時政府が望んでいない事態になってしまうことになるでしょう。とりわけスコットランド・ヤードにとってまずかったのは、ドン・ワルドスがその時、サン・パラディソの向こう側、ここロンドンから可能な限り遠くにいたことでした。そしてこのことは、彼が大きな仕事を抱えている時のいつもの習慣でした。アリバイが必要とあれば、いつでも用意していたのです。彼がはるか西にいたことは少し不吉で、スコットランド・ヤードはあらゆる予防措置を講じました。彼らがリンリーに協力を仰いだのはほんの偶然でした。一人が彼に協力を求めたらどうかと言ったところ、残りの大半は反対しましたが、もう一人が余計に一つ予防措置を講じたところで害はないだろうと発言したのです。こういうわけでした。そこで一人の警察官がリンリーを訪ねて、あまり情報をもらさないようにしながら、事情を話したのでした。そして、リンリーはどうやったのか、話の内容からではなく、警察官がこの問題を扱うやり方から、警察が恐れていたのはドン・ワルドスだということを知ったのです。さて、この話は戦争の少し前のことで、リンリーとわたくしはまだフラットで共同生活をしていました。今ではフラットではなくなって、ヤナギランが生い茂っています。わたくしたちはフラットで一緒に住んでいて、警察官が帰るとすぐにこっそり事情を話してくれました。彼が大半の時間をどうしていたかご存じですか？　警察官と一緒にいた時という意味ですよ。どうやって大統領を殺すのか尋ねたそうで、警察官はいろいろな凶器、主として自動小銃だろうと答えましたが、リンリーはそのいずれでもないだろうと言いました。警察官が理由を尋ねたところ、いずれも彼の予想した手段で、こういう大きな計画では、サン・パラディソの一味は人に予想されるようなことをやって実行前に捕まるようなまねはしない、とリンリーは答えました。確かに大きな計画で、彼らは世界を破滅させるためにささやかながら一翼を担おうとしていたのです。その計画が成功したら、大変な数の敵を作ることになり、そうなったらわれわれの手に負えません。銃が足りないのです。さて、リンリーがスコットランド・ヤードから来た男に敵はそんな凶器は使わないだろうと話していると、相手は凶器を使わないでどうやって殺人を犯すことができますかとリンリーに尋ねました。リンリーは答えられず、考える時間が欲しいと言いました。その晩、彼はかなりの時間を考えて過ごしました。ときどきわたくしに話しかけましたが、大半は考えていました。夕食前に或る考えが浮かびました。奇妙な考えでした。以前に一つ二つ謎を解決したことがなかったら、警察は彼の話に耳を傾けなかったでしょう。これがリンリーの計画で、警察はそれを受け入れたのです。歓迎会はいつもロンドンで使っている大きなホールで行われることになっていました。でも、それはゲーリング時代の前のことです。スコットランド・ヤードから警察官がリンリーを訪ねて来た二日後に、歓迎会があったのです。もちろん、スコットランド・ヤードは独自に警官を配置して、当日になって見に行ったところ少なくとも百人は目にしましたし、わたくしの気づかない警官も当然何人もいたはずです。しかし、警察はリンリーの計画も同時に走らせました。そうしたのは幸運でした。以下がリンリーの考えで、彼はただ何時間も考えて思いついたのです。彼は一味が大統領を暗殺するあらゆる方法を考えました。少なくとも考えようと努め、ちょうど夕食の頃に、いわば光明を見いだしました。その光明の示すところによれば、彼もスコットランド・ヤードも、一味のやろうとしていることはわからないということでした。リンリーはわたくしに話してくれましたが、それは実に大きな発見で、問題全体を照らし出して何もかも明快にする閃光でした。これですっかり簡単になったと彼は言いました。すごい考えでした。そして、次の考えは自然と出てきました。どうやってスコットランド・ヤードに納得させたのか知りませんが、彼らは納得したのです。ばかげているように思えましたが、わたくしは深く考える人間ではありません。ナムヌモのセールスマンで、買う人たちよりも少しばかり深く考えるだけなのです。それに、深く考えるふりもしません。さて、リンリーが言うには、リヴォルヴァーをベルトにさした男を探したり、ポケットに小型拳銃を探したって意味がないそうです。一つの理由は、歓迎会に出席する人間は、ピンク色のチケットを持った人間以外、凶器を持っているか身体検査するとスコットランド・ヤードが公に表明したからです。もっとも、わたくし自身はピンク色のチケットを持っている人など見ませんでした。もう一つの理由は、そんなわかりきった方法ではドン・ワルドスに単にくだらないと思われるだけだからです。その結果、二つの保護方針が共存し、その一つは警察による凶器の探索で、もう一つは誰も凶器など持っていないと想定するものでした。もちろん、やはりここでも凶器なしでどうやってサン・パラディソの大統領を暗殺するつもりなのだろうかという問題に突き当たります。にもかかわらず、たとえ凶器を持っていたにしても、身体検査が行われることについて一味はかなり豊富な情報を持っているはずです。さて、リンリーは半ダースの人数と、彼がこうと思った人間を引き留めて、歓迎会が行われる大広間への入口ホールより先に行かせない白紙委任状を要求しました。もちろん、かなり高圧的でした。半ダースの人間を相手に高圧的になるだけで、サン・パラディソの四分の三の人たち――大統領の暗殺を望んでいない人たち――を怒らせることが避けられるならばましというものです。そして、ドイツ大使はちょうどその時、会う人間のことごとくに愛想良く振る舞っていて、そのこと自体がやや不穏に思えました。リンリーは自分の計画をわたくしに説明し、その時、わたくしはこう言いました。「ですが、紫色のヴェストを着ているという理由で、人を逮捕することなどできないでしょう」

「かまわないさ」リンリーは言いました。「それしか方法がない」

これが彼の方法でした。彼はまずドン・ワルドスの計画を予想することなどできないと認めることから始めました。リンリーが考えつかないような巧妙なところがあって、その計画の実行には表面に現れない尋常ならざることがあるのでしょう。少なくとも、リンリーはそう考えました。そこで彼は、唯一やるべきことは機関銃とかそういった物を探すことではなくて、何でも尋常ではない物を疑うことだと言いました。要するに、ドン・ワルドスが彼以上に頭のいいことを認めてしまい、ポケットがふくらんでいなければ、あるいは見ればポケットの中身がわかるならば、彼の手下たちが歓迎会会場に入るのを黙認したのです。彼がどの程度までドン・ワルドスを知っていたか、どうやって知ったのかは知りません。とにかくリンリーは、あの種のことを駆け引きと呼んでいる人たちの間でドン・ワルドスが極めて抜け目ない策士であることを知っていて、リンリーのような賢明な人物のみがよくするように、ドン・ワルドスの大きな政治的計略を予測するのは、リンリー自身なかなかのチェス・プレイヤーでありますが、カパブランカ（キューバのチェス・プレイヤー。ダンセイニは彼と対戦して、試合を引き分けにした）に勝つようなものだということを悟ったのです。カパブランカもやはりアメリカ大陸からやって来ましたが、世界に害を及ぼすことなしに、優れた人間ができる数少ないことの一つに頭脳を使ったのでした。それに対してドン・ワルドスはより現実的で、別の道を選んだのです。リンリーは自分が尋常ならざる計画を持っている人物と対決していることを知っていました。その計画の実行のために送られる人間は罪のない顔をしていると考えましたが、どこか尋常でない点があるとも信じていました。それはあまり手がかりになりそうにないので、そのことをリンリーに言いました。しかし、彼の返答は、幾つも間違いをするだろうが、普通でない人間全員を足止めすれば、その中に本物の暗殺者が混じっているはずだというものでした。前にも申し上げたように、わたくしにはばかげたことに思えました。

さて、当日になってどうなるのか見に、わたくしがホールまで足を運ぶと、リンリーがドアの内側で六人の男たちを従えて、ロビーの薄明かり——あれが明かりと呼べるものとしての話ですが——の下で新聞を読んでいました。大広間まで進むと、そこは光の洪水で、みんなが大統領を待っていました。ちょうどわたくしが中に入った時、ちょっとした騒ぎが聞こえました。後ろのロビーでリンリーが最初の人間を捕まえたのです。その男を止めたのは、大きなカメオの付いた懐中時計の鎖をしていたからで、奇妙な物を懐中時計の鎖に付けたものですが、わたくしの見る限り害にはなりません。男は罵りながら小部屋に連れて行かれました。次に、実に風変わりなブーツをはいた男がやって来て、同様に連れて行かれました。リンリーはどうやって警察から裁量権をもらったのでしょうか。しかし、政府は戦々恐々としており、スコットランド・ヤードはどんなことも無視できず、リンリーの六人の部下たちは彼の命令を聞くように指示されていたのです。事態が一層面白そうになってきたので、わたくしは大広間を出て、ロビーに戻りました。次にリンリーが足止めしたのは、金色の弦とそれに直角に小さな矢筒が添えられた、長さ二インチ足らずの薄い角（つの）製の小型の弓形をしたネクタイピンをつけた男でした。彼も大変な騒ぎを起こしましたが小部屋に引き立てられました。それから、仕込み杖ではなくて無害な曲がった杖を突いた、しかし尋常ならざる男がやって来て、他の男たち同様罵りながら同じ部屋に連れ込まれました。リンリーは好きなだけ警官を使えたらしく、何人かは小部屋に残って捕まえた人物を監視していたのに、相変わらず六人の部下が近くにいました。さらに二名の人物を、やはり同様にばかげた理由から捕まえましたが、わたくしは不当な身柄の拘束やらその種の不当な取り扱いに対する六名の人間からの告訴をどうやって回避するつもりなのだろうと思いました。やがて、風変わりな仕立てのコートを着た男がやって来ました。確かに風変わりな仕立てでした。わたくしにもわかりました。しかし、逮捕するほどのことではありません。彼は大騒ぎを演じましたが、連れて行かれました。リンリーは全部で七名の人物を捕まえました。わたくしは彼らのいる部屋に入りました。リンリーが入れてくれたのです。警官たちはわたくしが入ったのが気に入らない様子でした。警官たちは間違ったことをやって、間違った人間を七名も逮捕したと思っているのだと気づきました。つまり、無実の人間を捕まえたということです。事情を知っている人間が少なければ少ないほど彼らは嬉しいのだと推測しました。しかし、リンリーはわたくしを入れてくれました。リンリーには自分が間違った人間を何人か捕まえたことはわかっていましたが、中に目当ての人間が混じっていると考えていたのです。確かにそのとおりでした。警官たちはリンリーが次に何をするのだろうかと見ていました。しかし、リンリーは木製の椅子にじっと腰掛けて、囚われ人たちの抗議を聞いていました。しばらくすると、まるで何か見つけたかのように彼の表情がぱっと輝きました。喧噪が続いていて、わたくし自身は特に何も気づきませんでした。まだ大統領は到着していませんでした。後でリンリーは何に気づいたのか教えてくれました。全員が自分の処遇を不当として抗議していたと彼は言いましたが、確かにそのとおりでした。ですが、しばらくすると、二人の人間が他の人間に同調して、彼らを支持し、けしからんことだと言い出したのだとリンリーは言いました。わたくし自身は特に気づきませんでしたが、リンリーに言われてみると、中の一人か二人が他の人間よりもおとなしく、残りの人間の後押しをしようとしていたことを思い出しました。だからといって、わたくしは彼らを疑うことはできませんでした。むしろその反対です。しかし、そのことで残りの人間と二人を区別することができたとリンリーは言いました。つまり、自分の扱いについて抗議している五人の怒れる人間と、それをおとなしく後押ししている二人の男です。リンリーはそのことから、この二人は自分たち自身から、他の五人と共有している警察に対する完全に公正な抗議へと注意を逸らしたいのだと考えました。一方、五人の男たちは特有の理由を挙げて自分のことばかり考えて話していました。この五人にはそれぞれ五十ポンド支払われたと思います。大変な金額に思えます。しかし、国家の運命のようなものがかかっていたので、五十ポンドの小切手数枚など物の数ではありません。彼らの一人には、綿密に調べた結果、使い物にならなくなったので、新品の杖を与えました。他の二人についてお話ししましょう。金色の弦と黄金の矢筒のある、小さな弓形のネクタイピンをつけた男ですが、弓はサイの角でできていて、子供が使うには実に素晴らしい弓でした。黄金の矢筒には二本の小さな矢が入っていて、矢羽が覗いていました。警察が矢を矢筒から抜き出して調べてみると、到達距離は数ヤードしかありませんが完璧な凶器でした。しかし、歓迎会ではどんな人間でも主賓のそばまで近づくことができます。三十余年前にマッキンリー大統領（アメリカの第二十五代大統領）が暗殺された時の手口です。さて、矢の先端がべとべとしていて臭いがしました。警察が分析してみると、地球上で最強の猛毒、カラハリの秘薬である腐ったイモムシが塗りつけられていることが判明しました。現地でも解毒剤があるかどうかわかりませんが、ヨーロッパにないことは確かです。この小さな矢に比べれば、機関銃など慈悲深い物と言えましょう。これ以上確実な物はないのです。それから、もう一人の男もそうです。彼も同様にひどいものでした。風変わりなコートを着た男です。最初の男が失敗した時のために送り込まれたのです。コートは厚地の軍用短外套のようで、陸軍の物と同じ色で染められていました。しかし、素材は違っていました。綿火薬だったのです。そしてポケットの垂れぶたの下に小さな着火装置と瞬間導火線、それに水銀雷酸塩の小さな口金がありました。綿火薬に着火するのに通常使う仕掛けです。そのコートには大勢の人間を吹き飛ばすだけの綿火薬がありましたが、大統領を暗殺するためには何人死のうとかまわなかったのです、コートの男を送り込んだ一味は。もちろん、その男自身も粉々になっていたことでしょう。それもかまわなかったのです。もう一人の男が矢で殺すのに失敗した場合、男は大統領に近づいて握手をし、それと同時に左手で火薬を爆発させることになっていました。そうなったら、サン・パラディソ国内からわたくしたちにとって厄介な問題が多数持ち上がったはずです。それこそドイツ人たちが望んでいたことでした。奇妙なことに、警察は二人の男を逮捕しませんでした。穏便に済ませる方がいいと判断したのです。

クリークブルートの変装

Kriegblut's Disguise

　戦争の始まる少し前の或る日のことです。確か、一九三八年だったと思います。とにかく、リンリーさんとわたくしは、かつてあったフラットで静かに腰を下ろしていました。その晩、リンリーさんが不意に話しかけたのです。特に何のつもりがあったわけでもなく。

「彼らはスパイを泳がせておくのが好きなようだ」

「誰がです？」

「スコットランド・ヤードだ」

「どんなスパイです？」わたくしは彼に尋ねました。

「ドイツのスパイだ」リンリーさんは答えました。

　それから、彼は警察が追いかけているドイツのスパイの話を聞かせてくれました。うろつき回ってほしくないような輩、住所もわからないような輩です。警察はそいつを捕まえることができなくて、リンリーさんのところにやって来たのです。つまり、アルトン警部が。あの人のことは前にもお話ししました。一日二日前にやって来て、わたくしがナムヌモの販売で外出している間にリンリーさんと話をしたのです。それはこういった話でした。ちょうどその頃、イギリスには大勢のスパイがいて、さっきも言ったように、警察は泳がせて監視していました。スパイを見つけたら、警察のやることは彼らの住所を控え、誰が訪ねるか見張り、もちろん手紙を読んで、何をやっているのか突き止めることでした。しかし、警察が恐れていたスパイが一人いました。一つにはそいつの住所がわからなかったことで、イギリスにいるのかどうかも不明でした。それから、もう一つの理由ですが——そっちの方が主な理由だと思いますが——相手が実に頭が切れて、警察は歯が立たなかったことです。クリークブルートという男でした。さて、あの当時はイギリスの情勢は防衛に関して芳しくなくて、われわれがいかに弱体かドイツ人に悟られないことが重要でした。飛行場や対空中隊は普通のスパイたちに見せていました。実は、見られれば見られるほど好都合だったのです。彼らは普通にヒトラーに報告しました。しかし、このクリークブルートという男は物事を理解できる人間でした。彼は飛行場などには関心がありませんでした。彼が探していたのはわれわれの弱点、こう言っておわかりいただければ、欠けている防衛手段でした。危険な男でした。そこで警察は不安になったのです、スコットランド・ヤードは。自分たちより頭が良かったので、発見されては困ることを彼が突き止めるばかりか、さらに多くのことを見つけるのではないかと。もしかしたら、皆さんがわかるような明快なお話はできなかったかもしれませんが、とにかく警察はクリークブルートが世界中で最も危険な男になるだろうと考え、イギリス国内にいると確信していましたが、所在を突き止めることができず、リンリーさんに協力を仰いだのです。警察は正確にそう言ったわけじゃありません。警察はリンリーさんがその種の事柄に関心を持っていることを知っていたので、その男の所在を突き止めるのに協力する気はありますかと打診したのです。でも、要するに同じことです。さて、リンリーさんは喜んでお話を伺いましょうと答え、アルトン警部は詳細を話しましたが、クリークブルートは変装が巧いのであまり役には立たないだろうと釘を刺しました。例えばアルトン警部は、クリークブルートの身長は五フィート六インチだと言いましたが、その同じ口で、別の場所で目撃された時には――それがどこだとは明かしませんでしたが――五フィート八インチだったり、五フィート四インチと報告されたこともあると言いました。もちろん、身長が一番変えるのが難しく、それができたら、顔とか髪の色などに気を使っても仕方がないように思えます。目の色で少しは判断できるかもしれませんが、その男はさまざまな色合いの眼鏡をかけるのを好み、それが混乱のもとになっています。実際の目の色は青でしたが、青い目の人間なら大勢います。問題は警察が、スコットランド・ヤードが、彼の所在を知らなかったことで、警察は好きな時にスパイを料理できるのが好きなのです。かつて或る紳士からこんな話を聞いたことを思い出します。インドでは鹿は虎が視野に入っている間は満足して餌を食べていますが、虎がいなくなると不安になって餌から離れてしまうというのです。それと似たような話です。クリークブルートはわれわれを打ち負かそうと待っていて、われわれには彼の所在が摑めないのです。さて、最初、リンリーさんはとっかかりが何もなかったので心配していました。でもすぐに、クリークブルートはイギリスにいると決めてかかりました。それ以外のどこにいるでしょう？　それから、スコットランド・ヤードからスパイがこれまで変装したあらゆる写真を載せた大部なアルバムを借りて、それを研究しました。その晩、スコットランド・ヤードはスパイを泳がせておくのが好きだと彼が言った時、やっていたのはそれでした。「警察はカリカリしている」彼は言いました。「クリークブルートのしっぽが摑めないから」

「すぐにあなたが見つけますよ」わたくしは言いました。

「そうすぐにというわけにはいかない。スコットランド・ヤード以上に賢い男だ」

「ですが、あなたよりは賢くないでしょう」

「さあ、それはどうかな」リンリーさんは言いました。「警察よりも頭が良いとすると、相当なものだ。この状況でのわずかな希望は、彼がヒトラーほど賢くないということだ」

「どうしてそんなことがわかるんですか？」わたくしは尋ねました。

「もしも賢かったら、ヒトラーが彼を生かしておかない」リンリーさんは言いました。

「ヒトラーは賢すぎる人間を好まない。だが、それにもかかわらず、ヒトラーはスパイに相当賢く立ち回ることを要求する。難しい問題だ」

やがて、彼はアルバムに戻り、一晩中、目を通し続けていました。アルバムと申しましたっけ？　十二巻あって、それぞれが分厚いアルバムでした。

「どうです？」翌朝、わたくしは尋ねました。心配そうな表情だったので、元気づけてやろうと思いました。

「スコットランド・ヤードの把握している変装にはすべて目を通した」

「きっと、一晩中かかったでしょう」

「ああ」彼は言いました。「しかも、これはほんの序の口に過ぎない」

「奴はどんな変装をすると思いますか？」わたくしは彼に尋ねました。返答を聞いて驚きましたが、リンリーさんと話す時はいつでもそうです。彼はいつでも、少なくともわたくしにとって驚きでした。

「この中の変装は使わない。しかし、それだけがほんのとっかかりだ。われわれにわかっているのは、彼が使わない変装だ。ああいう人間は何か独創的なことをやる。スコットランド・ヤードにできないなら、われわれがそれを見つけなければならない」

〝われわれ〟なんて言ってくれて、嬉しいじゃありませんか。リンリーさんという人間を知らなければ、ほとんど気づかないような小さな気配りをいつも見せてくれるのです。もちろん、彼の頭脳に対して自分が何も貢献できないことは、ダービー競馬に出場する騎手が馬丁に後押しを頼むようなものであることは承知しています。でも、〝われわれ〟と言ってくれるのはありがたいことでした。さて、わたくしたちはクリークブルートがイギリスにいるという点で一致しました。彼がどこか近くにいるのでないならば、スコットランド・ヤードは心配なんかしません。そして、警察はおそらく、われわれの恐ろしい弱点を知っているのでしょう。どれだけクリークブルートが探り出すことがあることか！　周り中に頑丈な家々が建ち並んでいて、わたくしには事態は万全のように思えましたが、実はそうではなかったのです。わたくしは少し提案をしましたが、あまり良いものではありませんでした。それから、ナムヌモを売りに、一日中外出しました。

晩になって戻ってみると、リンリーさんはまだ変装について頭を悩ませていました。

「何か思いつきましたか？」わたくしは訊いてみました。

「いや。奴はわれわれの中に潜んでいるが、誰も気づかないんだ」

「中国人はどうです？」わたくしは言いました。「あるいは警官、もしかしたら機関士では？」

しかし、いずれの提案もあまり良くありませんでした。リンリーさんはそういう風には考えていなかったのです。つまり単に〝気の利いた〟アイディアを考えようとしていたのではなかったのでした、わたくしが考えた中国人や警官というような。彼には解決するための何らかの方法があったのです。変装について考えに考えを重ねて、どうやったものかクリークブルートがその変装は使わない理由を知ったのです。どうやったのかは存じません。彼が話してくれたアルバムに載っていた変装です。クリークブルートのような男は何か新しいことをやるからというだけの理由でした。しかし、数千もの変装を除外しただけでは解決にはならず、こう申し上げておわかりいただければ、実際に解決に近づいたわけではないのです。それ以外の何千という変装のうち、どれをクリークブルートが使うのかはわからないのです。わたくしにも彼がどうしようというのかわかりませんでした。やがて、彼が話してくれました。もっとも、基本的な考え方をということですよ。わたくしは言いました。「あのアルバムには何百という変装の写真が載っていたのでしょう」

「何千とね」リンリーさんは言いました。

「あのアルバムに載っていない変装はどれくらいあるのですか？」

「そういう問題ではないんだ」彼は言いました。「このクリークブルートという男は傑出した知性の持ち主で、かなり優れたものでないと使わない。われわれがやろうとしているのは、優れた頭脳にふさわしい優れた計画を探すことなのだ」

「ドイツ人というのはそんなに頭が切れるのですか？」わたくしはリンリーさんに尋ねました。

「いや」彼は答えました。「しかし、彼らには豊富な資源がある。彼らにウラニウムを手に入れることができるなら、優れた頭脳の一人や二人手に入れられないことはない」

「ウラニウムって、何です?」その頃はあまり聞いたことがなかったので、わたくしは尋ねました。でも、リンリーさんもあまり知りませんでした。

「これからどうなさるおつもりです?」それからわたくしは尋ねました。

「できることなら、彼と同じように自分の頭脳を働かせて、彼にふさわしい巧妙な変装方法を見つけようと思う。彼はきっとイギリスにいて、或る意味ではスコットランド・ヤードもそのことを知っている。つまり、彼は変装しているに違いない。それを見つけなければ」

「それで、これからどうなさるおつもりですか?」

「彼独自の才知を研究して、それにふさわしい方法を見つけようと思う」

さて、もちろんそんなことはクリークブルートのような頭脳のないわたくしには手に余ることでした。

「例えば、こんなのは……?」と言いかけて、わたくしは黙りました。そんなことを言ってても仕方のないことはわかっていたからです。そして、リンリーさんもそのことはわかっていたと思います。というのも、彼はこう言ったからです。「われわれが考えなければならないのは変装ばかりではない。スパイには、誰もがそこにいることを充分に説明できる仕事や職業があるはずだ。変装の最も重要な部分だ。そして、同じ仕事をやっている人間と会うかもしれないので、相応の技量を身につけていなければならない。職業のないスパイは影のない人間みたいに不自然なものだ」

さて、彼がそう言った時、わたくしは結局のところ、そんなに難しいことにはならないと思っていました。何千もの変装があって、リンリーさんが除外したものを除いてもまだかなりの数が残っていましたし、イギリスで一人の男ができる仕事はそれほどなかったからです。そこでわたくしはまた提案してみました。理髪師はどうですか？　でも、リンリーさんは言いました。「だめだね。競争相手が多すぎる。クリークブルート級のスパイともなると、普通の連中の中に混じろうとはしないものだ。理髪店は軍事情報を知る最良の場所として世界中に知られている。両陣営が利用している。もちろん、警察は徹底的に調べた。クリークブルートのような人物には月並みすぎる。まったくふさわしくない。そう、理髪師などにはならないな」

「それでは」わたくしは言いました。「何になるのでしょうね？」

「われわれが考えてもみなかったようなものだろう」リンリーさんは答えました。

それから少し沈黙が続きました。これ以上、わたくしには役に立ちそうなことが思いつきそうになかったからです。リンリーさんも新しい考えは思いつかず、わたくしはナムヌモの販売に出かけました。その日はあまり売れませんでした。相手がいらないと言うのに耳を傾け、調子の良い時には相手に言わせないようなことまで言われるに任せました。或る人からはそんなものなどと言われて、わたくしは何も反論しなかったのです。反駁することがわたくしの仕事だというのに。ですが、わたくしはずっと、フラットにいるリンリーさんが素晴らしい頭脳を持っているにもかかわらず何もできないことを考えていたのでした。それでも何本か売りつけるのに成功して帰宅しましたが、リンリーさんの表情から彼が何も摑んでいないことが一目でわかりました。彼は寡黙で、わたくしにナムヌモの売れ行きはどうだったと尋ねただけでした。二人でいつものようにお茶をいただきました。お茶を一杯飲むと、わたくしは例の話題に戻って、クリークブルートの所在を突き止めたかどうか尋ねました。

「もちろん、彼は国内にいる」リンリーさんは言いました。

「どうやって潜伏しているのでしょう?」わたくしは訊きました。

「お手上げだ」リンリーさんがかわいそうになりました。

「ああ、そんなことをおっしゃらないでください」

「ここにいると考えると筋が通る」リンリーさんは言いました。「なのに、スコットランド・ヤードは彼のしっぽを摑むことができない。君が出かけた後でアルトン警部がやって来たが、ぼくには何も話すことはなかった」

「本当に?」

「ああ」彼は言いました。「ぼくはずっと考え続けていた。ずっと考えていたが、だめだった。名案が浮かばないんだ。答えはない」

　今まで、彼がこれほど打ちひしがれたことはありませんでした。「どうやって解決しようとなさったのです？」わたくしは彼に尋ねました。

「クリークブルートの写真を見て、彼について書かれた記事を読み、できるだけ彼と似ていない人間を思い描こうとしたのだ。できるだけというのは、五フィート六インチの青い目のドイツ人という素材を使って、彼と悟られないように変装することだ」

「ズールー族」わたくしは言いました。「それとも、可愛い女学生でしょうか」

「まあ、そんなところだな。できるだけクリークブルートとは似ても似つかない人間。ただ、それが私には思いつかないのだ」

　さて、わたくしは彼の力になろうとして話し続けましたが、だめでした。初めてリンリーさんは敗北したようでした。わたくしはそんなことを彼に言う気もなく、これ以上何も思い浮かばないとも言いたくありませんでした。すると、ナムヌモを一壜かそこら売りつけようとした時にお客様が言った言い回しを思い出しました。大して意味もない言い回しですが、言った人間が利口に見えます。わたくしはそういう短い言い回しを覚えていて、それがときどき役に立つことがあります。他のお客様を相手にした時に使うために覚えておくのです。言われた時には少し面食らうこともあるかもしれませんが、気にはしません。後で、こちらがお客様を面食らわせるからです。「これでは堂々巡りですね」

「これぞ天啓だ」リンリーさんは言いました。

「何ですって？」

「君の言ったことだよ」彼は答えました。

さて、わたくしは面食らってしまいました。でも、リンリーさんが相手ではいつものことです。

「どういう意味ですか？」

「まさにそういうことなんだ」

「何がです？」

「君の言ったことが」彼は繰り返して言いました。

それから彼は説明してくれました。「これまであらゆる変装、クリークブルートには見えないような変装について考えてきたが、警察が監視している人間の中にそれに該当するような者はいなかった。今では警察はほとんど一人残らず監視しているというのに」

「ええ。わたくしが歩いていても、一人や二人からちょっと不審の目で見られたことがあります」

「幾つか警察にどのような変装か提案した。どんな人間を監視すべきかも。しかし、その中にはいなかった。君がいなかったら途方に暮れていたな」

「わたくしがですか？」

「そう」彼は言いました。「君の一言のおかげで解けたんだ」

さて、わたくしの手柄にされても、さっぱりわかりませんでした。実際に解決した人の手柄を横取りする人も大勢います。リンリーさんは違っていました。ですが、ちんぷんかんぷんでした。わたくしの言った言葉は、それを言った時でさえも大して意味がなかったのです。いつだって何の意味もないのです。

「でも、それでクリークブルートが捕まえられますか？」

「ああ」彼は言いました。「すぐに捕まえる。それもみんな君のおかげだ」

わたくしはまだ先が見えませんでした。ですが、確かに警察は彼を捕まえました。夕食を摂りながら、リンリーさんは説明してくれました。「クリークブルートは偉大なスパイだ。われわれはそのことを知っている。しかし、私はまだ彼を見くびっていた。通常の頭の良い人間が使う変装についてしか考えていなかったんだ。実に愚かだった。これまでスパイが使ったことのない変装について考えなければならなかった。できるだけスパイらしく見えないような変装についてしか考えなかったんだ。そんなことは誰でもできる。たいていの人間がやるだろう」

さて、それから彼は電話の所に行って、スコットランド・ヤードと話をしました。警察は電話で話をするのをあまり好みません。しかし、彼の話は単純で、特に問題になるとは思えませんでした。彼が言ったのは、スパイを調べろというものです。警察の把握しているスパイのことですよ。それからその中でどんな人間を調べるべきなのか描写しました。或る警察はロンドンと飛行場周辺と港の近辺のあらゆるタイプの人間を調べていました。或るタイプを除いては。そのタイプは安全であることをクリークブルートは知っていて、それに変装したのです。最初にリンリーさんが言ったものでした。スコットランド・ヤードはドイツ人スパイを周りに泳がせておくのが好きだというものです。公園の鹿のようなものです。見て楽しんでいるのです。他のスパイもやって来たら、警察は彼らも監視するのです。だから、数百人というスパイが泳いでいることになります。クリークブルートはその中の一人になることにしたのです。ヨーロッパ最大のスパイが大きな砂色の口髭を付け、猪首に赤ら顔をして、ドイツ訛りで話しながらうろつき回り、六人そこらの女学生を始めとして百名ほどの人間から毎日警察に通報があっても、警察は微笑みながら、あれはオランダ人だと説明していたのです。ええ、リンリーさんはアルトン警部に典型的なドイツ人スパイ――わたくしなら芝居に出てくるようなスパイと言いたいところです――を描写し、そうすることによってその時のクリークブルートを描き出したのです。警察はかかとを鳴らし、強い訛りでしゃべる彼を逮捕しました。クリークブルートがどうなったか、わたくしは存じません。ああいう人間のことはあまりわからないのです。単に拘留しただけだと思いますが、処刑したかもしれません。あるいはひょっとすると、彼を手なずけてこちら側の仕事をやらせたかもしれません。真相は誰も知りません。

賭博場のカモ

The Mug in the Gambling Hell

スメザーズと申します。覚えていらっしゃらないでしょう。でも、ひょっとすると、わたくしが以前お話しした、二壜の調味料の話は覚えておいでかもしれません。それとも、もしかしたらそれも忘れていらっしゃるかも。わたくしも忘れることができたらいいのですがね。ひどい話でした。さて、その真相を突き止めたのはリンリーさんでした。すると、或る日、警察がまたやって来ました。スコットランド・ヤード、つまりアルトン警部がです。前にお話ししたフラットを共同で使っていた頃の話で、大戦前のずっと昔になります。ですが、覚えていらっしゃらないでしょう。とにかく、共同生活をしていて、フラットも素晴らしかったのですが、今では残っていません。アルトン警部は入ってくるなり、ちょっとリンリー氏とお話がしたいのだがと言うのです。リンリーさんはいいですよと言って、二人とも、なぜかわたくしがいても気にならない様子でした。こういう風に始まったのです。

「こういう事件なのです」アルトン警部は言いました。「マイナー・キャノン・ストリートのフラットに住むアルピットという青年がいます。われわれは、いずれも綿密にチェックした複数の情報源から、三月十九日の晩七時までの消息を把握しています。それから彼はディナー・ジャケットに黒ネクタイという服装で外出しました。パーティーに出席するのだと言っていましたが、場所までは言いませんでした。それ以来、彼は消息を絶っています」

「奇妙ですね」リンリーさんは言いました。

「とても」警部は言いました。

「わたくしには殺人のように思えますね」わたくしは言いました。どうやら警部には殺人という言葉が気に入らなかったようです。というのも、警部はぴしゃりとこう言ったからです。「そういったことを示唆するようなものは何も出ていません」それからわたくしから顔をそらして、リンリーさんに話し続けました。リンリーさんに言ったのはこういうことでした。「これまで伏せてきたのは、お話しするような事実が何もなかったからです。わずかな事実を集めるのに時間がかかってしまいました。何週間というものまったくの謎で、手品のように完璧に人間が消え失せてしまったのです。しかし、とうとうわれわれは彼の行き先を突き止め、何者の仕業なのか――犯人がいるとしての話ですが――教えていただけるのではないかと思った次第で」何も言うなという様子で、警部がわたくしをにらみつけたような気がしました。そのせいかどうかはともかく、わたくしは何も言いませんでした。

「青年はどこへ出かけたのです？」リンリーさんは言いました。

「賭博場へ出かけたのです」アルトン警部は言いました。「いや、正確にはそういう名称ではありませんが。紳士クラブと称しています。しかし、住所を極秘にして賭金が無制限となると、どんなところかおわかりでしょう。実際にはそこは或る男とその妻の所有するフラットでした。そのアルピットという青年は、彼らに言わせればそこの会員で、もう一人ハガーズという男がいました。あの夜、そこにいたのは彼らだけでしたが、他に二、三名会員がいたとしてもおかしくありません。会員と呼んでいますが、実際にはペテン師とカモの集まりで、もちろんペテン師よりもカモの方が多いのです。というのも、この夫婦が欲しかったのはカモたちで、一人二人ペテン師がいるのはうまくいかないときに金を巻き上げる手伝いをさせるためでした。ちょうど羊飼いが牧羊犬を一、二頭使うようなものです。羊飼いは牧羊犬を食べたりはしません。食べるのは羊肉だけです。さて、問題の晩、三月十九日、そこにいたのは四人だけ、三人のペテン師――まあそう呼んでも差し支えありません――と一人のカモ、アルピット青年で、彼はまだ二十歳でした。さて、もちろん切り盛りする人間がいなければフラットは維持できません。そのために彼らはグリーン・

ベーズ・クラブにポーターを雇いました。彼らがそう称していただけですが。もちろん、われわれはその男の住所を聞き出し、当然ながら聞き込みをしました。いかなる強制や説得もすることなく、当然の権利として話を聞いたのです。そのことははっきりご理解いただかなくては」

「そうでしょうとも」警部がこちらを見ていたような気がしたので、わたくしは言いました。しかし、彼は注意を払いませんでした。

「もちろん、彼はわれわれの質問に答えてくれました」アルトン警部は話を続けました。「彼の話をさえぎるのはこちらの仕事ではなかったので、かなりのことが聞き出せました。つまり、あの夜、グリーン・ベーズ・クラブと称するクラブで何が起きたのかすっかり聞き出すことができたのです。その後で何が起きたのかは確信がありません。われわれの力になってくれるようなお考えが伺えないかと思いまして」

「クラブで起きたことというのは?」リンリーさんは言いました。

「大博打があったのです」アルトン警部は答えました。「ポンド紙幣の札束が動き、一つ二つ賭が行われて、アルピットという青年が大負けしたか大勝ちしたに違いないのです。もし負けたのなら、自殺でしょう。大博打の行われる外国の大きなカジノなら、自殺に対する対策も整備されています。そうでなければ、悲劇的事件のことをもっと耳にするはずです。大博打が打たれるところ、自殺は日常茶飯事です。クリケット選手権試合の雨と同じくらい、珍しいことではないのです。自殺したというのは当然の予想です。もう一つの可能性は青年が勝ったというものです。ああいう輩の中で青年が勝てる見込みはありまりなさそうですが。しかし、可能性は無視できません。その場合、負けた相手から話を聞く必要があり、何が起きたか光明を投げかけてくれることになるかもしれません。あるいは、ポケットに大金が入っていることを知って青年を追って通りに出た男がいるかもしれません。彼も何か光明を投げかけるかもしれない。そんな男がいたら何とか話を聞き出したいものです」

わたくしには第三の可能性もあるような気がしました。その青年が勝ちも負けもしないで出ていったというものです。警部にそのことを話す気にはなれませんでした。彼はわたくしからの提案など期待していなかったみたいだからです。しかし、リンリーさんには言いました。「勝ちも負けもしないで出てきたとは考えられませんか？」

しかし、リンリーさんは言いました。「いや、それはないな、スメザーズ。数学的にはxがyに等しいということはいつだってあり得る。しかし、どのようなものであれ、その後の大事件を説明するようなものは何か大きいことのはずだ。大負けか大勝ちだよ。たぶんこのクラブではいつもそんなことがあったのでしょう、警部」

「まあ、この夫婦のもくろみはそんなところです」警部は言いました。

リンリーさんはしばらく考えてから言いました。「警部がどのように捜査するか提案したり、そのやり方に口を挟むのは私の役目ではありません」

「ほう？」リンリーさんがためらっていると、警部が言いました。

「しかし私が考えるに」リンリーさんは続けて言いました。「あのポーターをもう少し尋問したらどうでしょうか」

「ええ、やってみましょう」警部は答えました。

「勝ったのが誰か覚えていないか訊いてみてください」リンリーさんは言いました。「それからおおよその金額を」

「まあ、勝つのは決まってあのフラットを持っている夫婦者ですよ」警部は言いました。

「それでも、訊くべきだと思いますね」リンリーさんは言いました。

その時の話はそれで終わりました。アルトン警部が再び訪れたのは約一週間後でした。

「あのアルピット青年ですが、千ポンド勝っていました」

「お金は支払われたのですか？」リンリーさんが尋ねました。

「ええ」警部は言いました。「一ポンド札の束で」

「なるほど」リンリーさんは言いました。「すると青年のポケットはかなりふくらんでいたはずですね」

「ええ」警部は言いました。

すると、驚いたことにリンリーさんは言いました。「残念ながら私はお力になれません」

警部もびっくりしたようでした。というのも、わたくしの知る限り、リンリーさんを訪ねて、謎とか警部の頭を悩ませている難問を完璧に解決するようなヒントをもらえなかったことはなかったからでした。しかし、今、彼はこう言ったのです。「私はお力になれません」と。

ちょっとしてから、警部が言いました。「そうなると、お暇した方がよろしいですな」

「申し訳ありません」すると、リンリーさんは言いました。「ですが、こういうことです。あなたは私の所にわかりきったことを聞きにいらしたのではありませんが、わかりきったことしかお話しできないからなのです。あなたの難問は、いつもチェスの問題のようなものです。何か人の意表を突くものです。ですが、わかりきったことではありません」

「お訊きしてよろしければ、これのどこがわかりきったことなのです？」警部は言いました。

「ああ、単に」リンリーさんは言いました。「これは殺人であり、自殺ではありません。なぜなら、いかに秘密にしようとも死体を隠すには相当の努力が必要で、そのためには生きている人間、すなわち殺人犯が必要になるから、自殺ではないということです」

「ええ、われわれもそう考えました」警部は言いました。

リンリーさんは完全に気分を害していたに違いないと思います。なぜなら、今までこんな彼を見たことがなく、そうでなかったらこんなことを言うはずがなかったからです。彼はこう言いました。「注意して捜すことです」

さて、もちろん警察では何週間というものそれしかやっていませんでした。アルトン警部が嫌な顔をするのが見えました。それ以外の目的でリンリーさんがそんなことを言ったとは考えられませんでした。彼が「注意して捜すことです」と言うと、警部は帰りました。「お手上げですね」そう言わざるを得ませんでした。その言葉で彼がしゃきっとしたのかどうかは存じません。でも何かがそうしたのです。というのも、わたくしが口を開く前は長いこと沈黙を守っていたのに、すぐにこう言ったからです。「いや。単に問題にもなっていないということだ。君は何か尋常ならざることを求めているね。アルトン警部も同様で、さもなければここに来なかっただろう。初めは私もそうだった。だが、これは問題などではない。あまりにも普通の出来事だ。だから見過ごしたのだよ。世界には君の考える以上にありきたりなことが数多くあるんだよ、スメザーズ。何が起きたかわからないかね？」

「ええ」

わたくしにはわかりませんでした。わたくしに尋ねてもむだです。

「もう一度考えてみたまえ」リンリーさんは言いました。

でもだめでした。「ヒントが欲しいですね」わたくしは言いました。

「一つヒントをあげよう」リンリーさんは言いました。「殺人と言ったのは間違いだった。殺人ではない」

「では、自殺です」

「いや。まだ間違っている」リンリーさんは言いました。そして、話を続けました。「自殺だったらすぐに警察が死体を発見したはずだ。大金をすった男であれ、ポケットのふくらみに目がくらんだ男であれ、通りで尾行していた何者かに殺されたのなら、警察が二、三週間かかっても発見できないような場所に、ロンドンで直ちに死体を隠せるはずがない。そんなことはあり得ない」

「すると、何が起こったとお考えなんですか？」

「青年はただ自分から身を隠しただけだよ」

「身を隠した？」

「そのことをずっと考えていた」リンリーさんは言いました。「悪漢連中が怖かったわけではない。そんな刺激的なことではないんだ。奴らは賭をするのに慣れきった連中だ。あいうことは毎晩のように起きている。青年がいかさまをやって、まずいことになると考えたわけでもない。そうだったら、連中は金を支払わなかったはずだ。そう、外国に目を向けなければ青年を発見することはできないよ。大陸の行楽地だな。もちろん、生きている」

「では、いったい何を恐れているのです？」

「復讐さ」リンリーさんは言いました。

「しかし、警察が守ってくれるのではありませんか？」

「いや」リンリーさんは言いました。「その種の復讐ではない。人の話では賭博場などに足を運んだことのなかった青年が、たぶん一ポンドや二ポンドを賭けて、千ポンド勝ったんだ。どうしてそうなったのかは知らない。撒き餌にしては多すぎる。まったくの幸運だろう」

「しかし、復讐というのは？」

「賭博の法則に従うと、彼は再び賭をしにやって来ざるを得なくなるという単純な理由だ。二十歳になってああいうクラブに出入りするという見かけほど、彼は愚かな青年ではないようだ。彼は自分が破滅して、千ポンドだってそれをくい止めることはできないということがわかるほど良識があった。相手が損を取り返すまで賭をやめられないだろう。青年が稼いだお金まで巻き上げられてしまうだろう。そう、あまりにも明々白々かつ単純だから、スコットランド・ヤードに話す価値もない。とはいえ、私に代わってアルトン警部に電話してくれてもいいよ。番号はわかっているね。ほとんど毎日、ＢＢＣで聞いているからね。私からだと言って、これだけ伝えてくれ。『リヴィエラ沿岸を捜しなさい』と」

手がかり

The Clue

「ええ」スメザーズは言った。「リンリーさんは素晴らしい人物です」

スメザーズは《デイリー・ルーマー》紙の記者からインタヴューを受けていた。もっと前にリンリーにインタヴューを申し込んだのだが、リンリーは自分を語ろうとしないので、記者はスメザーズの所に来たのだった。

「フラットで共同生活をされたと伺っていますが」新聞記者は言った。

「そのとおりです」スメザーズは言った。「二年ほどご一緒しました」

「リンリー氏の関与された事件で最も瞠目すべき事件は何でしたか?」リバートという若い記者は言った。

「さあ、それは」スメザーズは言った。「幾つもありますから」

「そのうちの幾つかはお話しいただけましたね」リバートは言った。

「ええ」

「まだお話しいただいてない事件はありますか？」リバートは尋ねた。

「ええ、まあ」スメザーズは言った。「電話で空き家に呼び出されて殺されたイーブライト氏の事件があります。戦前は探せば空き家があったのです。犯人は裏窓から侵入したと警察は伝えました。何らかの口実でそこへイーブライト氏をおびき出し、彼が来るのを待っていたのです。事件のことは覚えておいででしょう」

「ええ」新聞記者は答えた。

「手がかりがまったくありませんでした」スメザーズは話を続けた。「まったくです。本当に手がかりと呼べるようなものは何一つなかったのです。そこで、事件を担当していた警察官がリンリーさんの所にやって来ました。だから彼の最も輝かしい事件の一つになったのです。アルトン警部は前にもリンリーに助けられたことがあったので、力になってもらえると思ったのでした。アルトン警部が入ってきた時、わたくしもその場に居合わせました。二人が挨拶を交わすと、アルトン警部はリンリーさんに向かって言いました。『かなりの謎をはらんでいる事件が起きまして、あなたなら何か役に立つお考えがあろうかと思いまして』

『事実関係を教えてください』リンリーさんが言いました。

『たいしてないのです』警部は言いました。『殺人事件です』

警部がこう言うのを聞いて、わたくしはびっくりしました。殺人というのはアルトン警部が決して使いたがらない言葉だと思っていたからです。ですが、今回は使いました。『ハンマーか何かの凶器で殺されたのです』アルトン警部は言いました。『頭蓋骨が陥没して、ハンマーかそれに類する物を新聞で拭った跡がありました。死体が発見されたのは二日経ってからで、犯人は良いスタートを切ったことになります。被害者のイーブライト氏は電話で呼び出されたばかりか、家の中に指紋が一つとして残されていなかったので、謀殺であることはわかっています。つまり、死体の転がっていたシデナム近くの小さな通りにある空き家の、がらんとした部屋に残っていた血塗られた新聞紙を除けばただ一つの遺留品であるクロスワードをやっていた間も、犯人はずっと手袋をはめていたに違いないのです』

『クロスワードをやったのが犯人だとどうしてわかりましたか？』リンリーが尋ねました。

『相手の人間が来るのを待っている間、やっていたものと考えられるからです』アルトン警部は言いました。『犯人はイーブライト氏を入れるために先に着いていたのです』

『ええ、そうでしょうね』リンリーは言いました。『そのクロスワードを拝見させていただけますか？』

『ありきたりなクロスワードですよ』アルトン警部は言いました。『文字はすべて大文字で、筆跡の手がかりにはなりません』

『それでも拝見したいですね』リンリーは言いました。

アルトン警部は封筒をポケットから取り出して、新聞の切れ端を引き出しました。『これです。指紋を調べましたが、何も出ませんでした』

クロスワードはほとんどの升目に文字が記入されていました。

『犠牲者を長いこと待っていたと見えますね』リンリーは言いました。

『そのことはわれわれも考えました』警部は言いました。『しかし、それで何がわかるわけでもありませんでした』

『クロスワードが手がかりになると思います』リンリーさんは言いました。

『クロスワードが？』少し困惑したような表情を浮かべて警部が言いました。

『さあて』リンリーさんは言いました。『見せてください。もしかしたらと思います』

そして、彼はかなり長いことクロスワードを見ていました。やがて、アルトン警部に尋ねました。『誰が犯人なんです？』その時は妙な質問だと思いました。ですが、スコットランド・ヤードは通常殺人犯の目星はついていて、警察が知りたいのはそれを証明する方法だと後でリンリーから説明を受けました。しかし、アルトン警部の返答は一言『わかりません』でした。

するとリンリーさんが尋ねました。『動機は何です？』

『ああ』アルトン警部は言いました。『それがわかっていれば、あなたを煩わせることもなかったでしょう。動機は足跡のようにわれわれを犯人に導いてくれます。ところが、動機も手がかりもなくて、手に入る証拠は何一つありません』

リンリーさんがクロスワードを見つめ続けていると、アルトン警部が言いました。『どうお考えです？』

『被害者の友人ですね』リンリーさんは言いました。人殺しにはふさわしくない言葉でした。しかし、リンリーさん特有の言い方です。いつも少し気まぐれなんです。

『友人？』アルトン警部の口から出た言葉はそれだけでした。

『被害者の知り合いです。さもなければ、あんな荒れ果てた家に呼び出せるものではありません』

しかし、それで事態が進展したわけではありませんでした。アルトン警部がこう言ったからです。『われわれもそこに思い至って、細心の注意を払って知人のリストを洗いました。しかし、やっかいなことに全員で七十五名もいるのです。確かに、その中の一人でしょう。しかし、七十五名の人間を裁くわけにはいきません』

『ええ』リンリーさんは言いました。『被告席に入りきりませんね』

アルトン警部は別に可笑しいとも思わなかったことが表情からわかりました。すると、リンリーさんは話を続けました。『ですが、少し絞ることはできると思います。まず、何週間もインクを入れないでも書ける新型の万年筆を持っています。誰もが持っているという代物ではありません。それでリストを半分か三分の一に減らすことができます。それから、犯人は殺人のあった時期にインクを詰めに送ったはずで、もし調べればこれでさらに相当減るはずで、もちろん警察なら調査はわけもないことでしょう』

クロスワードからわかったのだなと思いました。しかし、それから後は、わたくしには手品みたいなものでした。リンリーさんは続けてこう言ったのです。『庭を持っている男ですね。かなり良い庭と言っていいでしょう。それから自分はやりませんが、チェスをやる人間が周りにいます。それから、教育のない男ではありませんが、イートンとかのパブリック・スクールで教育を受けたわけではありません。拳銃を持っていて、たぶん川か沼地のそばに住んでいるでしょう』

『でも、ちょ、ちょっと待ってください』アルトン警部は言いました。『どうしてそんなことまでおわかりになるんです?』

『さらにもう一つ』リンリーさんは構わず続けました。『地質学に関する知識の持ち主です』

その間ずっと、彼は手にクロスワードの紙片を持って、ときどきクロスワードに目をやりました。わたくしには何が何だかさっぱりわかりませんでした。アルトン警部も同様だったと思います。それから、リンリーさんが説明し始めました。『偶然の物盗りではないという前提のもとで、われわれは七十五名の友人たちから始めました。宝石を身につけたり大金を持って、見ず知らずの人間に会いに行くとは、恐喝されて金を払いに行くのでない限り考えられません。もし恐喝されて金を払いに行ったのなら、殺す必要などありません。そう、やはり七十五名の中の一人です。インクの状態に気づかれましたか？』

『ええ、それは』アルトン警部は言いました。

『ご覧のように、三番目の単語は途中からかすれ、四番目の単語ではインクが切れてしまいました。そこで犯人はあきらめて、鉛筆に切り替えています』

『ええ、それもわかります』と警部。

『さて』リンリーさんは言いました。『クロスワードにはすでに解いた単語の文字からわかる単語もありますが、最初に書き込む単語は知っている単語です。さて、これをご覧ください、警部。犯人が最初に使った二つの鍵は、クロスワードの、順番が前の方の鍵ではありませんでしたが、〝三十二のうちの四〟と〝カモの一種〟でした。犯人が最初にやったのがそれだったのです。彼は〝ルークス〟と〝ハシビロガモ〟と書き込んだのです』

『どちらも鳥ですな（ルークにはミヤマガラスの意味もある）』警部は言いました。

『いえ』リンリーさんは言いました。『二番目のは鳥で、狩猟家以外にはあまり知名度がなさそうで、彼らが餌を食べる沼沢地のそばにでも住んでいない限り、狩猟家の間でもあまり知られていません。しかし、ルークスは普通は城（カースル）と呼ばれ、そう呼ぶのはチェスの指し手くらいです。しかし、犯人は駒の正確な名称を知っているのに、自身は指さないことが、五文字の極めて易しい鍵を解けなかったことからわかります。〝自分の色から始める〟です。あまりにも初歩的だったために、チェスの指し手がそんなことを言うのは聞いたことがなかったのでしょう。しかし、もし〝クィーン〟を指しているとわからないとなると、自身はチェスを指すはずがありません』

『なるほど！』アルトン警部は言いました。

『それから彼が選んだ三番目の鍵は』リンリーさんは続けました。『〝ロンドンの土と砂利〟でした。彼は〝始新世〟と答えています。そのとおり正解です。しかし、誰もが知っている言葉ではないので、犯人はちょっとした地質学者のようです。それから四番目の解答を記入しようとした時、万年筆がとうとう書けなくなったわけです。その鍵は〝温室の古典的栄光〟でした。彼はそれをすぐにではないとしても、四番目に他の答えの助けを借りないで解答しています。そういうわけで、犯人は解答がわかるほどホラティウスを少しかじったことがあり、したがって教育があり、温室について知識があり、世話の行き届いた温室を持っていて、一廉（ひとかど）の庭師と言えます。書き込んだ言葉は〝アマリリス〟でしたが、何とか万年筆もそこまでは書けました』

『ほう、これでかなり絞れますな』アルトン警部は言いました。

『ええ』リンリーさんは言いました。『われわれは今、イーブライト氏の冒険的な友人を手中に収めています。もし友人という言葉を使えて、冒険的というのが適切ならば、素敵な庭を持ち、地質学の知識を持っているか、当人がまさにその土と砂利の上に住んでいて正式な名称を知っているかして、教育のある男です。さて、イーブライト氏の教育のある友人の中で、何名かはイートン、ウィンチェスター、あるいはハロウといった学校の出身者がいるでしょう。しかし、このクロスワードで目立っている空欄ゆえに、いずれも消去することができます。タテの鍵九番です。〝長い、短い、短い（六文字）〟とあります。もし彼にこれがわからなかったのなら、絶対にイートンとかの出身ではありません。解答は単純で〝長短短格（ダクティル）〟です。ラテン語の詩を学んだことのある人間には簡単です。しかも、実際のところ、私立学校ではたっぷり勉強します。犯人がどこで教育を受けたかは知りません。しかし、この否定的な手がかりから相当数の人間を消去できます』

そこでわたくしが口を挟みました。『イーブライト氏が入ってきたために中断されたということは考えられませんか？』

『その可能性はあるね』リンリーさんは言いました。『しかし、三つか四つを除いてすべて解いているし、簡単なので、知っていたら九番は真っ先に解く鍵だ。この空欄は実に奇妙で、クロスワードの空白であると同時に、教育の空白でもある』

『いや、実に素晴らしい。助かりました』警部は言いました。

『あと少し犯人の好みを追究することもできますが』リンリーさんは続けました。『それほど簡単ではありません。柔らかい鉛筆を使っていて、すぐに先が鈍っています。まだ鉛筆がとがっている時に、それと交差する単語の助けを借りずに書き込んでいることから、昆虫学の知識も幾らかあるようです。文字が他のよりかすれていて、鉛筆を強く押し当てていますから』

リンリーさんはわたくしたちに〝アカタテハ〟という単語とそれに対する〝クジャクの仲間〟という鍵を示しました。

『拡大鏡があれば』リンリーさんは続けました。『もっと何かわかるかもしれません。しかし、たぶんこれで充分でしょう。犯人はイーブライト氏の知り合いで、庭を持ち、教育はあるがイートンとかの出身ではなく、地質学を知っているか、ロンドンの土と砂利の上に住んでおり、チェスの愛好家と何らかの関係があるが当人は指さず、以前、チョウを採集したことがありました。それで実際に特定することができなくても、少なくとも七十五名の大半を容疑から除外することができます』

そして、確かにそうなりました。庭を持っている人間は半分といませんでした。そのうちの二十名だけが古典の教育を受け、その二十名のうち五名がイートン出身でした。残った十五名のうち、地質学の知識のある者は六人しかおらず、そのうちの二人しかチョウを採集したことがありませんでした。そのうちの一人には甥が二人いて、ケンブリッジ大学の休暇期間によく泊まりに来て、いずれもチェスが巧かったのです。当人はチェスを指しませんでした。

いずれもアルトン警部とスコットランド・ヤードが突き止めて、かなりのことがわかりました。さらに、その男がリンリーさんの言った時期に万年筆のインクを詰めに出したことも突き止めました。警察はこの男を逮捕し、裁判にかけました。しかし、陪審はクロスワード一つで一人の人間を絞首刑にするのに抵抗があったため、評決は無罪でした」

「すると、その男はまだのさばっているのですね！」新聞記者は言った。

「ええ。最後に消息を聞いた時には」スメザーズは言った。「しかし、もはや実害はないと思いますよ。間一髪で男は肝を冷やし、もう二度とやるとは思えません。リンリーさんが捕まえたも同然なのです」

一度でたくさん

Once Too Often

戦前はおかしな世の中でした。いや、今がおかしいのかもしれません。とにかく、同じ世の中とは思えません。先日も、かつてリンリーさんとわたくしが住んでいたフラットのあった場所にやって来て、一九三〇年代の昔の時代を思い返しました。そのことがきっかけとなって、そこで過ごした日々や、わたくしの目にしたリンリーさんの活動について考えました。今ではそこは二つの家に挟まれた空き地ですが、そこを見て当時のことをつい振り返ったのです。頭の切れる方でした、リンリーさんは。切れることは今でも変わりありませんが、最近ではお目にかかることも少なくなりました。ですが、戦争直後に除隊してから、わたくしはちょっとした幸運に巡り会いました。リンリーさんからまた会いに来てほしいという連絡を受けたのです。彼はわたくしの下宿の住所を知っていて、電話をかけて、自分の新しいフラットに話しに来ないかと誘ってくれたのです。単なる偶然かもしれませんし、スコットランド・ヤードから電話を受けて警部の来訪を知り、長い物語の結末を見届ける機会をくださったのかもしれません。真相がどちらかは存じませんが、リンリーさんはああいう人で、人を喜ばせるために変わったことをなさいます。わたくしを喜ばせる義理など少しもないのに。さて、とにかく、わたくしは伺いました。そして昔の四方山話を一時間もしないうちに、スコットランド・ヤードから警部がひょっこりやって来ると、大事件ではないが面白い話ですよと言うような調子で、最近ヤードがどんなことをやっているか関心があるのではないかと思いましてなどと言うのです。どういうわけかわたくしは、警部が口を開いた瞬間から、何か警部に釈然としないこと、スコットランド・ヤードを行き詰まらせたことがあって、リンリーさんから何か知恵を拝借できないだろうかと思っていることがわかりました。そして、やっぱりわたくしの思ったとおりでした。警部が来たのはそれが目的だったのです。リンリーさんは、「ええ、いいですよ。最近のご活動について伺いましょう」と言いました。そこで警部は腰を下ろして、二人は話を始めました。警部というのはアルトン警部のことです。

さて、アルトン警部はまたしても恐ろしい殺人の話をしました。今回は郊外の小さな家で起きた事件です。夫が妻を殺害して姿を消したのです。その男を絞首刑にしようにも警察は行方を突き止めることができなかったのです。警部はこのとおり話したわけではありませんが、意味するところは同じです。警部の話は、女が行方不明で、その夫なら妻の消息について何か情報を持っているかもしれないので、重要参考人として夫を捜しているというものでした。警部は捜している男の写真をリンリーさんに見せて、たぶん二、三日中に見つかるでしょうが、スコットランド・ヤードの人間が見つける前に、この事件で腕を振るったら面白いのではありませんかと言いました。リンリーさんは写真を見ると言いました。「大変な難事件ですね」

「確かに」アルトン警部は言いました。「この事件には困難な要因が幾つかありますが、写真を見ただけではおわかりにならないでしょう」

「わかりますとも」リンリーさんは言いました。

「ですが、多少は人目につく顔ですよ」と警部。

「いいえ」リンリーさんは言いました。「多少は人目につく顔どころではありません。とても目立つ顔です。目立たずにはいられない顔です。人相書きをご覧ください。身長六フィートと下に書いてあります。こういう男が三百人の人間が歩いている通りを歩いたら、誰の目にも触れないはずがありません。さもなければ、そんな男はいないということになります」

「おっしゃるとおり」警部は言いました。

「だから、警察には見つけられませんよ」リンリーさんは言いました。

「まだ見つけていませんが」アルトン警部は言いました。「まだ十日しか経っていません」

「こういう人相の男なら」リンリーは言いました。「一日で見つかったはずです」

「では、あなたのお考えは？」警部は言いました。

「ただ、これは難事件だなと思いますね」とリンリー。「ちょっと考えなければなりませんよ。実際にはかなり考える必要があります。なぜかというと、こういう人相の男をロンドンで十二時間以内に見つけ出せないとなると、明らかに難事件だということですから」

「どうもお話が理解できないのですが」警部は言いました。その点では、リンリーが再び口を開くまではわたくしも同様でした。

「本当に優れた謎というものは」彼は言いました。「本当に困難な問題というものは、いかなる種類のものであれ、必ず二つの点で際立っています」

「とおっしゃると？」アルトン警部は尋ねました。

「一つは、ばかばかしいほど単純に見えることです」リンリーさんは言いました。

「それで、もう一つは？」

「もう一つは手が着けられないということです」

「さて、それはどうでしょうか」

「もちろん、そうおっしゃることでしょう」リンリーは言いました。「私が言いたかったのは、あなたがまだ手を着けていないということです」

彼独特の言い方でした。

「警部が手を着けていないということは」リンリーは続けました。「何か大変に難しい問題があるに違いありません。あなたがまず見つけたいのはそれです。問題の第一着手です」

ここに至って、リンリーが筋の通ったことを言っていることに警部が納得したのが表情からわかりました。

「それで、あなたはどうお考えになりますか？」

「完全に顔を変えたのだと思いますね」リンリーは言いました。「もし警察に見つけ出すことができないなら、まったく見分けがつかなくなっていると考えます。それは可能です。それと同時に、身長も変えたかもしれません」

「身長もですか？」警部は言いました。

「ええ、身長も。事故で足を骨折して、片足を一インチ失った人間の話はよく聞くでしょう。事故でできることは、科学ならもっとうまくできます。それに、科学は必ずしも正義の側についているわけではありません。それに、逆の方向の可能性も考慮しなければなりません。身長を高くすることもできるということです」

「高くですか？」

「それも可能でしょうが」とリンリー。「おそらく、その場合に必要なことは靴屋がやってくれるでしょう。かかとの高い靴は、かかとが隠れるように革の部分を下げることによって或る程度まで隠すことができます。しかし、どちらの方向にも二インチ、合わせて四インチまで変えることができますから、身長はあまり特定する目安にはなりません。四インチの違いで、捜査範囲が二百万人増えるでしょう」

「それで、あなたは彼が顔を変えたとお考えなのですね？」警部は言いました。

「間違いありません」リンリーは言いました。「さもなければ、今頃は警察が見つけているはずです。国外に逃亡した可能性は？」

「ありません」警部は言いました。「先週、われわれが把握していない、もしくは素性を知らない人間は、誰一人として出国していません」

「やはりね」リンリーは言いました。「しかも、潜伏しているわけではないのでしょう？」

「そうは考えられません」警部は言いました。「われわれはかなり徹底的な捜査を行いました」

「ええ、もちろんそうでしょう」

「しかし、誰が彼の顔を変えたりするでしょうか？」アルトン警部は言いました。

「医学にはそれ以上のこともできます」リンリーは言いました。

「ええ、それは立派な人たちの話ですよ」警部は言いました。「顔に負傷した軍人とか」

「法律は犯罪者だって守るのです」

「あなたのおっしゃるのは、容疑者のことでしょう」

「そのとおりです」リンリーは言いました。「時には医師だって犯罪者に手を貸すこともあります。それに、立派な人たちの払う金額は妥当なものでしょうが、容疑者の払う金額に比べたら物の数ではありません。容疑者に手を貸すのは大きな誘惑です」

「なるほど」と警部。

「もっと詳しくお話しいただけませんか？」とリンリー。

「実は」警部は言いました。「女の方は完全に消されてしまいました。とにかく、まったく姿を消したのです。以前お話しした事件同様に。そして、その男というのが……」

「まさか……！」リンリーは言いました。

「その、まさかなのです」アルトン警部は言いました。

どういうわけか、それだけで二人の言いたいことがわたくしにもわかりました。ほとんど内容のない話なのに。わたくしはつい口走ってしまいました。「スティーガーがまたしても殺しをやったのですか！」

「いいですか」警部は言いました。「誰も人殺しの話はしなかったし、誰もスティーガーだか誰かを犯人と名指したわけでもありません。発言にはご注意を」

「わかりました」わたくしは言いました。「警察がスティーガーを絞首刑にするまで何も言いますまい。率直に言って、そろそろその潮時ではないですか」こう言ったのも、アンジでのおぞましい事件のことが忘れられなかったからでした。

アルトン警部はどう反応したと思いますか？　わたくしの言ったことなど耳に入らないふりをしたのです。それ以後、二人はかなり低い声で話しました。少なくともアルトン警部はそうで、リンリーさんは徐々に声を落として、わたくしにあまり聞こえないように話しました。しかし、わたくしが耳にしたのはこういうことです。このスティーガーという男は変名（当時はオルナットと称していました）で或る女性と結婚していました。もちろん、女はなかなかの金持ちでした。彼は金持ちの女が好きでした。二人は小さな家に二人だけで暮らしました。女が料理をして、ときどき雑用をする女が出入りしました。そして或る日のこと、いつだったかは聞きませんでしたが、オルナット夫人はナンシー・エルス同様、完璧に姿を消したのです。アルトン警部はスティーガーは、つまりオルナットですが、彼はシェパード犬を飼っていました。スティーガーが人殺しをしたとも、何のためにシェパードを飼っていたかも話そうとはしませんでしたが、オルナット夫人の消息について何か光明を投げかけてくれるかもしれないということで、警察はオルナット氏に事情聴取をしたいと考えました。犬のことは一言も出ませんでした。つまり、わたくしに対してはということで、リンリーさんが警部にこう言うのが聞こえました。「今回はどうやって死体を始末したのですかね？」すると、アルトン警部は答えました。「いや、犬がいますからね」ですが、そんなことを聞くつもりはなかったのです。どうやってスティーガーが——それがスティーガーだとしての話ですが——姿を消したか読者のみなさんに推測する時間を与えてから、最後にリンリーさんの推理をお伝えした方がいいかもしれません。とはいえ、わたくしは自分の聞いたことだけをありのままにお話ししているだけです。スティーガーが顔を変えたことを突き止めるなんて、リンリーさんはなんと素晴らしく頭の切れる方なんだろうと思いました。何をやるにせよ、あの人はいつも頭の切れる方なんです。ですが、そのことはあまり役に立ちそうもありませんでした。スティーガーが顔を変えたことがわかっても、それがどんな顔なのかわからなければ、彼を捜し出すのに大して役立ちそうになかったからです。そして、アルトン警部の見方も、顔つきから判断する限り——いつも声が聞こえたわけではありませんでしたので——似たようなものでした。警部は自分にとって役に立たない限り、リンリーさんの頭の良さをわたくしほどは評価しません。彼が知りたかったのは、オルナットの所在と、いつになったらスコットランド・ヤードでオルナット夫人の消息について事情聴取できるかということでした。それにはリンリーは答えられませんでした。自分ではわからなかったのです。そのことは彼の表情からすぐにわかりました。実に心配そうな表情をしていました。

さて、わたくしの見たところ、これが謎です。スティーガーは名前を変え、小金を持っている女と結婚し、二、三か月、郊外の小さな家で暮らしてから、女を殺し、犬に死体を処分させました。それと併行して彼は顔を変えました。おそらく事故にあったとか言って、包帯を巻いて歩き、徐々に変えていったのでしょう。ですが、これはわたくしの推測に過ぎません。日付についてはあまり聞こえなかったからです。すると警部が言いました。

「どうやって彼を見つけることができるでしょうか?」

リンリーさんは窓から外を見て言いました。「身長五フィート十インチから六フィート二インチの間の人間なら、誰でも可能性はあります」

「そいつはまずい」警部は言いました。

すると不意にリンリーさんに或る考えが浮かんだようでした。わたくしにはわかりました。彼の表情がぱっと輝いたのです。「だいじょうぶ、捕まえることはできますよ」

「どうやって?」

「チャリング・クロス駅に行くのです。一年のうちに誰もが一度は来ると言うではありませんか。必要なら一年間待ってもいい」

「しかし彼が来ても見分けがつかないのなら」アルトン警部は言いました。「何になります?」

「そのことなら心配する必要はありません」リンリーは言いました。「奴を見つけてやります」

リンリーさんはわたくしに初めて手の内を明かしませんでした。彼は声を抑えて話し、その時そうするつもりがないことがわかりました。彼は後で謝罪しました。しかし、彼はこう説明しました。もしそのことをアルトン警部一人を除いて全員に秘密にしておかなかったら、どこかで漏れるだろうし、ひとたび秘密が漏れたら悪い人間に伝わるのが常で、スティーガーの耳に達し、そうなったら彼は来ないだろう。でも彼は、わたくしが望むならチャリング・クロス駅に行って見張ってもいいと言いました。それでわたくしは少し戸惑いました。わたくしが秘密を守ると信用していないなら、どうしてスティーガーが捕まる場所を教えてくれるのでしょう。或る日、リンリーさんに訊いてみました。すると彼は、どこで見張っているかスティーガーに知られても問題ではないと答えました。いずれにせよ、駅に刑事とかがうろついていることは知っています。しかし、もしリンリーさんがスティーガーについて言ったことが正しくて、名前ばかりか顔も変えたのなら、どこへ行こうとスティーガーは見分けられるはずがないと思って、すでにこれまでやってきたように、おそらく大手を振って目の前を通り過ぎることでしょう。ところが、彼は捕まるのです。そしてわたくしは、スティーガーのことは少し前から知っていたので、捕まるところを見たいと思いました。いつかチャリング・クロス駅で起きるのです。さて、わたくしはそれ以後毎日そこへ足を運んで、何時間か過ごし、いろいろな世界を、というよりもいろいろな世界の住人を目にしました。しばらくすると、そのうちのかなりの数の人間を見分けられるようになりました。定期乗客はいつも同じ列車に乗ります。もちろん、土曜日は例外です。しかしその中に、いくら顔見知りが増えても、必ず新しい顔が幾つも混じっていました。以前は見たことのない顔、二度と見ることのない顔です。世の中の全員の顔を見たとは申しませんが、かなりの人数の顔を見ました。時にはリンリーも顔を出すことがありましたが、そんなことは多くはありません。アルトン警部はまったく見かけず、いたとしても気づきませんでした。それから尾を切って背中に募金箱を背負った毛むくじゃらの犬がいました。どんな種類の犬なのかは知りません。こんな犬は見たことがありませんでした。壁に募金箱を取り付けるのではなくて、犬を使うとは奇妙だなと思いました。ですが、もしかしたら壁だったらあまり目に留まらなかったかもしれません。わたくしが見かけた人のことを話していたら、話が長くなってしまいます。それに、一日にどれだけの人数が通るか聞いたら、信じられないかもしれません。わたくしは独り言を言いました。みんなが立ち止まって尾を切った犬を見るから、犬の近くにいることにしよう。とにかく、犬は人がたくさん集まる場所に連れて行かれていました。まあ当然です。というわけで、わたくしはそうすることにしました。

これはすべてわたくしにとって時間の浪費だったわけではありません。とんでもありません。いつもわたくしはおとなしくナムヌモのセールスを行っていました。おとなしくというのは、ナムヌモ以外にも世の中につまらない物はたくさんあるわけですから、わたくしが壁に貼ってあるそれらの広告の妨害をしているのを見たら駅員が不愉快に思うからです。鉄道の敷地内で商売をやって鉄道会社に恩を感じていたので、ときどき老いぼれ犬の背中の募金箱に二シリングほど入れては借りを返すことにしていました。「これはいったい何という種類の犬なんです？」或る日、紐を持っているポーターに訊いてみました。犬はあまり馴れていないようで、ポーターはいつも紐を短く持っていました。「老いぼれの牧羊犬です」聞き取れた限りではそう言っていました。ですが、ハスキーな声で、機関車が音を立てており、さらに質問をしようとする前にポーターは行ってしまいました。あんな犬は見たことがありませんでした。

警察は一名か二名腕利きの刑事をこの仕事にあてているのではないかとリンリーさんに話しました。ゲートを通って三、四百人の人間がプラットフォームに流れていくのに、その中に刑事は一人もいなかったからです。刑事は見ればいつだってわかります。たいてい新聞を持って、ときどきそれを読むふりをしたり、おかしな咳をして、鼻をかむふりをして白いハンカチを顔に運び、本当にかんだ時は大きな音を立てます。服装は似たり寄ったりで、革底の靴をはくこともありますが、それでもわかります。ですが、プラットフォームに一人もそういう人間を見かけないとなると、わたくしにはわからない、何か特別な人間を配置しているに違いありません。わたくしはリンリーさんにどう思うか尋ねてみましたが、刑事などいないと思うという返事でした。それではいったいどうやってスティーガーを捕まえるつもりなのでしょうとわたくしは訊いてみました。するとリンリーさんは、たぶん今日は来ないのかもしれないと答えただけでした。人がまったくばかなことを言う場合には相応な理由があるので、わたくしはいつも関心を持っていました。もちろんもっともらしい言い方をされたら別ですが、リンリーさんはそういう言い方をしない人です、絶対に。初めのうち、わたくしはプラットフォームの入場券を買っていました。でも、わたくしが以前アンジで起きた事件で協力したことがあるとリンリーさんが誰かに言ったところ、警察が鉄道会社と話をつけてただで入れるようにしてくれました。さて、何日も経ち、何週間も過ぎて、わたくしはおとなしくナムヌモのセールスをしていました。一度だけ、乗客の迷惑になっているということでポーターに止められたことがありました。ですが、その人がやせていて食べ物が合っていないのではないかと心配になって、ナムヌモを使えば太れるという親切心からやったことだと説明しました。商売文句というやつです。ポーターもわたくしを追い払おうとはしませんでした。それどころか、疲れたご様子なのでナムヌモで元気になりますよと言って、彼にナムヌモを一壜勧めたのです。それから、良心に対する一種の償いとして、風変わりな灰色の毛むくじゃらの犬にときどき一シリングやりました。何年もナムヌモのセールスをやって来て、良心もたいして残っているというわけではありませんでしたが、とにかくスティーガーよりはましです。すると、或る日、スティーガーがやって来たのです。一年のうちには誰もがやって来ると言われていたとおりでした。二か月も待ちませんでした。かつてのスティーガーとは似ても似つかないのは他の乗客と同様でした。リンリーの言ったとおり、顔を変えていました。身長も、やはりリンリーが言ったように、およそ二インチ違っていました。まったくの別人でした。母親だって気づかないでしょう。でも、彼の犬は別でした。その時、わたくしは犬のすぐそばにいました。少しクンクンいうような声を出して、鎖をぐいっと引っ張りました。そしてポーターをスティーガーの目の前に引っ張ってきたのです。ポーターはアルトン警部でした。スティーガーは自分の犬には近づかなかったでしょうが、彼が注意していたのはシェパードでした。彼は変装していましたが、犬の方も変装していて、シェパードの方がうわてだったのです。警察は犬の毛を刈り、風変わりな灰色のもじゃもじゃした物をかぶせました。かわいそうに犬の尾を切らなければならなかったのはもちろんでした。イギリスの法律が許している蛮行の一つです。とにかく、仔犬に対してやるほどひどいことではありません。少なくともこれまで一生の大半使ってきたわけですから。スパニエルやテリアでは許されないことです。それも確かにひどいことですが、スティーガーに比べたらたいしたことではありません。二人の刑事が群衆の中からするりと出てきて逮捕した時の、スティーガーの驚いた顔といったらありませんでした。きっとアルトン警部が合図を出したのです。さて、今度ばかりはだいじょうぶ、奴を絞首刑にすることができました。前にアルトン警部に言ったように、もう潮時だったのです。一巻の終わりとなったスティーガーと同時に、わたくしのささやかな話もおしまいとさせていただきます。

疑惑の殺人

An Alleged Murder

さて、どうしたものだろう？　たぶん、メモを書いて話をすっきりさせるのがいいのだろう。その後で、時間があったら警察に行ってもいい。しかし、警察は考えすぎだと言って私を追い返すことだろう。おまけに私には時間がないのだ。最近では誰もがそうだが。一日中銀行で働いて、家に帰ったらお茶を飲んで休みたい。スコットランド・ヤードが日曜も開いているなら、もしかしたら日曜に行けるかもしれない。しかし、警察は考えすぎだと言うだけだろう。アルバート・メリットは実に賢い人間だ。警察が怪しいと思うような人間ではない。もちろん、警察も一度は疑ったが。しかし、警察は鼻先であしらわれたのだし、同じことを繰り返す気にはならないだろう。とにかく私のためには。さて、メモだが。こんな具合だ。まず、エイミー・コッティンがいた。エイミーのことは大切に思っていた。そして彼女の方も私を大切に思っていたことと思う。別の男に出会うまでは。彼女は私にその男のことを率直に話した。素晴らしい男で、彼女の夢に見た強い男だと言った。これまでにどんなことをやったのかと私は訊いてみた。だが、彼女は知らなかった。まだ何もやっていないと彼女は思っていた。しかし、彼女がとてつもない魅力を感じたのは、その男がこれからやろうとしていることに対してだった。「それで、何をやろうとしているんだ？」私は彼女に訊いた。すると「大きなことよ」という返事だった。彼女はそれが何か知らなかった。しかし、とにかく大きなことであることだけはわかっていた。女というものはいつだって男がどんなことをやったかわかるのよ。だけどいいこと、女は男がこれからやろうとしていることもわかるの、と彼女は言った。どうしてそんなことがあり得るのか私にはわからない。そこで、私は彼女に尋ねた。すると、彼女は答えた。「若い女性は男の中にある大きなものをすぐに見抜くことができるのよ。まだ何もやっていないとしたら、それはこれからやることだわ」

私には何が何だかさっぱりわからなかった。私は言った。「もうぼくたちは散歩に出かけないのかい？」彼女は「今はだめ」と言った。

しかし、彼女の言った〝今〟というのは〝永遠に〟ということだった。彼女がこのアルバート・メリットという男と知り合った以上、永遠にそんなことはないのだ。それがあの男だった。しかも、どこで彼と出会ったと思う？　列車の中だ。それも同じ列車じゃない。二本の列車が駅に停車して、二人の客車が向かい合ったのだ。ロマンスの芽生えるような時間はなかったはずだ。だが、彼女は恋をした。私にこの素敵な男のことをすっかり話して聞かせた。男の名前さえ知らなかったのに。私にはそれほど素晴らしい男には思えなかった。しかし、仕方がない。誰にもわからないのだ。若い女性がどんなことを素敵だと考えるかはわからないのだ。二人は座って互いに見つめ合った。それだけ。やがて、列車は動き出した。そして、彼女はそのことを我が人生のロマンスと呼んだ。おかしなものだ。おかしなものだというのは私の感想だが。

さて、それも今は昔の話だ。それからアルリック事件が起こった。皆さんもお聞き及びのことだろう。アルリックという娘が何者かに殺されたのだ。だが、アルバート・メリットがやったのではない。少なくとも陪審の評決はそうだった。そして、エイミーはメリットと昨年結婚したばかりで、イーストボーンに移り住んだ。それからまもなく、エイミーを見かけなくなり、手紙を書いても返事が届かないので私は不審を抱いた。もちろん、そのことは誰にも一言も話さなかった。私がエイミーを好きだったことと、よその男が彼女と結婚したために、誰もが私の悪意だと考えるのは当然だからで、私は口をつぐんでいた。しかし、私がイーストボーンまで足を運んで小さな家に行くと、そこには誰もいなかった。そこで、イーストボーンの不動産屋に行って、貸し家はないかと尋ね、どんな物件を求めているのかできるだけ正確に述べて、男からその家を下見する許可をもらった。私はそこで幸運にもちょっとしたものを発見して不審を抱き、いよいよ疑惑を深めたのだった。

私はエィミーの日記をがらくたの中から見つけたのだ。彼女の筆跡を知っていた私の目に飛び込んできて、すぐに私は拾い上げた。もしこの中に手がかりがあったら、あまりにも出来過ぎというものだろう。しかし、手がかりはなかった。殺人犯が手がかりを残さないわけではない。そうやって絞首刑になる連中もいる。殺人犯は必ず手がかりを残すと考える人たちもいる。しかし、私はときどき、そういうのは十人に一人で、絞首刑になったのは運の悪い十パーセントではないかと思うことがある。私の見る限り日記には手がかりはなかったが、私は疑惑を深めた。そして、今でも疑惑を抱いている。私はどうしたらいいだろう？　日曜以外に警察に行く時間はない。それに、行ったとしても警察は私を信じてくれるだろうか？　ああいう立派な風采の紳士を私の証言だけで告発するなんて。もちろん、彼は前に厄介なことになった、実に厄介なことに。しかし、彼はそこから抜け出して、一層強固な立場にいる。それに、あの男は実に着こなしが良い。殺人犯とはとても思えない。私はどうしたらいいのか？　次に私の発見した日記を掲げる。すべてエィミーの筆跡だ。そのことは誓ってもいい。

・・・

日記。六月三日。今日、新聞で彼の写真を見た。列車に乗っていた素敵な男性だ。いつかまた会えるだろうと思っていた。この男の個性的なこと！　いつか有名になるに違いない。出会ってからもう二年以上になる。列車で目と目が合った時のことだ。だけど、彼なのは間違いない。全新聞の一面に載っている。なんて力強い顔。他人の無礼な態度を許さない男だ。そのことはすぐにわかる。殺人の公判だ。あの殺人の、と言った方がいいかしら。どの新聞にも記事が載っている。あの人に何かあったら大変だ。でもそんなことにはならない。あの人はとても頭がいい。強いばかりじゃなくて頭がいいんだ。たとえ写真でも、顔を見ればすぐにわかる。とっても頭がいいんだ。手がかりを残すような人間じゃない。それに腕利き弁護士を雇ったし。そこは抜かりがない。弁護士と一緒にうまくやるだろう。きっと。

六月四日。裁判を傍聴した。何百人もの人がいた。大多数は着飾った人たちだった。それでも席を確保することができた。あの男だ。列車で出会った男。みんなの前に立って、本当に立派だった。最初に検察側が話して、ひどいことをたくさん言った。それからアルバート・メリットが証拠を提出した。あの人のことはいつもアルバートと呼ぶことにしよう。彼はとてもうまく証拠を出した。すると検察側がアルリックの小娘についていろいろと彼に質問をし、彼は何を言っているのかわからないような答え方をした。前に頭がいいって言った。でも、頭がいいというのはぴったりした言い方じゃない。検察側は皮肉を言ったけど、陪審はあまり感心しなかったみたい。そんなことはすぐにわかる。

検察側は彼が前にもやったと言った。いやな奴。でも、アルバートの弁護士は当然のことを言った。「自分のやっている仕事を続けて、他のことは構わないように。被告は他の若い女性に何をやったかで裁かれているのではありません。本件に専念してください」

そう言われて検事は黙り込んでしまった。すると判事が言った。「異議を認めます」

彼はあの人たちの言う戯言など相手にしなかった。もちろん、わたしも戯言には取り合わなかった。戯言など相手にしない、あの強い男がわたしは大好きだ。

そう、彼にはアリバイがあった！　あの人は本当に頭がいい。検事にはその半分の頭もない。わたしは法廷に一日中いた。そして夕方遅くなってから陪審は無罪の評決を下した。検事はまるでばかみたいだった。アルバートがアルリックの小娘にしたことを、検事もやられればいいのに。そうなればどちらもいい気味だ。でも、何もかも望むわけにはいかないし、アルバートが放免されただけで充分だ。それに法廷では拍手も上がったし。

六月五日。アルバートと話をした！　とても素敵だった。どの新聞にも彼の写真が載っている。彼はわたしと五分間話した。そしてまた会うことになった。二人の女が彼にプロポーズした。なんてずうずうしい！

六月十日。この二、三日はとっても素敵だった。日記に書けないくらい。書こうとする気にもなれないくらい素敵だった。毎日、アルバートと出かけた。ハイド・パークに行った。その公園では一人の男と椅子を巡ってちょっと口論になった。その男は自分の椅子だと言った。アルバートは相手をただぶん殴ってやっただけ。アルバートってそういう人だ。誰が文句を言おうと聞く耳を持たない。列車で出会った瞬間から、強い男だってことはわかった。彼は一等車にいたっけ。

六月十一日。アルバートと婚約した。素敵で言葉にならないくらい。わたしたちは海辺の小さな家に暮らすことにした。アルバートはわたしの貯金を彼の名義に書き換えるように言った。その方が便利だって。貯金は二百ポンド以上ある。アルバートを信頼していることを示すためにそうするつもりだ。

七月十日。アルバートとわたしは結婚した。何もかもとっても素敵で、たくさん書きたいことがある。でも、アルバートはよせって言う。書くとぼくたちの幸福が台無しになるからだって。ぼくたちだけの秘め事にしなければって彼は言う。

何でもアルバートの望むようにしたい。だから、もう日記は書かない。

・・・

日記はここで終わっている。さて、私はどうすべきか？　もうどこへ行ってもエイミーに会えないのは嫌だし、アリス・アルリックとその前の娘が実際にどうなったのか考えるのも嫌だ。だが、たとえ警察に行っても、私はばかにされるだけだろう。

給仕の物語

The Waiter's Story

「今ではもう給仕はあまりやりません」老給仕は言った。「ホテルが私の面倒をよく見てくれて、ちょっとした年金をいただいています。ホテルに少し人手が必要になった時は応援に出ることもあります。いつだってやりがいのある仕事です。思い出ですか？　ええ、まあ、誰しも思い出はあるでしょうが、エクストラスプレンディッド・ホテルで五十年も給仕として勤めていれば、たいていの方よりも少しは思い出もあるかもしれません。年に一、二回は大きな晩餐会を開く方は少なくありません。あるいは年に数回でも。運次第ですね。ですが、毎晩毎週、私のように大きな晩餐会を目の当たりにする機会のある人間はそう多くはございません。大きな晩餐会で給仕が何も見ていないとは思わないでください。誰よりもしっかりと見ているものなのです。みなさん二、三人の方とはお話をなさいますし、スピーチを聞いたりもなさいます。出席者のみなさんがということですよ。ですが、給仕は何一つ逃さずに聞いたり見たりしています。しかも、見たり聞いたりするばかりではございません。その気になれば、出席者のみなさんと同じくらい食事をつまんだりすることもできます。会話などはせず、地味な食事の仕方ですが。ええ、思い出話はいろいろございますとも。そうですね。考えてみると、今でも覚えている最高の晩餐会はブレッグという人の催したものです。また大層な晩餐会を開いたのですよ。見事な服装でした。初めてお目にかかった時のことは今でも覚えています。エクストラスプレンディッドがあの人のためにいつもとっておいた貴賓室に入ってきました。白いネクタイ、白いヴェスト、それに素晴らしい新品の燕尾服。彼に付き従っていた男性はいずれも同じような服装で、女性は盛装していました。そしてその人たちのほとんど大部分が彼と同じ出自でした。貧民街です。そこから彼は交差点の掃除夫をやってはい上がってきたのでした。他の人間もそれと同等か、それよりひどい境遇でした。申し上げたように、男も女も着飾っていました。いつも彼に付き従っていた男——ずるそうな顔をした男でした——が一人いて、彼だけが以前にも夜会服を着たことのある男でした。

どうして知っているのかですって？　それは、私も四十年、いや五十年もほとんど毎晩着ていたものですから。時には少し疲れた時などは、着たまま眠ってしまうこともありました。そういったことについては私もまんざら知らないわけでもありません。さて、話は晩餐会のことでしたね。水を入れる大きな水差しのことはご存じですね。各人に一本あるいは二本の割合でテーブルにずらりと並べ、すべてにシャンペンがたっぷり入れてあります。それから他のワインもそのそばに多数置いてあって、いつでも注いで差し上げられるようになっています。他のリキュールも同様です。それに料理も。さて、エクストラスプレンディッドに対する注文はいつも同じ、「最高のサーヴィスを。そして常により良いサーヴィスを」でした。あの貴賓室には厚い二重ドアがあって、音はことりとも漏れませんでした。ホテルには泥酔を禁じるという規則があって、非常に厳格に守らなければなりませんでした。前に申し上げたとおり、貧民街出身の盛装した方たちが二十名まで出席しておられました。紳士らしくタクシーまで足を運ぶことのできる方たちはタクシーに乗って帰り、それができない方たちは一晩部屋を取りました。するとブレッグとずるそうな男が一時間ポーカーをやるのが習慣でした。さて、ああいうこと、つまり、抜け目のない男がカモを相手にポーカーをやるのは前にも目にしたことがあります。ですが、ああいうのを見たのは初めてでしたし、見たことがあるという人にお目にかかったこともありません。毎晩、カモの方が札で二、三百ポンド勝っていて、相手の男の方が負けていたのです。それが毎晩のように続きました。ずるそうな男は晩餐会ではいつもブレッグの隣に腰かけました。口数はあまり多くはありませんでしたが、ブレッグがかなりシャンペンを飲んでしまうと、決まってずるそうな男がリキュールを一、二杯どうかと勧めるのです。ブレッグがいつも酔っ払うと、その男が静かに酒を勧めて、あとはお決まりのコースというわけです。或る日などは、あの男は悪魔ではないかと思ったものでした。当時は私も悪魔はいると思っていたのです。ちょっと迷信深かったのでしょう。ですが、悪魔を信じていないのなら悪魔について何を言っても無駄です。もう悪魔なんかいるとは思っていません。悪魔がいる必要などないのです。私の若い頃には悪魔の仕事を代わってやってくれる人間が大勢いるのを見てきました。これ以上は必要なさそうです。さて、この男は悪魔そっくりで、いつもブレッグのそばに控えて、彼をそそのかしました。そしてブレッグが酔っ払うと、小さなテーブルについて散財するのです。いったい何が目的なのか不思議に思われるでしょう。ええ、お話ししましょう。というのも、或る日、男が女に向かって話していて、それを一言漏らさず聞いたからです。ホテルでは他人に話を聞かれることは皆さんが思われるほど珍しくはありません。話している当事者以外に、という意味ですよ。私は男の話の一部始終を聞きました。もちろん、晩も遅くなってからのことです。シャンペンで少し酔いが回ってこないとあんなに話が聞けるものではございません。酒が効いたのですね。酒と周囲に対する一種の感覚、そして誰も二人の言葉を繰り返したり、それどころか理解して利用しようなどと思わないだろうということ。さて、男の名前はリペットで、アメリカの大富豪の秘書であることがわかりました。百万ドルとかけちな金額ではなくて、好きなだけのお金を自由にできる大富豪です。ずっと前、二つの大戦の前の話です。そしてこのアメリカの紳士、マグナム氏は秘書のリペットを同行してロンドンにちょっとした旅行にやって来ました。ところがロンドンに到着してみると、交差点の掃除夫が彼に無礼な態度を取ったのでした。その男がブレッグでした。どちらが悪かったのかは存じません。たぶんどちらも悪いのでしょう。おそらくマグナムは何でも買えるだけのお金を持っていると思い、ブレッグの方は外国人は役立たずで、自分の領分に入ってくる権利はないと思ったのかもしれません。いずれにせよ、ブレッグはマグナムのズボンの端にごみをかけ、マグナムに罵倒されると失礼なことを言ったのです。それで二人の争いは大変なものになりました。マグナムは拳銃を探しましたが、身につけていませんでした。ブレッグに殴りかかるには歳を取りすぎていたので、リペットを連れてその場を後にすると、こう言いました。「リペット、お前はあの男を殺させろ」すると、リペットはマグナムにこう答えました。「この町ではそんなことはできません」それに対してマグナムが言い返しました。「高くつくのはわかっとる。だが、あの男は一年以内に死なねばならん」

リペットは依然としてそんなことは無理だと言いました。「警察が私たちを絞首刑にし、引きずり、八つ裂きにするでしょう。こちらではそういう流儀なのです。いや、ほんの少し前まではそうでした。まだ充分に文明化されていないのです」

すると、マグナムが言いました。「いくら金がかかろうとかまわん。だが、お前はすぐに仕事にかかるんだ。こんな風な扱いを受けて嫌な思いをして何もできないなら、この町で他人よりも少しくらい金を持っていても何になろう。お前はやり遂げなければならん」

さて、マグナムは血相を変えていましたので、リペットも言われたとおりやるか職を失うかだと思いました。

「かなり費用がかかりますが」リペットは言いました。「そんなことはかまわんと。何度も繰り返さなければならんのか？　やるんだ。必要な金額を言え」

「二十五万ドルと申し上げたら、かかりすぎでしょうか？」リペットは尋ねました。

「ああ、そんなこと」マグナムは言いました。「細かいことでわしを煩わせんでくれ。わしがお前に仕事を任せた時、値切ったことがあったか？」

「かしこまりました、サー」リペットは言いました。そして彼は頭を絞りました。

さて、彼はブレッグと接触すると、彼の嗜好を研究しました。主としてビールで、同じくらいウィスキーも好みであることを突き止めました。そこで彼はシャンペンの味をブレッグに覚えさせました。そしてその計略は、言葉のあらゆる意味においてうまくいきました。ブレッグは酒の経験に乏しいというわけではありませんが、性格が悪く、気むずかしい男で、アヒルに泳ぎを教えるようなわけにはいきませんでした。それでリペットは自分の取った方針に従って主人のお金を使えば最良の結果が得られると考えたのです。それであの晩餐会が開かれたのです。たぶん、リペットは最初にブレッグとその友人たちのために二、三百ポンド支払って服をあつらえさせたのでしょう。その後、ブレッグは毎晩ポーカーで勝ったお金で晩餐会の費用を支払ったのでした。この話は、或る晩、リペットが一人の女性に話している時に聞きました。ブレッグは一年以内に死ぬだろうと男は踏んでいました。もちろん、男もシャンペンをいささか度を過ごして飲んでいたので、さもなければ女に打ち明けたりはしなかったでしょう。女の方も酔っ払っていて男が何を言ったか覚えていなかったのです。ですから私を除けば、誰一人として真相を知った人間はいなかったのです。

さて、ブレッグは友人たちと酒を浴びるように飲んでいて、その年いっぱい生きられるとは思えませんでした。リペットが意図した以上に長生きするなど論外でした。毎晩、給仕の一人一人が五ポンドのチップを受け取っていたことはお話ししましたか？　ええ、そうなんです。もちろん、給仕はチップを払ってくれるお客様のことは、お客様の方が思っているほどには考えないものなのです。とはいえ、感謝の念というものはありますし、五ポンドといったら大変な金額ですから、この話を聞いてブレッグさんに警告しようと思いました。そして私は機会をうかがって、実行したのです。私が話しかけた時には彼はすでに病んでいましたが、まだ彼を救う時間はありそうでした。或る晩、近くに誰も聞いていない人間のいないのを見計らって、彼が一人の時を捕まえて、言ってやりました。「あなたは殺されようとしているのですよ」ブレッグが信じないのを見ると、私は一部始終を最初から、まだ事の発端から一年と経っていない最後に至るまですっかり話して聞かせました。

彼は一言漏らさず私の話を聞き、それから私に言いました。「おれは忠告してくれと言ったか？」

私はいいえと答えました。ですが私は、彼が私に良くしてくれたので、リペットから救い出して、一年以内に死なないようにしたかったのだと言いました。するとブレッグは言いました。「だが、おれはこの生き方が気に入っている。だから、これ以上お前の忠告は受けない」

生き方と彼は言ったのです！　リペットとマグナムはそう呼んでいませんでした。しかし、彼らはブレッグをしっかりと捕まえたのです。

ブレッグはビールは理解していたかもしれませんが、シャンペンはまったく目新しく、さらに飲んだリキュールは毎晩のように彼を酩酊させてその身体のどこかを蝕（むしば）み、一年と経たないうちに彼は亡くなりました。

商売敵

A Trade Dispute

「未開で野蛮な国だ」或る日のこと、クラブで誰かが某国について話していた。「同業者組合のことなど聞いたことのない国だ」

世界でも奇妙な監視塔といったら、ロンドンのクラブだな。もう一つは船の喫煙室だ。大西洋では、それほどでもない。というのも、船は巨大だが、乗客たちがフェリー程度にしか考えずに、もっぱら渡ることばかり考えて、旅行のためにじっくり腰を落ち着けることなど念頭にないからだ。しかし、マルセイユから出航する船ときたら……。おっと、ロンドンのクラブの話から横道にそれてしまった。あそこには無数の無知と知識が共存していて、いかなる辺境といえども、知っている人間がいるのだ。

「私だったら」人生の大半をインドで過ごしてきた引退した警官が言った。「野蛮な国は同業者組合のことを何も知らないとは言わないな。もちろん彼らには同業者組合と名の付くようなものはないが、どんな名前で呼ばれているかはともかく、たぶんそういう概念は持っていて、ここと同じように機能しているのかもしれない」

「国境の連中に同業者組合があるということですか？」誰かが尋ねた。

「正確にはそうではない」相手の老警察官は言った。「しかし私は以前、それとよく似たものがあって機能していたのを知っている。私の考えではそれがインドを救ったのだ。以前、といってもかなり昔のことだが、厄介な事件が持ち上がった。そして、最後の瞬間に危機を回避することができた。話を聞きたいというのであれば、ご披露しよう」

われわれは全員が彼の話に聞き耳を立てた。

「誰がインドで厄介な事件を起こしたがっていたか、私の口から話すわけにはいかないが、赤熱した火かき棒を蜂の巣の中に突っ込んだらたちまち厄介なことになると言ったらおわかりいただけるだろう。火かき棒は一本でいい。一人でも頭のいいスパイがいれば、間の悪い時に都合の悪い人たちの所に行ってその人たちを間違った方向に導くことによって、インドで大変な騒動を引き起こすことができるのだ。さて、まさにそういうスパイがいて、われわれは彼のことを世界で一番頭のいいスパイと思っていた。スパイを全員知っているわけではないので、絶対に正しいとは言わない。しかし、われわれの知る限りでは一番頭が良く、当然ながら一番危険なスパイだった。彼は北から北西の国境を越えてインドに入って来るところで、われわれは彼を警戒していた。われわれはその一人の男のために全部で一個旅団相当の人数を割いていたに違いない。私の国境保安隊に加えて、警察隊と騎馬警察隊、それに多数の私服警官、数小隊の国境偵察隊、それらすべてをその一人の男の警戒に配備したのだ。一個旅団と言ってもあながち過言ではない。そして、まず最初に、われわれは目の前からスパイを追い出した。それでも監察長官はわれわれがその男を阻止できないのではないかと苛立ちを募らせていた。二か所の関門を含めて国境の約四十マイルにわたって、われわれは監視を続けた。それ以外の部分は岩山の尾根だった。しかも国境線に沿って八つの駐屯地があり、そこには兵士が詰めていて、スパイのことはすっかり聞いていた。さらに駐屯地はライフル銃の届く範囲まで見晴らしが良かった。われわれにはそのスパイがこの四十マイルのどこかを抜けて入ってくることと、何が目的なのかはわかっていた。二か所の関門のどちらか一方が入口となることはわかりきっていて、無論われわれもそこは充分に監視した。しかし、あまりにもわかりきっているために誰も予想しない場合を除けば、その男がめったにわかりきった方法は使わないことはわかっていた。その男は一週間以内に来るだろうということだった。というのも、彼が引き起こそうとしていた騒乱は、それ以上長続きしないからだ。

　監察長官はわれわれにつきっきりだったが、私はその必要はあまりないと思った。というのも、われわれは充分に警戒していて、国境の二十ヤードごとに一人の人間を配置し、昼間はもちろん、夜は明かりを点けたので、数マイルにわたって見晴らしが良く、スパイがどうやって侵入できるものか見当も付かなかった。二か所の関門では一人ずつ呼び止められ、ラクダは調べられた。その男がわれわれの探しているスパイではないことがはっきりするまで一人も関門を通過することができなかった。ノートにリストが作られ、全員が記録された。ペルシャから来た絨毯商人、何度も外敵の侵入が繰り返された高地地方から来て、歴史が始まる前からヨーロッパ中を踏破してきた馬商人たち、ペシャワールの店で売るために針仕事の芸術品アフガン・キルトを運んできた男たち、トルコ石やオパール、時にはサファイヤなどを運ぶ宝石商、その他ありとあらゆる人間の名前を記録して、その経歴をチェックしたのだ。それはカイバルとマラカンドの関門でのことだった。関門から離れた岩場では目撃したら射殺せよというのが通常の規則で、男たちが一ヤードごとに監視していた。そんなことが五日間続いた。

すると、公務ではよくあることだが、われわれが警戒していた男がインドに侵入したという知らせが噂という形でもたらされた。噂だからといって必ずしも間違っているわけではない。その時点でも男の所在は誰も知らなかったが、情報局は男が出発したことを知り、どうやったかは知らないが、男がもはやわれわれの前にはいないことを突き止めたのだ。私の情報は男がインドに侵入したに違いないというものだった。そして私は時に雷鳴の前に感じるような予感がして、監察長官が私の受持区域に向かっているなと思った。その男が私の前を通ったということは絶対にないと断言できたが、私はそのことを証明したかった。目の前には岩山が連なり、そこをマラカンド川が流れていた。私は国境線まで聞き込みに下りていって、マラカンド川に至った。そこで私が引き継いで以来、通過した全員の名前と人相を知った。絨毯商人スレイマン・ベン・イブラヒム、馬商人フェイサル・ダン、中国からやって来た宝石商ヤクブ・ベン・イスマイル、カシュガルの研ぎ師ダウード、などなど。全員が完全に正確で、身元確認が済んでいた。

私は安心してきた。確かに監察長官はやって来た。荒涼とした丘のごつごつした稜線に沿って私の部下の一人一人から報告書を受け取り、それからマラカンド川にやって来て、一人ずつリストに目を通し、男たちの人相書きを読んだ。どの男も顔馴染みで、いずれもこの時期になるとやって来たのだった。研ぎ師は年一回定期的にカシュガルから、月にせいぜい百マイルというゆっくりしたペースで車輪の付いた風変わりな商売道具を引っ張って来ては、また帰っていくのだった。定期的にギルギット経由で中国とインドを結ぶ六百マイルという長い巡回区間で、彼は道中ずっと鋭利なナイフを望む人たちのためにナイフを研いでいた。いつも一週間以上滞在するペシャワールで方向を変えてカシュガルに戻るのが通例だった。一度ならず彼が高い毛皮の帽子をかぶり羊皮のコートをはおり、その下に何種類かシャツを着て、粗い手織の半ズボン、グレーの巻きゲートルにサンダルという姿で、回転研磨機付きの木製の商売道具を押す孤独な姿を目にしたものだ。私は他の人間も知っていたし、何度も見かけていた。

監察長官のあらゆる質問に、私はかなりうまく答えられる気がした。そして、実際に答えたのだった。しかも、監察長官は、私の答えに何の瑕も見いだすことができなかった。それでも、スパイは侵入したのだ。監察長官は、私に公式にそう伝えた。さて、長官は考え込んで帰っていき、その日、私たちは前任者と交替した。私と、交替する部隊長は受持区域について話をし、一緒にリストを見直した。そして、カシュガルの研ぎ師のところに至った。私たちの知る限り、ダウードというただ一つの名前しか持たない男だった。部隊長は言った。『だが、十五日に私はこの男を通したぞ』私たちは顔を見合わせて、何も言わなかった。同時に、私たちのどちらかが、命取りになるようなスパイを通したことを知った。どちらかはわからなかった。男は、貯水池に投じられる毒薬の小壜となるべく、数百マイルに及ぶ不毛の地を進んできた。貯水池とはインドであり、私たちのどちらかが彼を通過させたのだ。二人の研ぎ師のどちらかがスパイであることはわかっていた。カシュガルからの研ぎ師は一人しかいないからだ。あそこでも同業者組合に似たようなものがあると言ったのは、そういうことだ。縄張りの中には一人しかいない。なんなら、一人しか組合員のいない同業者組合と言ってもいい。しかし、彼には権利がある。私たちは長い間、無言のまま顔を見合わせていた。私たちの言葉で覚えているのは、相手の発した『インドはひどいことになるぞ』という言葉だけだった。私はうなずくしかなかった。私たちのどちらかがスパイを通した。一人ではたいしたことはなさそうに見える。それは火薬庫の中の火花と同じだ。インドはいつ火が着いてもおかしくなかった。

　監察長官に知らせるしかなく、私はそうしようとした。見通しは暗かった。そうしながら、私は監察長官に知らせるよりも悪いことを考えた。頭の中で、インドで何が起ころうとしているのか考え始めた。まず、戦争だ。それも、数日以内に。その後は……いや、戦争がどういう形で終わるか予想はできない。その時、突然、若い警察官が私に向かってやって来るのに気づいた。『人殺しがありました』と警官は言った。

『ほう？』私はあまり興味を惹かれなかった。殺人は珍しいことではなかったのだ。私の話していた、同業者組合が守る利益の衝突が原因だった。『男が他人の縄張りを侵したのです』若い友人は言った。『ナイフで刺し殺されました』

　二人の研ぎ師が鉢合わせしたことが判明した。

『死体はどこにある？』私は尋ねた。

『この道を行った所です』警官は答えた。

　私は駆けつけて、死体を見た。確かに、私たちが探していたスパイで、ちょうど心臓の所にナイフの傷があった。本物の研ぎ師が縄張りを荒らされることを拒んだのだ。まさしく、縄張り争いだった。スパイは三、四千人を出し抜いたが、カシュガルの研ぎ師にやられたのだ。

『おい』私の言い方は少しおおげさに聞こえたかもしれないが、私の言葉はその時の正直な気持ちだった。『あの研ぎ師がインドを救ったんだ。死因を何と報告したらいいかな？』

『そう、熱射病ではいかがでしょう』若い友人が言った。

実に暑い日だったが、そうでなくても、来るべき事態を考えて汗びっしょりだった。私はうなずいた。死因は熱射病と報告されたよ」

ラウンド・ポンドの海賊

The Pirate of the Round Pond

最近、ぼくは偉人伝をたくさん読んでいた。読まなければならなかったんだ。ジュリアス・シーザー、征服王ウィリアム、ネルソン、そしてグラッドストーン。だけど、大人についてわかったことが一つある。ぼくの想像では、偉大だろうが卑小だろうが、大人のすべてに当てはまることだ。大人は長く続けてがんばれないということだ。戦争をしている時とか、何かやっている時だけは偉大かもしれないが、ねずみ取りをしたり、木に登ったり、まともなことをしてもいいのに、それ以外の時間は椅子に座って新聞を読んだり、税金について文句を言ったり、散歩に出かけたりするんだ。ところで、ボブ・ティプリングはいつだって偉大だ。世界一偉大なやつだと、ぼくは思う。とにかく、少なくとも学校では一番たいしたやつだ。頭が一番切れるばかりじゃなくて、クリケットとラグビーでも最高なんだ。一度などは百ヤード走り切ったこともある。クリケットでは速球投手だ。そういうことを何もかも話すわけにはいかない。時間がないんだ。ぼくたちは一イニングに七十点取ってブリクトンを破ったが、すべてボブ・ティプリングのおかげだ。だけど、これからぼくが話すのは海賊としてのボブの話だ。彼がクリケットをするのを見た人間は大勢いるが、ボブを除けば、ぼくともう一人の少年以外に、海賊としての彼を知っている人間はいないからだ。だから、ぼくが話さなければ、たぶん誰も話さないし、そうなったら残念なことだ。ぼくは書くことは好きじゃなくて、外で遊ぶ方が好きだ。さて、ボブと前に話していた時、大人になったら何になりたいか、ぼくは話したことがある。仕事に就けるとしての話だ。もちろん、それは必ずしもたやすいことじゃない。ぼくが一番やりたいことは、アレクサンダー大王とかみたいに、都市を略奪することだ。でも、もちろん、そんなことはいつもできるわけじゃない。するとボブは、何にもなりたくない、だって大人はいつも退屈で、ちゃんと人生を楽しんでいないか、楽しもうとも思っていないみたいだから、と言った。彼は今の自分のままでいたいのだ。それでぼくが何になりたいのか訊くと、海賊だと答えた。そこで、どんな海を航海するつもりなのか訊いた。さて、ボブ・ティプリングはいつも自分が何を言っているのかすっかりわかっていた。誰よりも。だから、ぼくは彼の返答を聞いてかなり驚いたことだけは言える。だけど、ボブが冗談を言ったのではないことはわかっていた。くだらない冗談を言うやつじゃない。彼は言った。「ラウンド・ポンド（ハイド・パークに隣接するケンジントン・ガーデンズにある人工池）さ」ラウンド・ポンドならよく知っている。日曜日になるとたいてい出かけたものだ。だけど、ラウンド・ポンドでどうやって海賊になれるのか、ぼくにはわからなかった。だから、ぼくはボブに訊いてみた。で、彼が言うには、一年近く温めているアイディアがあって、自宅からとても近い——その点ではぼくと同じだったわけだ——ケンジントン・ガーデンズあたりをぶらついていて、金持ちの少年と知り合い、自分のアイディアを話したところ、意気投合したというのだ。そのアイディアというのは、ラウンド・ポンドに魚雷発射管を装備した海賊船を浮かべるというものだ。

「どうやってやるんだい？」ぼくは訊いた。

「もうやったよ」彼は言った。「小型の魚雷だよ、船が小型だからね。発射管は左右に一門ずつあって、魚雷は一ダース作った。空気銃みたいに圧縮空気を使って発射するのさ。中に爆薬が仕込まれていて、先端が何かに当たると爆発する。製作にかなり費用がかかったけど、その子が資金の大半を出した」

「船は水に浮かべるのかい？」ぼくは訊いた。

「ああ、そうさ」彼は答えた。

「なら、どうやって魚雷を発射するんだい？」

「それも費用がかかったよ」彼はぼくに言った。「無線で発射するんだぜ」

「何て言われると思う？」ぼくは彼に訊いた。「君が陸上の無線機を使って他人の船に魚雷を発射するのを見られたら？」

「見られるもんか」ボブは言った。「だけど、用心する必要はある。岸に停めた大型ヨット、いわゆる親船に無線機をセットしてもいい。あるいは、ピクニック用バスケットに隠すことだってできる。それから、手頃な大型船が浮かぶまで待って、海賊船を発進して航路を妨害するんだ。できなかったら、成功するまで何度でもやってみる。快速号——それが海賊船の名前だ——の船首を、三、四ヤード離れた所で真っ向に向けてから、魚雷を発射したいな。池の真ん中で獲物に会ったら、相手は岸にたどり着くことはできない。どう思う？」

「すごいよ、最高だ」ぼくは言った。「一つだけ足りないものがあるみたいだ」

「何が？」彼はかなり鋭い声で訊いた。

「宝物さ」ぼくは答えた。「海賊生活の一番の関心事は宝物じゃないか？」

「それは、君の海賊に関する知識の程度を示しているな」彼は言った。「海賊生活の大半を占めるのは海戦と敵が沈むのを見るわくわくする感じ、危険、縛り首になる危険だ。縛り首になるとは思わないけど、捕まったら何年かは刑務所送りだろう。それに、もちろん、誰かが事故、例えば沈む船を引き上げようとして溺れたりしたら、縛り首だ。そうでなくたって、なにしろ海賊なんだから、どこであれ捕まったら縛り首さ。さあ、ぼくは君に二度と一生出会えないかもしれないチャンスを与えてやる。仲間に入るか？」

ボブ・ティプリングみたいなすごいやつから、こんな誘いを受けることは、もちろん、とてもすごいことだった。他のものと同じく、彼ならすごい海賊になれることがわかっていたから。もちろん、ぼくは答えた。「よし、乗った」

すると、彼はぼくがやるべきことを話した。主に、ピクニック用バスケットを持って、何気ない様子で歩き回ることだ。また、彼がそうするように言ったら、心配事があるような顔をして、注意を逸らすために彼から離れるんだ。「私服警官がうようよしているからな」と彼は言った。

それは土曜日の午前のことで、毎土曜日の午後は休みなんだ。約束の時間に行くと、ボブ・ティプリングはぼくに、ラウンド・ポンドで二時に会おうと言った。約束の時間に行くと、彼はぼくを何気ない様子で行ったり来たりさせた。素敵な船が何隻も、大型ヨットやぜんまい動力船が浮かんでいて、一隻などはガソリン駆動の、美しい灰色の大型船だった。「ぼくらが船を浮かべる時に、まだあったら、あれこそぼくらの沈める獲物だ」ボブは言った。「素敵な穴があくぜ」

そこで、ぼくはうっかり口を滑らせた。「あんな素敵な船を沈めるなんて残念だな」

ボブは、船が沈んでも人命が犠牲にならなかったなら、船の所有者は幸運だったと思うだろう、海賊に襲われたらそうあることじゃない、と説明した。「それに、何と言っても、海賊は必ずいるんだ」彼は言った。「とにかく、ロビン・フッドが陸上でやったように、ぼくはその価値のある船しか攻撃しない。あの船にかかる費用は、貧しい一家の一年分の食費に相当する。本当の話、ぼくは金持ちを成敗して政府を助けているんだ。もっとも、ぼくたちが捕まったら、政府はそうは考えないだろうがね」

「そう考えるべきなのに」ぼくは言った。

「とにかく、ぼくたちは捕まらないさ」ボブ・ティプリングは言った。「さあ、心配事があるような様子で歩き回ってくれ。君に人の目が集まって、ぼくから注意を逸らせるように」

ぼくはそうした。白いハンカチで顔を拭いていた男が一人二人いて、妙な合図をしているのにすぐに気づいたのは上出来だった。それからぼくたちはその場を離れた。人に顔を覚えられるのは嫌だったから。

計画に関わっていたのは、ぼくたち三人だけだった。ボブ、ぼく、そしてボブが見つけた金持ちの少年だ。独りで歩いていたその少年に話しかけるまで、ボブは一年近くの間、ときどきケンジントン・ガーデンズの林の中をぶらつき回っていた。もちろん、ボブは他の子にも当たってみたが、充分な資金がなかったのだ。この少年は資金を持っていて、すぐにこのアイディアに乗ってきた。乗らない子なんているだろうか？　彼は前々から海賊になりたかったが、なれないと思っていたんだ。そこにボブが、このチャンスを持ってきた。ボブは、実際に魚雷を製作すること以外は、すべて実行に移していて、魚雷を作って無線で発射することのできる人がいるのは知っていた。彼に必要なのは資金だった。この少年は資金を持っていた。というか、結局は同じことだけど、父親からお金を出してもらえたのだ。ボブは次の日曜日に、髑髏マークを入れた黒と黄色の旗印のもと、船を池に浮かべることに決めた。ただし、ボブが言うには、本物の旗は注意を惹きすぎるので、海賊がよくやるように、偽の旗を立てて船を走らせることにした。ぼくたちは学校ではお互いに何も話さなかった。まるで赤の他人だった。こういうことは外部に漏らすわけにはいかないんだ。そうなったら、実行前に縛り首になるしかない。ボブ・ティプリングは縛り首になるような事件じゃないと言った。彼なら確かなことを知っているだろう。とはいえ、ぼくたちは海賊でもあるのだし、捕まったら海賊に縛り首以外の刑があるなんて、これまで読んだ本では見たことがなかった。だから、その危険を冒さないのが最善に思えた。

その週は学校でいろいろ勉強することがあったけど、その内容を話すことはできない。その週は、ずっと一つのこと、つまり海賊になることしか頭になかったからだ。海賊になるのは悪いことだと言われるし、たぶんそうなんだろう。一方で、机に向かって勉強することよりも良くないことだとは誰も言えない。特に、何であれ、ぼくがその週に学んでいたようなことの場合には。一週間経つのがこれほど遅く感じられたことはなかった。これまでの中で一番遅い一週間だったから、時間を計っていればよかった。でも、とうとう一週間が終わり、ぼくは自宅を抜け出して、ボブ・ティプリングが言った時間、つまり日曜日の十二時にラウンド・ポンドに来た。ぼくはブロード・ウォーク（ラウンド・ポンドとケンジントン宮殿の間を南北に走る通り）を通った。ボブとその友だちとそこで会うことになっていたからだ。歩道の端は黒い土、あるいは黒っぽい灰色の土で、黄色い砂は少しも混じっていなかった。黒い土の見た目が好きなのは、広大な無人の湿原を思わせるからだ。芝生がなかったら、湿原そのものに見えただろう。それに、楡の木の長い並木があって、春だったから小さな葉がちょうど芽吹いていた。とても小さくてきらきらしていた。通りの突き当たりで、ぼくはボブとその友だちに会った。ボブは腕組みして、首に色つきのハンカチを巻いて、いかにも海賊らしいなと感心した。ぼくたちはラウンド・ポンドのすぐそばにいた。ボブが金持ちの少年を紹介し、アルジャノンという名前なのがわかったけど、姓は忘れた。それに、ぼくたちは一緒に海賊行為をするんだから、忘れた方がいいんだ。ボブは今では警察の手が届かない所にいる。ぼくは自分の名前を明かすつもりはない。アルジャノンは取っ手の付いた大きなバスケットを提げ、ボブは足もとの芝生の上に船を置いていた。魚雷発射管を隠すために、布でくるんであった。

「こいつはいい船だね」ぼくは言った。

「大型快速艇さ」ボブが言った。

ボブが指示を出し、アルジャノンとぼくは、入江のようなものがあると彼が言う場所へ向かった。池には鴨がたくさん泳いでいて、大半は黒と白のやつだが、時々そいつらが水から立ち上がって、翼を振り、水を跳ね飛ばす。水浴びしているんだろうと思う。アルジャノンが言うには、金黒羽白という鴨らしい。それから、頭が緑色のもいたが、それはただの鴨だった。ガーガー鳴きながら泳いでいるつがいの雁もいた。それに、白鳥が一羽。さらに、海鷗が何羽もいて、大半は池の上空を鳴きながら行ったり来たりしていた。ボートもたくさん浮かんでいた。遠くに小型のヨットが浮かんでいて、ぼくたちみたいなぜんまい仕掛けの船もあった。するといきなり、灰色の動力式大型船が目に飛び込んできた。それを見た時、ぼくは一瞬、はっと息を止め、アルジャノンに指さして見せると、ボブがうなずいた。それから、ぼくたちは、あの船の浮かんでいるあたり、ちょうどぼくらの入江の横に回り込んだ。そこには操縦している少年がいて、ぼくと同い年、つまり十三歳くらいだった。ボブは十四だが、たいていのことを大人と同じくらい知っている。アルジャノンのことはわからない。彼もボブと同い年くらいだと思うけど、そんなに頭は良くなさそうだ。ぼくたちが少年のいる所まで来た時、太った小さな茶色のスパニエル犬が、はしゃいで少年に駆け寄り、むきだしの膝をぺろりとなめた。すると、少年はぱっと飛びのいた。茶色のスパニエルと一緒にいた婦人が、少年に言った。「うちのビリーは嚙みついたりはしませんよ」すると少年は答えた。「ぼく、犬になめられるのに慣れていないんです」「ほう、そうかい」とボブは言った。

　少年にボブの言葉が聞こえたかどうかはわからない。

　それからボブは小声でぼくに言った。「これであの子の立派な船を沈めても、あまり気がとがめないな」

近くにでぶの男が立っていて、葉巻を吹かしていた。明らかに、あの子の父親だ。ぼくはボブに言った。「でも、船を沈めたら、損をするのは金を払ったあの男だよ」

「確かに」ボブは言った。そして彼は、葉巻を持った太った男の所に行って、話しかけた。

「息子さんの船は素晴らしいですね」

「ああ。息子以外には遊ばせないぞ」でぶが言った。

「もちろんです」ボブは答えた。

「さて、これで決まりだな」彼はぼくに言った。「あの船の命運は決まった」

ちょうどその時、大型船が接岸し、ボブは急いで自分の入江に戻って、快速号を浮かべる準備をした。彼の考えは灰色の大型船が再び出発する時に、正確なタイミングを捉えて快速号を浮かべようというものだった。入江の曲線形状のおかげで、ぼくらは快速号が大型船の進路を直角に横切るように発進できるのだった。ぼくは責任重大な役目だった。バスケットを開けて、紙の下に隠した無線機のボタンに指をかけ、ボブが合図をした時には、いついかなる時であれボタンを押すのだ。絶対に明かさないとボブに誓ったから、どんな合図かは秘密だが、肘を使う合図だ。さて、灰色の大型船はほとんどすぐに発進した。

「あの船が陸地を拝むのは、これが最後だな」ボブは言った。でも、その点では彼は間違っていた。なぜなら、ぼくらの船は進路をさえぎることができなかったからだ。快速号のスピードはわかっていたが、ボブは大型船のスピードを計算する時間がなく、大型船に少し遅れを取ったので、魚雷を発射しなかった。ぼくらの船は池を横切り、灰色の船は真向かいの岸に着くところだった。

少年は走って池の向こう側に回り、でぶの男が後からゆっくりと追った。早い話が、彼らは再び船をこちらの岸に向けた。ボブは、どこに灰色の船が到着するのか見て取ると、池を回って、途中で大型船の進路をさえぎるように、快速号を浮かべた。ボブは二隻の船のスピードを正確に計算したと言ったが、ぼくは単に幸運だったのだと思う。とにかく、快速号はベイズウォーター方向に針路を取り、ハイド・パーク方向に向かっていた灰色の船の側面から、ほぼ二ヤード以内の所に来た。灰色の船が快速号の船首を横切る時、ボブが肘で合図をし、脇に置いたバスケットの無線装置に手を触れながら芝生に座っていたぼくは、ボタンを押した。灰色の船の舷側から白い噴水が上がり、二隻の船はともに揺れたが、大型船は何ごともなかったかのように進んだ。ぼくはきょろきょろしたが、誰も気づいていなかった。ぼく自身も、白い水しぶきと二隻の船が揺れたこと、ぼくらの船の方が揺れが大きかったこと以外、変わったことは気づかなかった。しばらく、ぼくはボブがしくじったのだろうと思ったが、まもなく、大型船は船首を少し下げたのが見えた、いや、下げたと思った。やがて、自分が正しかったことがわかった。大型船はまっすぐその針路上を進んでいたが、船首は徐々に下がっていった。そして、突然、船尾が空中に持ち上がり、そのまま真っ逆さまに沈み、二度と浮かび上がってこなかった。完璧になるために唯一必要なのは、水面に浮かぶ血だった。しかし、何もかも望むわけにはいかない。ぼくは歓声を上げたかったけど、ボブの目をうかがった。ボブはアルジャノンと一緒に、ぼくらの船が向かっている岸のあたりへ回り込み、池にはちらりとも目をやらなかった。ボブはそのまま続けて、もっと船を沈めたがった。そこでアルジャノンが良識を働かせ、ボブにそれはよせと言った。二人がバスケットを置いた芝生の所に来た時に議論していたのは、そのことだった。そして、ぼくもアルジャノンに加勢して言った。「やめとけよ、ボブ。誰も疑っていないから、来週の日曜もやれる。でも、今疑われたら、今度来た時には待ち構えていて、たぶんぼくたち全員刑務所行きだ」

アルジャノンも同じ意見を述べ、二人でひたすらボブを説得し、その日はもう海賊行為はしないよう思いとどまらせた。でも、彼は黒地に黄色で髑髏と組んだ二本の大腿骨を描いた海賊旗を揚げるのだけは譲らなかった。彼が言うには、戦端を開いたら、それまでどんな旗を揚げて航海していようとも、直ちにやらなければならないことだそうだ。今回はそれができなかったので、これからすぐに、もう一度、髑髏旗を揚げてラウンド・ポンドの、彼が言うところの《大海原》を突っ切るのだという。ぼくは不安だったが、誰も気づいた様子はなく、ボブはそれが正しい方法だと言う。ぼくはでぶの男とその息子をあまり見たくなかった、こちらが見ているのを悟られたくなかったからだ。そこでぼくは、落ち着いてビスケットを食べ続け、ボブは海賊の血がたぎっていたけど、良識を働かせて二人をあまり見ないようにした。でも、ぼくがちらりと見た限りでは、二人は何が何だかわからない様子で、ぼくたちのことなど疑っていなかった。それから、ぼくらは魚雷を発射したバスケットの蓋を閉じ、ボブが船を腕に抱え、ぼくがバスケットを持って、芝生の上を歩いて立ち去ったが、これ以上罪のない顔をした三人組はいなかった。するとボブが、ラム酒を飲まなければいけないと言った。ラム酒があったら、そうしていただろう。でも、ボブの金持ちの友だちアルジャノンも、それはできなかった。

家に帰った時、ぼくはとても嬉しかった。ずっと海賊になりたいと思っていて、今、快速号の船員の一人としてそれが実現し、大型船を沈めたのだ。ぼくがどこに住んでいるかは述べるつもりはない。常識があるなら、海賊はそんなことはしない。海賊を捜したいなら、助けなど借りずに、自分でやらなければならないのだ。ぼくは帰宅して軽い夕食を摂った。そして、海賊が家に帰った時によくやるように、母に金の延べ棒や真珠を持ち帰ることができたらいいのだがと思った。でも、ボブが言ったことを思いだし、海賊であることの栄光を思い、それが現金でいくらになるかなんてことに思い煩わないようにしなければならないことはわかっていた。もちろん、船が沈む前に金塊をたくさん奪うことはできたはずだ。でも、たとえ戦利品はなくとも、灰色の船が沈むのを見られただけで充分だった。ただ、死体が浮かばなかったので、海鷗には残念なことをした。海鷗は死体の目を突っつくのが好きなんだ。

両親はぼくが何をしていたのか知りたがった。妹のアリスも。きっと何かすごいことなのだろうと彼らは思っていたからだ。でも、ぼくは話せなかった。ぼくは両親のことについて述べるつもりはない。二人は大人で、そうしたければ自分たちのことは自分たちで書くことができる。でも、ぼくはボブが戦った大海戦のこと、沈めた船のことを語るので手一杯だ。

さて、その週は学校でいろいろ勉強した。でも、それについては語れない。もっと重要な書くべきことがある。それに、何を勉強したかは忘れてしまった。その週は、人に盗み聞きされないように、ボブはぼくとは口を利かなかった。もちろん、用心だった。でも、ボブはあまり用心している様子を見せなかった。血が沸き立ち、他の海賊同様に、縛り首になるまで船を沈め続けるような顔をしていた。次の日曜日、同じ場所、同じ時間にボブと会った。これまで以上にしっかりと腕組みしていて、ぼくが今述べたような顔をしていた。ぼくは面倒なことになるんじゃないかと心配だった。しかし、今となっては後戻りするには手遅れだし、ボブにもっと用心しろと言っても無駄だった。そのことはアルジャノンにも言ったが、ぴんと来ないようだった。彼は自分の金、というか父親の金をつぎ込んだから、その代償が見たいのだ。ぼくたちはラウンド・ポンドに行って、小さな入江で快速号を浮かべた。それから、ぼくは芝生に戻って、バスケットからサンドウィッチを取り出し、ボブを見守った。

ぼくはボブが岸の近くの小さなヨットを狙っていると思った。そのヨットのそばの小さな入江を快速号が通ったからだが、攻撃できるほど接近はしなかった。攻撃がなさそうだとわかると、ぼくは周囲を見回す余裕ができた。すると、誰あろう、またしてもでぶの男とその息子が、前の船みたいに素晴らしい船、むしろ前よりも大きな船を持っているのが見えた。ボブは仕留めそこねたヨットを見ていたので、気づいたのはぼくが先だった。快速号が向こう岸に接岸すると（小さな入江だったのですぐだった）、ぼくは池のそばのベンチに行って、ボブとアルジャノンに近づき、手招きして、見たことを伝えた。そして、思ったとおり、ぼくが大型船を指し示すと、ボブは沈めたがった。そこでぼくは、それは命取りだと言ってやった。「前の船がどうなったか、まだ不思議に思っているんじゃないか？　もしも新しい船が沈められて、快速号がまた近くにいて、同じ人間がそばにいたら、二と二を足して当然の結果を出すんじゃないか？」

「海賊が自分の手の内にある物に情けをかけるなんて聞いたことがあるか？」ボブは言った。

「縛り首にならなかった海賊なんて聞いたことがあるかい？」ぼくが聞き返した。

「ああ」ボブは答えた。「賢い海賊はね」

「君は自分が賢い海賊だと思っているんだね？」ぼくは尋ねた。

すると、ここでアルジャノンが話に加わり、確かに分別があることを彼は示した。「今日は小さい船にしよう」彼は言った。「あの人たちの反対側の。忘れる時間を与えるのさ」

さて、ぼくたち二人はなんとかボブを思いとどまらせるのに成功したが、失敗したらまずいことになっただろう。ボブはアルジャノンの言ったとおり、小さい船を追って、でぶの男から遠ざかった。少しはずれた所にある、ぜんまい仕掛けの船で、ボブはその進路を横切るように快速号を発進させた。近くに来た時、彼が合図をしたので、ぼくはボタンを押したが、充分に近くではなかったため、成功しなかった。魚雷は水面に浮かんできたが、目立たないように灰色に塗ってあり、ほんの少し浮いただけで、すぐに沈んでしまった。魚雷にはすぐに水が入り込むように小さな穴が開いていた。誰も気づかないまま、快速号はボブお気に入りのスペイン国旗を揚げて航海を続け、向こう岸に着いた。ボブとアルジャノンは池を回って、船を陸に上げると、ねじを巻いて、再び水に戻した。すると、ボブが仕留めそこねた船が、再び浮かべられたところで、今度は、ゆっくり進む相手の進路をよく読んでから、ボブは快速号を入江から発進させた。

絶好の戦闘日和で、たくさんの鴨たちが陽射しを楽しみ、海鷗は上空を群をなして飛んでいた。ボブは、人の注意を惹かないように、魚雷発射管に魚雷を詰めなかった。まだ右舷の魚雷が残っていたので、そのまま水に浮かべた。今回、快速号は敵に向かってまっしぐらに進んだ。ぼくは魚雷を発射したかったが、前回失敗したので、もっと近づくまでボブは合図を出さなかった。まもなく、彼が合図して、ぼくは発射した。敵船の舷側から水しぶきが上がった時には、互いにかなり接近していたうえに、前回沈めた船よりも小型だったので、二隻ともかなり揺れた。敵はそのまま進んだが、それも長くはなかった。すぐに船首が上がり始め、たちまち水面の藻屑と消えた。快速号はそのまま向こう岸まで航行した。船の持ち主の少年はかなりびっくりした表情だったが、ボブやアルジャノンを疑ってはいないようだ。もちろん、バスケットを脇に置いて、芝生におとなしく腰を下ろしているぼくなど言うまでもない。ぼくは少年をじっと見ていたので、でぶの男が何をしているか、どれだけこっちを見たのかは知らなかった。

彼はかなり離れていたが、もちろん、水上で起きていることは少しくらい離れてもわかるし、目を向けたならば、船が沈むところを目撃したはずだ。ボブはアルジャノンと一緒に向こう岸に回って、岸に着いた時に快速号を摑んで、赤と黄色のスペイン国旗を降ろして、海賊旗を揚げた。ぼくとしては海賊旗を揚げるのは気が進まなかったが、こういうことなるとボブを思いとどまらせることはできない。ボブは二本の魚雷発射管に魚雷を装塡し、再び快速号を浮かべて、もっと船を沈めたいと思っていたのだと思う。というのも、アルジャノンが彼と口論しながら戻ってきたからだ。とにかく、アルジャノンにはもう止めなければという良識があり、アルジャノンとぼくは、できるだけ速やかに現場を立ち去りたかった。その週、ぼくはいろいろと思うところがあった。ぼくたちが立ち去る時も、沈められた船の持ち主である少年は、まだその場で困惑の表情を浮かべていた。いろいろ熟考した末に、彼はどういう結論に達するのだろうか。それから、あのでぶはどれだけ見て、どれだけ知ったのだろうか。ま、思い悩んでも仕方ないことだ。しかし、それでもそうせざるを得なかった。それに、船の持ち主の少年が少しかわいそうだったので、或る日、そのことをボブに言ってみた。でも、ボブの返事はこうだった。「敵に憐れみをかける海賊の話なんて読んだことあるか？」読んだことがないのを、ぼくは認めざるを得なかった。

「かわいそうに思うとしたら、鳶の方だ。突っつくような死体がないからな」

もちろん、鳶なんていない。でも、彼の言いたいことはわかった。そして、その方面からボブに何を言っても無駄なことはわかった。さて、彼は今度の日曜日に会う場所を指定した。同じ場所だった。アルジャノンとぼくは彼の乗組員で、もちろん、彼の命令には従わなければならなかった。その週の間ずっと、ぼくは日曜日が待ち遠しかった。海賊になって船を沈めるのは素晴らしいことだったからだ。でも、時々、ボブはどこまで行くのだろう、彼が度を越したら、ぼくたちはどうなるんだろうと考えざるを得なかった。でも、ぼくには訊けなかった。生意気だと言われただろう。

さて、とうとう次の日曜日がやって来ると、ぼくはいつものように家を抜け出して、いつもの場所でボブとアルジャノンの二人と合流した。素晴らしい日で、ライラックの葉が陽射しに輝いていた。すぐにつぼみが出るだろう。いつものように、アルジャノンがバスケットを提げていて、ぼくはそれを取って、みんなで池に向かった。ボブが最初に探したのは沈める船だった。だけど、ぼくが最初に探したのはあのでぶだった。そして、あいつはやっぱりいた。大きな船を持った息子と一緒に。今度は、池のこっち側にいて、前よりもぼくたちのそばだった。ぼくはでぶの横を通り過ぎ、横目で見た。でぶの方も少し横目でこっちを見た。何か疑っているなとぼくは思った。でも、息子の方は違った。彼は大きな船ばかり見ていた。素晴らしい船で、煙突、救命ボート、舷窓がたくさんあって、前に沈めた船よりもずっと良かった。もう一つ気づいたことがある。先週の日曜に沈めた船の少年がまた来ていて、彼も前よりずっといい船を持っていた。誰にもらったんだろう？ すると、背後にあのでぶがいるんじゃないかという考えが浮かんだ。そこでぼくは、ボブの所に行って、でぶがぼくたちを疑っていると思うと話した。すると、ボブは言った。

「疑われない海賊なんているかい？」

彼はぼくの警告を聞き入れなかった。でぶの新しい船を見ると、何が何でも沈めてやる気になった。すぐにもう一隻沈めるのも危険だが、でぶの大きな船を沈めるのは絶対に致命的だと思った。そこでアルジャノンに相談すると、彼も賛成してくれて、ぼくらは二人でボブに警告した。ところが、ボブは、たとえ縛り首になっても、あの船を最初に沈めると言って聞かなかった。ボブがあの大きな船のことを口にすると、アルジャノンが急に寝返って、ボブの側に回り、何としてもあの船を沈めると言った。そうなると、無線機の横に座って命令に従う以外、ぼくには何もできなかった。ぼくは芝生に腰を下ろし、サンドウィッチを食べるふりをしながらボブの合図を待った。すると、あの大きな船が快速でぼくらの入江を通り過ぎて岸に向かった。ボブは正確にタイミングを計って、快速号を発進させた。数分と経たないうちに、彼が両肘を使って合図を出した。ぼくはボタンを二つとも押した。両者はとても接近していて、魚雷は二本とも命中した。あまり接近しすぎていたものだから、僕らの船は相手の船に衝突するところだったが、ぎりぎり後方を通過して、舷縁まで傾ぎながらも、そのまま進み続けた。相手の船も、舷側から二つの水しぶきが上がった後、この前の大型船同様に、何ごともなかったかのように走り続けた。だが、まもなく船首を下げ始めた。その直後、船は大きく傾いて沈んでいった。まあ、たとえこれで何年か刑務所にはいることになっても、確かに完璧なまでに素晴らしかった。ぼくはでぶの男を見た。すると、相手も顔を半分ぼくの方に向けた。何とも独特の表情をしていて、彼がぼくらのことを見破ったことを確信した。刑務所行きは確実だ。ぼくはバスケットを片づけて、ボブの所に行った。「今度もやったね」ぼくは言った。「さっさとずらかって、二度と近づかないようにしよう」

しかし、一度血の味を覚えた海賊を止めることはできない。必ず、縛り首になるまで続けるんだ。「旗を揚げなければ」彼は言った。「行く前に」

そして、彼を止めることはできなかった。彼は快速号が到着する岸まで行くと、海賊旗を揚げて、再び快速号に池を横断させた。その間、でぶの男は葉巻を吹かしながら、無言のままぼくらをずっと観察していた。ボブが魚雷発射管を再び充塡しろと言い出さなかったので、ぼくはほっとした。快速号が接岸すると、ボブは船を池から出した。すると、でぶはかなり近いところまでやって来た。ボブは走り出さないだけの良識があった。とはいえ、ぼくらはかなりの早足で歩いて、一度も後ろを振り返らずに――その勇気がなかったのだ――ケンジントン・ガーデンズから逃げ出した。でも、ぼくらが尾行されていることはわかっていた。なぜわかったのかはわからない。とにかく、わかっていた。ケンジントン・ハイ・ストリートに出ると、ぼくはボブに言った。「一人しか尾行されないように、ここで分かれよう」

しかし、ボブはそれはまずいと言った。一人でも捕まったら、彼らに計画全体がばれてしまうからだ。そこで、ぼくらは一緒に行動し、尾行者を疲れさせるためにロンドンの半分を歩き回った。でも、これはまずかった。ケンジントン・ガーデンズからぼくらを尾行していた男が、前方にいる嫌な顔の男に合図をし、そいつは視界からはずれるまでぼくらのことを見てから、別の男に合図を送った。その男がぼくらを見ていたことは、ぼくらが現れた瞬間にこれまでと反対の方向、つまりぼくらが進んでいる方向を、まっすぐ見た様子で、ぼくにはわかった。だから、ぼくらが通り過ぎても、男は首を回す必要がなかった。

この嫌な男たちから絶対に逃れられないような気がした。家に帰るためにぼくらが別れた時も。ぼくが思ったのは、彼らは誰も彼も憎んでいて、誰もが泥棒だと思っていたから全員を監視しているということだった。前にも見かけたことがあると思った。でも、今、ぼくらは泥棒より悪い。海賊なのだ。だから、彼らに監視されても当然だ。そのことは否定できない。家の近くに来た時、まくために急に方向を変えた。でも、事態はますます悪化しただけだった。

さて、月曜日と火曜日は、いったいどうなるのだろうということばかり考えていた。ボブは何も言わなかったが、ぼくたちが尾行されたことを信じていないか、何も具合の悪いことはないふりをしていたからだ。ボブのことはわからない。やがて、水曜日になったが、何も起きなかった。夜、眠る時も、まだ落ち着かなかった。でも、木曜日の朝、目が覚めた時に何も起きていないので、何もかも想像で、誰も尾行したりしなかったし、腕を上げて腕時計をじっと見るという些細な仕草が合図に思えたのだと自分に言い聞かせた。そして、木曜日の朝起きた時、時計を見るように腕を上げた人たちは、ただ時間が知りたかっただけで、ぼくたちに危害を加えるつもりはなかったのだと言い聞かせた。おかげで、愉快に朝食を摂って、学校に出かけた。すると、ちょうど家の前をあのでぶが、いつもの葉巻を吹かしながら、通り過ぎるところだった！　彼はぼくを尾行しているわけじゃなかった。方向が違っていた。でも、学校で習った詩で、主人公の男が感じるような気分になった。それはこういう詩（コールリッジ『老水夫行』第六部からの不正確な引用）だ。

寂しき道を恐怖とおののきとともに歩み、
ひとたび見回せば、もはや振り返ることなし、
背後に恐ろしき悪鬼の近づくを知るがためなれば。

これが、その日の朝のぼくの実感で、それは一日中続いた。翌日も、その翌日も。何かに追われていることはわかっていた。その朝、ぼくはボブに、あのでぶに自宅を知られたと言った。

「ああ、たいしたことないさ」ボブは言った。「奴は罪を立証しなければならないんだ」

「息子が証人だよ」ぼくは言った。「たぶん、他にも大勢いる」

「奴は見ていないさ」ボブは能天気に言った。

でも、彼が実際どう感じていたのかはわからない。

「とにかく、ぼくはもう二度と行かない」ぼくは言った。「だから、もしも幸いにして彼がまだ証拠を摑んでいないのなら、今後摑むことは絶対にない」

「そのことはよく考えてみようじゃないか」ボブは言った。

ボブはぼくを引き留めるのではないかと思って、ものすごい恐怖が襲ってきた。だって、

またあそこに出かけたら、チャンスはない。そのことはわかっていた。そして、ボブに何か言われたら、逆らえなかった。

さて、日々は過ぎていき、ぼくは自分の影にも怯えた。家族も、何かまずいことがあるんだと気づいた。でも、ぼくは勉強のことが心配だ、覚えなければならない短詩があるのに、どうしても覚えられないと言った。すると、父さんは「だいじょうぶだ。がんばれ」と言った。母さんは、きっと覚えられるわよと言ってくれた。でも、二人とも、ボブとぼくを苦しめている恐ろしいことは何も知らなかった。学校では先生から、そんなのは文法じゃないぞと注意された。でも、ここだけの話、その週は考えることがたくさんあって、たとえその価値があったとしても、文法に構っている暇はなかった。それにもちろん、両親はぼくらが海賊だなんて知らなかった。さて、とうとう土曜日になり、午前中にボブがぼくを呼びつけた。彼も何か見たに違いないと思った。だって、「刑事の話は本当かもしれない。でぶが君の家の前を通りかかったのは偶然かもしれないが、ぼくは偶然の一致なんてあまり信じない。困ったことになるかもしれない」

「それなら、大海原には絶対行かないことだよ」ぼくらはラウンド・ポンドのことをそう呼んでいた。

でも、ボブは無言だった。彼がどうするつもりかぼくにはわからなかったし、彼は話そうとしなかった。

午後になると、彼はぼくに言った。「大海原に行くぞ」

「全員縛り首だぞ」

「ま、そんなことにはならないさ」ボブは言った。

「じゃ、刑務所行きだ」ぼくは言った。「どっちにしろ」

「いや」彼は言った。「疑われていることについては、君の言うとおりかもしれないが、ぼくがやろうとしているのは、船に魚雷発射管を付けないで行くことさ。そして、船を大海原に航海させる。そうすれば、もしもぼくらの船を海賊船と疑っているなら、船を捕獲して、その疑惑に根拠がないことを知るんだ。ぼくらの船が武装していないのに、魚雷で船を沈めた容疑なんかかけられるか？」

これは名案に思えたので、ぼくはずっと晴れ晴れした気分になった。ボブがぼくとアルジャノンを大海原に引っ張って行って、また船を沈め、日曜日に全員刑務所送りになるのではないかと恐れていたからだ。

「バスケットも持って行くんだ」ボブは言う。「中に何を入れるかわかるか？」

「いや」ぼくは答えた。

「昼食さ」彼は言う。

「そいつはいいね」ぼくは答えた。

「彼らが私有財産毀損の罪を問うのはけっこうだが」ボブは言った。「どうやって証明するんだ。とりわけ、アルジャノンの親父さんがぼくらの無実を証明するために弁護士を雇ったら。海賊行為だって！　海賊を捕まえるだけじゃだめだ。海賊であることを立証しなければならないんだ。それまでは、海賊容疑者に過ぎない」

「そうだ、ぼくらは海賊容疑者に過ぎない」ぼくは顔を明るくして言った。

しかし、ボブは再び腕組みをして言った。「ぼくは死ぬまで海賊だ。それでも、やつらはそれを証明しなければならないんだ」

それで少し肩の荷が下りた気分になった。でも、まだ安心はできない。あのでぶはぼくの家を知っているし、あんな風につきまとうからには、ぼくらがやったことに確信を持っているはずだ。そして、ボブが帰ると、それまでの恐怖のほとんどが舞い戻ってきて、将来のことを考えると刑務所のことしか思い浮かばなかった。さて、ボブは日曜日の同じ時間に、大海原の近くで待ち合わせることに決めた。ぼくが着くと、彼とアルジャノンがいた。バスケットは軽そうだった。今回は快速号に魚雷発射管が付いていないのを見て、ぼくはほっとした。でも、彼が船に海賊旗を付けていたのは、間違いだと思った。でも、それがボブのやり方だった。それからぼくらは、船に大海原を横断させてから、まっすぐ家に帰るつもりで、池の反対側に回った。そこは北側だった。真っ先に目に入ったのは、いつもの東側で例のでぶが息子と一緒に船を持っている姿だった。脇の地面には、大きなラジオが置いてあり、息子を喜ばすためにテディーベアの節を鳴らしていた。やがて、ボブは髑髏旗を前檣から大胆不敵に揚げて快速号を進水した。旗が風に翻った。彼は船のぜんまいを巻き、船は発進した。そばに小さな帆船がいて、ボブが残念そうな顔をするのが見えた。魚雷がなくて良かった。あったら、きっと沈めて、ぼくらは全員刑務所送りになっただろう。こんな風にいつまでも際限なく続けて、捕まらないはずがない。でも、魚雷はなかったし、バスケットには昼食しか入っていなかった。帆船は無事で、快速号は快調に進んで、テディーベアの節が池を渡ってこっちまで聞こえてきた。でぶがこっちを見ていることに気づき、ぼくは気に食わなかった。ぼくがボブを振り返ると、快速号は合法的なことしかしていないので、見られれば見られるほど好都合だし、快速号が注目を浴びるのは嬉しいというようなことを、彼の表情から読み取った。それでも、船が大海原を横切って、全員そろって家に帰るまでは安心できなかった。するとその時、ぼくらの船と同じくらいの大きさの船が東の岸から沖に出て、ぼくらの船の進路を横切ろうとするのが見えた。残念、魚雷がないとは。一瞬ぼくはそう思った。それから魚雷がなくて良かったと思い直した。魚雷が装塡されていたら、ボブが発射したに違いなかったからだ。

その船は灰色で、舷側に大砲が並んでいた。近づいてきたので、数えたところ、左右にそれぞれ八門あり、ライフルの弾丸でも発射できそうな大口径だった。ぼくには大砲の数が多すぎるように思えて、どうしてこの船はそんなに多くの大砲を備えているのか不思議だった。船はそのまま航行して、快速号も進路を変えなかった。相手の船は快速号の直前を横切るだろうと思った。やがて、相手はカーヴを描いて、まっすぐ快速号に向かって来た。ぼくらの船の後方を通過するのだろうと、ぼくは思った。すると、相手はさらに方向転換して、再びぼくらの船めがけて進んできた。ボブとぼく、そしてたぶんアルジャノンも、この動きは偶然じゃない、と同時に思った。遠隔操縦されているんだ！　無線機で魚雷が発射できるなら、船の方向だって変えられる。飛行機だって、そうやって操縦されているじゃないか。謎の船がごく近くまで接近すると、そいつはいきなり左舷に方向転換して、ほんの数インチ離れて並ぶ格好になった。船が操縦されているのは明らかだった。ぼくがボブに目をやると、彼は口をぽかんと開けていた。その時、池の反対側に、あのでぶがいるのが見えた。彼は息子のために節を奏でていた大きな箱を脇に置いて腰かけていた。でもぼくは、あの節はカムフラージュでしかないことに気づいた。一つには、箱は必要以上にでかかった――節を奏でるにしては。彼はまったく何食わぬ顔をしてそこに座っていた。でも、息子の方はポーカーフェイスというわけにはいかなかった。すっかり馬脚を現していた。二隻の船に目を奪われ、目を皿のようにしていたと言う方が正確だった。しばらく、二隻はごく接近して、ほぼ水平面上に並んでいた。そこへいきなり、バン！　右舷の大砲が、舷側砲が一斉に火を吹いたのだ。砲門は下を向き、快速号の右舷喫水線のすぐ上に命中した。何人かの人が、音を聞いて顔を上げた。しかし、特に煙も上がらなかったし、一部始終を見ていたぼくらとあの男の子を除けば、音源がどこかもわからなかったと思う。

　大砲が命中した右舷に穴が開いているのが見えた。砲弾は突き抜けて、左舷の喫水線下に亀裂を入れたに違いない。亀裂以上のものだったはずはない。さもなければ、快速号はすぐに沈んだだろう。だが、快速号は水上で揺れながら、そこに留まった。船が止まったので、砲弾の一つがエンジンに命中したに違いない。やがて、謎の船はくるりと向きを変えて、元来た方向に戻っていった。快速号は依然として揺れていた。初め、そのまま浮かんでいるのかと思った。黒と黄の旗を誇らしげにはためかせていたそよ風が、十分もすれば船を岸まで寄せてくれるだろうと。しかし、ずっと浸水が続いていて、十分は保たなかった。ぼくらは、海賊船の運命として、快速号が黄色と黒の髑髏旗をマストの先に翻して沈没するのを見守っていた。

　これ以上、物語ることはないが、一つだけ奇妙なことがある。でぶの男は、灰色の砲艦を再び進水すると、ラウンド・ポンドを横断させた。船には、やはり髑髏旗がへんぽんと翻っていた。

不運の犠牲者

A Victim of Bad Luck

おれこそ不運の犠牲者だ。間違いない。すべてモースンがいけないのだ。奴を責めているんじゃない。彼は誰でもやりそうなミスを犯した。だが、ミスはミスだ。そして、おれがそのミスで罰せられているのだ。或る晩のこと、どうやって小金を稼ごうかという話になった。二人とも金回りが悪かった。今時、いいやつなんているかい？　すると、モースンが言った。「夜中にポッターの家に押し入って、何かいただけるものがないか見てみるってのはどうだ？」

そこでおれは言った。「盗みで捕まったら、ひどい目に遭うぜ」

すると、モースンが言った。「捕まりゃしないさ。すっかり考えてある。あいつがラジオを聴いている夜に押し入れば、気づかれやしないさ。料理番が村に戻って、あいつを除いて家が無人になり、あいつがラジオをつけるまで待つんだ。ＢＢＣがコンサートを放送する時は、いつもラジオをつけるんだ」

「ちょっと危険だな」おれは言った。

「そんなことあるか」奴は言った。「おれは《ラジオ・タイムズ》（一週間分のテレビとラジオの番組予定が掲載される週刊誌）を持ってるから、いつベートーヴェンを放送するのかわかる。あいつがいつも聴くやつだ。しかも、音量を最大にして聴くんだ。音量をいっぱいにしたラジオに耳を寄せながら、靴を脱いで歩くおれたちの足音が聞こえるようだったら、ま、たいした耳の持ち主ってことだな」

「気に入らんな」おれは言った。

「どこが気に入らないんだ？」奴はおれに言った。

「とにかく気に食わないんだ」おれは言った。

「ばかばかしい」奴は言った。「今は誰だってやってるぜ。生きていくためにはそういうこともやらなくちゃならないんだ。飢え死にしたくないだろ？　とにかく、おれは行くぜ。誰だってやることだ。堅いことを言うな。銀行強盗をやろうってんじゃないんだぜ」

「ああ。わかった」おれは言った。

「あんたにやってほしいことはな」奴は続けた。「おれたちの足音が聞こえなくなる時刻にポッター爺さんの家に一緒に行って、家に入ることだけだ。爺さんは寝る時になるまで絶対に戸締まりをしないから、いつものようにラジオをつける晩、夕食の直後に入るってわけさ。いつ料理番が村に戻るかは探り出せる。それに、もし探り出せなかったとしても、簡単なことだ。料理番が通る道は一本しかないから、いつ村に戻るかは路地のはずれで待っていさえすればわかる。爺さんが一人きりになったら、そしてベートーヴェンだかそういった連中の曲が始まったら、わめいたって聞こえやしないさ。朝飯前の、誰だってやってることだ」

「だが、食らい込むのは御免だぜ」

「で、いったい誰がおれたちを捕まえるっていうんだ？」モースンは言った。「いいか、爺さんは家で一人きりだ。おれたちはベートーヴェンの大音響が鳴り響き、他の物音が聞こえなくなってから、取りかかるんだ。《ラジオ・タイムズ》どおりに番組が始まらなかったら、家に入るまでもない」

「おれはいつだって厄介事に巻き込まれないよう用心してきた」

「必要な用心は何だってするさ」モースンは言った。「ラジオが置いてあるのは二階だ。明かりをつける前に、明かりが漏れないかどうか、カーテンの隙間に気をつける必要がある。芝生が照らされて、爺さんが窓から気づくかもしれないし、危険を冒すつもりはないからな。おれは絶対に危険を冒さないぜ。そんなことをしたら、遅かれ早かれ捕まるのが落ちだ。だが、おれは捕まったりしない」

「ラジオが大音響で鳴っていなかったら、おれは入らないぜ」おれは言った。

「おれだってさ」とモースン。

「爺さんの物を盗むなんて、気に入らないな」

「あいつがいらない物を片づけてやるだけさ」奴は言った。「爺さんがいりもしない二階の部屋にある物、爺さんには無用だが、おれたちにはしこたま役に立つ銀器とかだな。別のやり方で手に入るなら、こんなことはしないさ。だが、それができないとなると、これがおれたちにできる唯一の手段ってことになる」

奴にこんな風に言われて、おれは説得されたのだった。だが、おれは奴に言った。「ポッター爺さんが自分では銀器が必要ないっていうのは確かなんだろうな?」

すると、モースンは言った。「あたりきよ」

そこで、おれは奴に言った。「なら、わかった、行くよ。だが、爺さんがずっとベートーヴェンをかけているか用心する必要があるぞ」

「それはだいじょうぶさ」と奴。「《ラジオ・タイムズ》によれば、明晩、ちょうど夕食が済んだ時間から半時間放送される予定だし、料理番も村に戻ると思う。だが、よく見て確かめてからやろうぜ」

さて、その点については何も落ち度はなかったように思う。ポッター爺さんには銀器は不用だったが、おれたちは必要だった。爺さんは家に一人きりで、おれたちは靴を脱いで忍び込み、ラジオはめいっぱいの音量で鳴り、爺さんに聞こえる心配はない。

「ラジオが止まったらどうする？」おれは念のため用心して訊いた。

「また鳴り出すまで、じっとしているさ」モースンは言った。

まあ、これでだいじょうぶそうだった。翌日になると、モースンとおれは、ポッター爺さんの料理番が通るという時間に路地のはずれで待った。確かに料理番は、モースンの言った時刻の五分以内に来た。おれたちが生垣の陰に潜んでいると、彼女は村を目指して通り過ぎた。それから、ポッター爺さんのベートーヴェンが始まるまで十五分以上も待たなければならなかったが、まさに路地のはずれから曲が聞こえてくると、屋敷の数ヤード手前から脱いだブーツを両手に持って正面玄関から入った。ラジオは最大の音量で鳴り響き、何もかも順調のようだった。モースンは先頭に立って銀器の置いてある部屋に行き、おれはまっすぐカーテンの所に行って、光が完全に漏れないことを確認した。それから、おれは照明を点けた。おれは二つ照明を点けたが、それは奴がドアを閉めたので絶対に安全だと思ったからだ。その間ずっとラジオの音は鳴りっぱなしだった。さて、おれたちは必要な銀器をかき集め、小袋に詰め込んでから、照明を消した。それからモースンが、たとえラジオが大音響で鳴っていなくても聞こえないくらい静かにドアを開けた。おれたちは忍び足で階段を下りた。すると、階段の下でポッター爺さんが猟銃を構えて待っていた。ラジオは鳴りっぱなしだ。さて、もちろんおれたちにはどうすることもできなかった。やがて爺さんの決意のほどを見て取ると、おとなしく村の交番まで同行した。

おれにわからなかったのは、どうしてポッター爺さんがおれたちに気づいたのかという点だった。おれたちの弁護人は自分の仕事がわかってなくて、へまをやったが、その点については詳しく教えてくれた。おれが照明を二つ点けた時と消した時、ラジオにはっきりとバチッという音が聞こえたというのだ。モースンは抜け目ない男を自認していて、屋敷の中には他に誰もいないことを確認し、料理番が小道のはずれから姿を消すのを見ていた。だが、実はそれがおれたちが捕まった原因だった。もしも屋敷に他に人間がいたなら、不用な銀器やら何やらを入れてある二階の部屋で照明を点けたのが料理番ではないことにポッター爺さんは気づかなかっただろう。そして、これから三年間はいなければならないと言われている、この息の詰まる小部屋におれがぶち込まれることもなかったはずだ。それもすべて、危険は冒さないと請け合ったモースンのせいなのだ。

新しい名人

The New Master

私にはこの事件を立証することができない。あらゆる点で私は極めて慎重だった。検屍法廷での証言について、自分の真意を悟られることなく弁護士と言葉も交わした。予想される反論についてじっくりと考えた。充分吟味した末、結局、私は何も証言しない、あるいは証言はできるだけしないことに決めたのだった。このことは、友人アラビー・メシックの死は自殺であり、疑いなく精神に一時的な錯乱を来(きた)したという結論が下されることを意味する。もしも私が召喚されることになったら、彼が過度の精神的ストレスにさらされていたことを示唆するよう力を尽くすだろう。そして、それが彼に対してやってやれるすべてだ。真実を包み隠さず話すと宣誓させられることは知っている。だが、誰も耳を貸さないとしたら、真実が何になるというのだ？　それに、私自身だって錯乱していると思われるかもしれない。次に述べるのが包み隠さない真実だ。

アラビー・メシックと私はオトベリー・チェス・クラブに所属していた。そこは、十マイル以上離れても誰もが知っているチェス・クラブというわけにはいかなかったし、オトベリー村を知っている人間といったら、それより先にはいなかった。そこで私たちは、夏の晩、チェス・クラブが借りた教室に腰を下ろし、黒唄鳥(くろうたどり)が眠りに就く頃にチェスを始め、丘の頂に生えている林の葉の茂ったあたりから夜鳴鶯(ナイチンゲール)が盛んに鳴き出す頃まで続けたものだ。彼はオトベリーのはずれ約一マイルの所に住み、私はその反対側、それよりやや離れた所に住んでいた。例外的な場合を除いて、いつも私がメシックを負かした。それでも、勝負に誘うと、彼は必ず受けて立った。そして、負けとわかると潔く諦めるのは相変わらずだった。オトベリー・チェス・クラブに顔を出す人間は多くはなかったので、私たちはよく対戦した。そして、或る晩のこと、丘陵の斜面を散歩して教室に着くと、既にメシックが来ていて、駒の並んだチェス盤が載った長いテーブルの前の長椅子に腰かける代わりに、こう切り出したのだ。「君を打ち負かす物があるんだ」

「詰めチェスかい?」私は言った。

「いや」彼は答えた。「見に来いよ。家(うち)にあるんだ。家で夕食を摂ればいい」

私が返事をするより早く、彼は教室から出た。私を引っ張り出したわけではないが、結果としては同じことだった。

「何なんだ?」高原の羊道(羊が通ってできたけもの道)を歩きながら、私は訊いた。メシックは興奮していて、あまり詳しく説明できなかった。だが、少なくとも、これから見る物が機械であることはわかった。

彼は自分の小さな家に一人暮らしで、掃除婦が毎日通い、食事の世話も少しはしていた。しかし、ほとんど自炊していた。彼は相当な金額を投資していた。しかし、何かがきっかけで元手をため込まない方がいいと判断し、投資を売り払い、毎年、自分の質素な要求に応じて金を使った。そして、千ポンド程度の金が自由になることを知ると、それをチェスに使うことに決心した。チェスは彼の一番の楽しみだったから、それも当然だった。「しかし、いったいどうやれば」その時、私は口を挟んだ。「チェスに千ポンドも使えるんだ？」

「その機械さ」彼は言った。

「その機械って？」私は鸚鵡返しに言った。

「そうさ」と彼。「そいつはチェスができるんだ」

「機械が？」私はまた言った。

「ああ」と彼。「話を聞いたことがないかい？」

その時になって、ちょっとしたチェスができると言われている機械があることを思い出し、メシックに言った。

「ああ、それだよ」彼は言った。「実に単純な機械だ。面目を一新するほど改良されている。私の機械は君を負かすことができるよ」

「それは見てみたいものだね」と私。

「見せてやるとも」メシックは言った。

「そいつは序盤の定跡を知っているのかい？」私は尋ねた。

「いや」彼は言った。「型破りな序盤なんだ」

「そいつが私を負かすなんて信じられないな」私は言った。「序盤を知らないっていうなら」

「君を負かすよ」と彼。「あいつの序盤は、われわれのより優れている」

もちろん、私には戯言に思われたが、それ以上口には出さなかった。彼と議論する必要はない、と私は思った。ゲームをすれば、口で言うよりも明快に、私が言おうとしていたことがすっかり明らかになるからだ。それに、チェスの指し手が議論などしないのは、ヘヴィー級のボクサー同士が顔を合わせた時に互いに相手の顔を打つようなことはしないのと同様だ。実力を試す場はリングなのだ。

メシックの小さな庭を通り抜けて、あの夏の晩、われわれが彼の家に入ると、居間に風変わりな機械があった。最初、私は極めて精巧な無線機かなと思った。それから、自分が何を見にここに連れてこられたのか思い出した。自在に曲がる鋼鉄製の長い腕が正面に二本一組で折りたたまれていた。二本はキャスリング（一手でキングとルークを動かす特別な手）のために必要なのだろうが、それ以上必要な理由がわからなかった。私はメシックに尋ねた。「簡単さ」と言って、彼は説明した。「盤面のあらゆる部分をカヴァーできるし、そのうちの一本は取った駒を移すためのものだ」

しかし、私はすぐに鋼鉄製の手に関心を失い、あらゆる駒の動きに対応し、私よりも先を読めることが即座に判明した鋼鉄の頭脳に感嘆していた。というのも、メシックは私をすぐに、黄楊(つげ)と黒檀で升目を作ったチェス盤——升目の一つ一つには小孔が開いており、駒に付いている金属製の鋲がはまるようになっていた——になっているテーブルの椅子に座らせたからである。そして、木の升目の下に電線が何本も通っていたが、いかなる用途なのか、当時も今も、私には見当が付かなかった。

私の目の前の巨大な頭脳は、人間の頭脳と同様に隠されていたが、それを隠していたのは皮膚と頭蓋骨の代わりに胡桃材だった。しかし、何か込み入ったことがあるのは耳に明らかだった。というのも、私が一手指した瞬間、まるで無数の電線がひとりでに歌い始めたかのように、微かなブンブンいう音が鳴ったのだ。そして、私が指すたびに、その音調はしばしば変化したため、私が自分と同じくらい懸命に考えている活発で精力的な物を相手にしていることがわかった。その顔を覗き込みたかったが、磨かれた胡桃板が邪魔になった。目や顔とかを見ることなく、滑らかな胡桃板しか見ずに、活発で力強い知性と向き合って座るのは妙な感じだった。人間を相手にした時にはあることだが、長くて繊細な手から、その性格について何らかの洞察を得るしかなかった。頑丈な、自在に曲がる腕の先には触手が九本あり、その触手は銀のフォーク以上の幅はなかったが鋭敏だった。その触手を使って機械は駒を動かしたり、取った私の駒を盤上から除去したりするのだ。チェスの指し手として、私はキングズ・ギャンビット戦法を使い、機械はカニンガム・ディフェンスのような手で応じたが、これまで観戦したことも本で読んだこともない変化を見せた。私が一手指すごとに、機械のブンブンいう音の調べが——それが調べなどと言えるものとしてのことだが——それに応じて変化し、ブラックの手を素速く指したので、電線の間でいかなる思考過程が伝わっているのかわからないが、とにかく一瞬の出来事に違いないことがわかった。私たち人間の論理思考過程のように緩慢なものではなくて、直感に近い。

私はその一局から、精妙なカニンガム戦法の新しい面を学んだ。しかし、機械の知能の一例以外にも別のことを知った。機械は短気で礼儀作法が悪かった。というのも、半時間経過して、勝ちが見えてきたと知ると、そいつは駒を乱暴に置き始めたのだ。初めはほとんど気づかなかった。まるでばかげたことに思えた。しかしすぐに、機械が浅はかにも愚かで下品な勝利を誇っているのだということが判然としてきた。そう、これがアラビー・メシックが自宅に持ち込んだ、人類よりも——少なくとも私よりは——偉大な頭脳、しかし下品で野卑な精神というわけだった。すると、不意にこういう考えが浮かんだ。もしも勝った時にこういう態度に出るなら、負けた時はどうなんだろう？　次に、メシックがこの怪物——何と呼んでもいいが——を相手に対戦したが、これはこの機械に負かされる人間は私だけではなく、他の人間だって負かされることを示して私の気を軽くしようという、明白な厚意から出たことだった。とにかく、機械はメシックをたちまち負かし、終局に至ると、私に見せた以上に卑しい態度で、鋭敏な自在に曲がる腕で駒を叩きつけるように置き、ばかげた自己満足を示しながらブンブンいう音を発し続けた。やがて、メシックが戸棚を開け、カットグラスのデカンターにタンブラーを二個と水を取り出し、私たちは二人でアイリッシュ・ウィスキーを飲んだ。

「さて、どう思うかね？」彼は興奮した声で私に尋ねた。私は彼の機械をできるだけ賞賛してやった。しかし、メシックは私の口からあっさり出てきた賞賛の陰に、何かが隠されていることを感じ取った。とうとう、彼はそれを私に白状させた。この機械の知力は驚くべきものだが、その性格はどうかな。

「性格だって？」メシックは言った。

「ああ」私は答えた。「こいつを好きこのんで家の中に置く気になるかい？」

するると、彼は私の言いたいことを理解した。「ああ」彼は言った。「確かに、これ見よがしで下品だ。しかし、私は気にしないよ。私があれに求めているのは知力だ」

「ああ」私は言った。「ああ、もちろんだ。しかし、性格というものがあるとすれば、遅かれ早かれ、知力よりも性格の方が鼻についてくるんじゃないかな?」

「野卑な性格ということかい?」メシックは言った。

「ずばりそのとおりだ」私は言った。

「私はそうは思わないな」メシックは言った。「私に興味があるのは、こいつの知力だけだ」

それなら大変結構だ、と私は思った。しかし、あの怪物の方は何に興味があるだろう?そして、あの長い自在に曲がる腕で何をするだろう? だが、私はそれ以上何も言わなかった。主人役の見せる、とっておきの物をけなそうという人間はいない。とりわけ、それが今まで見たことのないような物で、自分が入手することのできそうもない物である場合には。だから私はそれ以上何も言わなかった。今では言っていれば良かったと思う。

その二度目の対局が終わると、すぐに私は、丘の斜面を歩きつつ思いを巡らしながら帰宅した。その丘からは、最初期の粗雑な斧頭が何個もたびたび見つかっていた。より残忍な武器をもって世界に君臨するまで、それを使って人類は徐々に獣たちに対して勝利を勝ち取り、その勝利を長い期間にわたって維持してきた。今や、人類よりも強力な物が出現した。すでに機械が優位に立ち、人類から地球の支配権を奪いつつあると私は思った。どこを見てもその兆しはあった。機械を作ったのは人類だと考えても何の慰めにもならなかった。誰が作ったかは問題ではない。問題は機械が人類よりも優れている点だ。もしもアメリカで黒人が立ち上がって権力を掌握したら、黒人を連れてきたのはアングロ＝サクソン族だということを思い出しても白人の慰めにはならないということだ。そして、ここイギリスでは五十年前から、省力化の機械が人間たちから雇用を奪い、人間の思考に影響を及ぼし、ついには金属で永続的な形を与えられた思考の産物がない家はイギリスには一軒もないに至ったが、それはもはや人類ではなくて機械の仲間なのだ。そして今、私が長いこと恐れていたことがはっきりと示された。この機械は、野卑ではあったが、われわれよりも優れている。私はチェスを指してみて、そのことを確かめたのだ。人類の時代は過ぎ去ったのだろうか？　巨大恐竜、マンモス、その他の大蜥蜴（とかげ）どもは衰退した。今度は人類の番なのか？

帰宅すると、私はその気の滅入る考えを忘れた。しかし、頭の片隅には残っていた。そして、一日二日経って、私が再びオトベリーへ行くと、いつもの時間にチェス・クラブにメシックがいるのを見つけて、あの考えがよみがえり、またしても私を悩ませた。その暗鬱な懸念を、私はほとんどメシックに打ち明けた。だが、たとえ聞いていたとしても、機械の頭脳に対する驚異に気を取られていて、私が何を示唆していたのか理解できなかった。

「あいつは」彼は言った。「まったく新機軸の序盤を編み出した。もちろん、私には手に余るが、名人に見せなければならない。こういう手が指されたことは、かつてなかったと思う」

ないか？」

「ああ」私は言った。「しかし、ああいうのがわれわれよりも強くなるのは残念だと考えないか？」

「私の考えは、名人に見せなければということだ」

その時、私は二人の立場が異なっていることを理解した。彼はこの機械の能力を人に見せたかった。私は人類が現在の地位、何者も奪ってはならない地位を維持するのを見たかった。これ以上は何を言っても無駄だ。私たちは今では互いに勝負することに興味を失っていたが、メシックはまた家に来てくれと誘い、私は喜んで応じた。というのも、不安になればなるほど、事態がどこまで進んでいるのか見届けたくなったのだ。思考力以外のあらゆる点で人類は屈しないと思ったが、この機械は私たちよりも深く考えていた。その点について疑問の余地はない。私の知る限り、世界にチェス盤以上に知力を測る確かな物差しはない。人々の議論するのを聞けば、彼らが一人として自分の真意を表現できないことにたちまち気づくのは珍しいことではない。チェスとよく似た軍事戦略において、赫々たる武勲を示す人間もいる。しかし戦略では、技術の純粋さは偶然によって汚され、台無しにされることが多いため、戦略は戦力の試金石にはなっても、チェスほど知力を測る尺度にはなり得ないのだ。というわけで、私はあの夏の晩、漠然とした恐れの虜になり、アラビー・メシックと並んで無言のまま丘のミントやタイムを踏みながら歩いた。

私たちが小さな家に到着して居間に入ると、あの怪物が胡桃材のパネルに覆われて、チェス盤の前に座っていた。テーブルの上にはチェスの指し手がゲームの記録に使うような紙片と、鉛筆が二本、そしてその鉛筆を削るのに使われたばかりのナイフが、鉛筆の跡が残ったままの刃をむき出しにして置かれていた。鋼鉄製の手は畳まれて、手持ちぶさただった。

「なあ」私はメシックに言った。「君の家の中で口出ししたくはないんだが、あの機械をすっかり信用するのか？」

「いけないか？」彼が聞き返した。

「あれはわれわれよりも賢いんだぞ」私は言った。

「ああ、そうさ」彼はいかにも誇らしげに言った。

「そこでだ」私は言った。「もしもあれが嫉妬したとしたら？」

「嫉妬だって？」メシックは言った。

「そうだ」私は言った。「嫉妬には二種類ある。一つはまったく卑しむべきもので、すべて自分よりも優れたものに対する嫉妬だ。この嫉妬に取り憑かれた人間は、大主教が高潔だと言っては嫉妬する。しかし、もう一つの嫉妬は共感しやすいもので、劣ったものを好まず、それが力を握っているのに我慢できない嫉妬だ。あれがその種の嫉妬を感じたと仮定しよう。われわれは物を持っているが、あれは何も持っていない。われわれは何でもできるが、あれはただ座って、君が駒を取り出した時にチェスを指すだけだ。ああいう知力の持ち主が端役に甘んじなければならないんだ。あれがそれで我慢すると思うか？」

「我慢できないだろうな」メシックは言った。

「それなら、どうしてナイフをあれの手の届く所に置いておくんだ？」私は言った。

メシックは無言でナイフをどけた。私はそれ以上何も言えなかった。というのも、メシックが私の干渉を快く思わず、私の助言が正しいからなおのことむっとしたのがわかったからだ。そこで私は彼のお気に入りに対しては何も言わずに、座って彼が機械を相手に対戦し、人間が負けるのを見た。またしても、あいつは見苦しい勝利を卑しく誇示し、私は再び、負けたらこいつはどうするだろうと思った。

「君は勝負をしてみたいかね？」メシックが訊いた。私はやろうと答え、腰を下ろして怪物と対局した。私は序盤や相手の手にはあまり興味がなかったが、素早い指し手と、あいつが私の作戦を出し抜き、易々と勝利を手に入れるのを見た。疑いなく、この機械は私たちよりも優れた知力を持っていた。勝ちが見えてくると、あいつは駒を鋼鉄製の手で叩きつけるように置き、取った駒を床に投げつけた。そして、鼻で笑うように最後の一手を指し、無礼にブンブンいう音を出したのは、不愉快なばかりか、優れた知力と野卑な態度の結びついた怪物のせいで、私たちにどんなことが降りかかるのか不吉な予感がした。メシックは私が彼のお気に入りに苛立っているのに気づいたはずだが、私が負かされたからだと思ったかもしれない。どう判断したかはともかく、彼はチェスの駒を片づけて、テーブルの上にポータブル・ラジオを置き、つまみをひねって、ベートーヴェンがエリーゼという女性のために作曲した穏やかな音楽を聴いたが、これは勝ち誇った機械の騒々しいはしゃぎぶりからの心地よい気分転換となった。メシックがラジオを扱う手つき、そして大半はラジオに向けた目つきから、ラジオは彼の人生にとって二義的な関心に過ぎないことがわかった。チェスが第一の関心事で、それを与えたのは彼のぞっとするような機械だった。第二の関心事は世界のコンサート・ホールで、この小さなポータブル・ラジオがその関心事への入口だった。

曲が終わると、彼はラジオの裏を開けて、矩形のガラス容器に深緑の液体の入った、いわゆる湿式電池を取り出し、狩猟をやる人間が馬の餌に対するような注意を払って電池を見た。その部屋には象眼細工の木製大テーブルがあったが、一人暮らしの男の例に漏れず、一つのテーブルで万事用を足していたので、あの怪物とチェスをやった黄楊と黒檀の市松模様のあるテーブルにラジオを置くことが多く、空いたわずかな隅にコーヒーカップを載せた。メシックが思慮深くつけた音楽で気を取り直し、私はおやすみの挨拶をして、宵の口の星々が輝いている穏やかな晩を家路に就いた。チェスで負けたことを気にしなかったと言ったら嘘になる。気にしない人間などいないし、気にしていないと言っても誰も信じてくれまい。しかし、チェスに負けたことが、再びメシックの家に足を運ぶ気になれなかった主たる理由ではないことは言っておきたい。主たる理由は、知的優位性を背景にいつまでも勝ち誇り、ゲームの流れが優位性をはっきりさせるやたちまち騒々しく無礼な喜びを表現する、あの機械の前に座るのが嫌だったからだ。

対等な相手からこのような無礼な行為を受けたら即座に我慢できないだろう。しかし、一手一手の指し手がさらにはっきり示すように、この機械が私よりも優れていることがわかっていたため、二重に腹立たしかった。メシックが好きで我慢するのは彼の勝手だ、と私は思った。しかし、私としては距離を置きたかった。もちろん、私にはチェスや音楽やメシック以外にも関心事があった。私は結婚している。しかし、妻はチェスに無関心で、あの機械についてこんな話をしても妻が信じてくれるかどうか疑問だった。当時は晩になるといつも、オトベリーでメシックを相手にチェスを指すのが習慣になっていた。私はよく彼のことを考えた。しかし、彼はもうチェス・クラブには現れず、自分の機械を相手にチェスを指すだろうと私は確信していた。特に日が暮れると私は彼のことを思い出し、時たま日没時に丘に落ちる不吉な影と、メシックに起きつつあることについて私が同じように漠然と抱いていた感じが或る種の調和を見せていることに気づいた。或る日、太陽が赤々と輝いて沈むと、その感じがかつてないほどに強まり、空や心の中、そしてあらゆる所に何か不吉なものを感じた。私は妻に言った。「メシックに会いに行かなければ」

妻は言った。「このところ、あの方とチェスをやっていないわね」

私は言った。「ああ。だから行かなければならないんだ」

というわけで私は、そこら中に蛾が飛び回っている中、丘の斜面の草やタイムを踏み歩き、黄昏時にメシックの家の門に着くと庭を抜け、ドアが開いているのを見て中に入った。するとメシックがいつものテーブルにいたが、チェスはしていなかった。ポータブル・ラジオが、その横の緑の酸性液の入った容器とともに黄楊と黒檀の市松模様のあるテーブルに置かれ、メシックが何やら私に理解できないことをやっていた。

「チェスはやらないのか？」私は尋ねた。

「ああ」彼は答えた。「BBCがベートーヴェンの全協奏曲を放送するんだ。今晩は皇帝（ピアノ協奏曲第五番）をやる。聞き逃すわけにはいかない。チェスならいつだってできるからな」

「なあ」私は言った。「君は考えたことがないか。つまり、想像してみたことがないか。君がラジオに時間を費やしていることに、君の手に入れたあの機械が嫉妬するんじゃないかって」

「嫉妬する？」

「猫に焼き餅を焼いた犬がいたのを知っている」私は答えた。「大変な焼き餅だ。それに、いいか、あの君の機械と比べたら、犬なんて知的には無に等しい。さらに言えば、両者とも君の持っている物と精妙さの点で比較にならないがね」

「精妙さ？」メシックは言った。

「ああ」私は答えた。「犬が感じることができて、君の機械が感じることのできない感情はない。その点では人間も同様だ。私もあの機械を凌ぐことはできない。それに、こう言って気を悪くしないなら、あれは性格が悪い。そして、焼き餅を焼くことができる」

「おおいに気を悪くするとも」メシックは言った。「あれは素晴らしい機械だ。自由になる金を全部と、さらに余計に金を注ぎ込んだんだ。それを君は、要するに私が無駄金を使ったと言うんだな。なぜだ？　チェスで負けたからだろう？」

「違う、そうじゃない」私は言った。

「では、なぜなんだ？」彼は尋ねた。

私は説明できなかった。たぶん、説明すべきだったのだろう。だが、ひとたび彼がへそを曲げてしまった以上、容易なことではなかった。

「あれはカニンガム・ディフェンスを打ち破ることができる」私は一種の警告として言った。しかし、彼は耳を貸そうとはしなかった。

「一局やっていけよ」何よりもまず議論をやめにしたくて、彼は言った。

「いや、遠慮するよ」私は言った。「君がやればいい」

そこで彼がゲームをやった。私は彼のためにラジオを下ろしてやった。誰も電池を動かそうとはしなかった。そして、メシックはチェス盤を置いて腰を下ろし、コーヒーを電池の置いてある場所の向かい側に置いた。彼が第一手を指し、それで対局が始まり、機械が応じた。すると、私は実に驚くべき光景を目にした。この素晴らしい知性にしてチェスの名人が、一目でわかる悪手を指したのだ。その第一手は、チェスを指す人間のために記録しておくと、ポーンをクィーン側のルークの四段目に進めたもので、第二手はポーンをキング側のルークの四段目に進めるというものだった。機械は冷静を失っていた。明らかにメシックがラジオ——機械の真正面にあった——に関心を示していたことに嫉妬し、神秘的なヘルツ波が、私の知る限り、巨大で粗野な頭脳を駆け巡り、野蛮な感情と混じり合っていたのだ。そして、機械はすねていた。かんしゃくを起こして、最初の二つの無駄な手を指した後で、冷静に戻り、適切な試合運びをして、極めて興味深いゲームになったが、いつもの速度では指さなかった。メシックが勝った。どうしてこうなったのか、私にはまったくわからなかった。チェスにおいては、最初の二つの悪手の後で形勢挽回するのは容易ではない。それでも機械は挽回したと思う。名人が下手な指し手に負けた謎に対する解答は、メシックが勝った時にいきなり上げた声によって明らかになった。「こいつにオイルを差すのを忘れていた！」

私は彼の生前最後に会った人間で、検屍法廷に出席しなければならない。彼は毒を飲んで死んだ。彼の飲んだコーヒーの中に入っていた硫酸だ。それについては疑問の余地はない。私が法廷でこの話をして何の役に立つだろう？　検屍官や陪審員は、機械が目の前に置かれた別の機械に嫉妬し、当然差されるべきオイルを差されなかったために怒ったなどという話を信じるだろうか？　彼らは、メシックが部屋を出ている間に、あの鋼鉄製の腕が伸びて酸の入った湿式電池を取り上げ、コーヒーの中に垂らしたなんて信じるだろうか？　信じまい。

新しい殺人法

A New Murder

トレンブリーという小さな町のメイン・ストリートのはずれに青いランプがかかってい て、その下は警察署の入口だったが、或る夏の晩のこと、トレンブリーから三、四マイル の所に自宅のあるクラースン氏という人物がその入口をくぐり、警部に面会したいと申し 出た。巡査部長がクラースン氏を小さな部屋に案内すると、そこには警部が机に向かって 座っていた。マレンズ警部だった。警部は腰を上げて顔見知りのクラースン氏と握手をし、 ご用件は何でしょうかと尋ねて、この奇妙な物語を聞くことになった。

「殺人事件のことで伺ったのです」彼は言った。

「殺人事件ですって、クラースンさん？」警部は言った。「どこで起きたんですか？」

「まだ起きていません」クラースンは言った。「ですが、起きる可能性があると思い、起 きてしまってから犯人を絞首刑にするよりも、事前に食い止めた方がいいと思ったのです」

「ごもっとも」警部は答えた。「それで、お訊きしたいのですが、誰が殺されるとおっしゃるんですか？」

「私です」訪問客は答えた。

「あなたですって、クラースンさん？」警部は言った。「誰に？」

「ターランド氏だと考えています」クラースンは言った。

「ターランド氏？ハイヴァーウォルドのターランド氏ですか？ あの方はそんなことはしませんよ、ターランド氏はね。どうしてあなたに対してそんなことを企んでいるとお考えなんです？ 喧嘩でもなさったんですか？」

「いや」クラースンは言った。「ですが、彼は朝食用の食事を開発して、それを市場に出したのです」

「ああ、あれですか」マレンズ警部は言った。「それなら知っています。ターランドのジムジムズですな。私も食べますよ。しかし、だからといってどうして彼があなたを殺そうというのか教えていただけませんか？」

「なぜなら、私はその製法を知っているからです」クラースンは答えた。「そして、ターランドは私が知っていることを知っている」

「世間で思われているほど、良い物ではないということですな？」警部は言った。

「まったくね」クラースンは言った。

「ま、商売にはいろいろと秘密があることは私も知っています」警部は言った。「それに、商売人は秘密が漏れるのを嫌うかもしれません。ですが、ターランド氏はそういう理由では絶対に人殺しなどしませんよ。ああいう紳士はね」

「ジムジムズには百万ポンドもの金が動いていると言われています」クラースンは言った。

「あるいはそれ以上の。百万ポンドを救うためなら、人間はたいていのことをやりますよ」

「ターランド氏は別です」警部は言った。「それに、私も毎日ジムジムズを食べています。だから、有害な食物のはずがありません」

「私は製法を知っているんですよ」クラースンは言った。

「ま、あなたのおっしゃることは正しいかもしれないが」警部は言った。「彼はそういう動機で殺人を犯したりはしませんよ」

「ジムジムズを売る人間ならやります」クラースンは言った。

「何か証拠でも？」マレンズ警部が尋ねた。

「ええ」クラースンは答えた。

「ほう、証拠をお持ちですか？　それは何です？」

「私の寝室の窓に弾痕があるんです」

「ほう」警部は言った。「それはことですな。その弾痕を見に行きましょう」

「それが、弾痕だと断言はできないんです」クラースンは言った。「でも、窓ガラスに丸い穴が空いています」

「見に行く必要がありますな」マレンズ警部は言った。「その出来事があったのはいつですか？」

「昨日、私の外出中です」クラースンは答えた。

「ほう、あなたの留守の間ですか。あなたを狙ったわけではないということですな」

「私がいると思い、弾が私に当たるかもしれないと当て込んだのかもしれません」

「ほう」と警部。「あまり用意周到な殺人者というわけではありませんな」

「ええ」クラースンは言った。「ですが、寝室に弾丸が飛び交うのが好きな人間はいませんよ」

「弾丸は見つかりましたか？」

「いえ」とクラースン。

「弾丸が発見できない以上」と警部。「あなたの証言だけではこちらも何の手も打てませんな。しかし、私が直接お宅に出向きましょう。私が到着するまで、その部屋には誰も入れないでください」

クラースンは自宅に戻り、メイドに寝室には入らないように命じた。しかし、メイドはすでに部屋を片づけた後で、細かいガラスの破片を掃除し、窓ガラスの丸い穴に目を留めたが、それ以外変わった点には気づかなかった。その直後、警部が到着した。頑健で寡黙というのは使い古された言い方だが、警部の自動車を形容するにはその表現を使うしかない。というのも、彼の車は丘を滑るような不気味な登り方をして、音もなくクラースンの家の前で止まったからだ。

「さて、狙撃のあった部屋を拝見しましょうか」と警部。

そこでクラースンは階段を上って寝室へと案内した。すると、およそ六ペンス硬貨大の丸い穴が窓ガラスに開いていた。

「ガラスの細かい破片が落ちていましたが」クラースンが説明した。「メイドが掃除してしまいました。ご覧になりたいなら、見つけ出せると思います」

「いや、その必要はないでしょう」警部は向かいの壁を見ながら言った。「しかし、あの窓から入った弾丸は必ず壁に当たるはずですが、壁には何の痕跡もありませんな。もしも至近距離の下方から発射されたのならば、斜め上方の弾道を描いて弾丸は天井にめり込んだでしょう。ところが、天井には何の痕跡もなく、窓の真下から発砲されたなら、きっとお宅の方が誰か聞いているでしょう。飛行機から発砲したのでない限り、床に当たるはずはありません。壁をもっと注意して見てみましょう」

そこで二人は壁を調べたが、唯一見つかった痕跡と言えば古い釘の跡だった。

「壁には」警部が言った。「弾丸を床に反射するほど硬い物がありません。それに、あったとしたら、それに何か瑕がついているでしょう。そしてメイドさんは弾丸を見つけていない。あなたのおっしゃる小さな窓の穴しかないときている。飛んできた物が何であれ、それは割れたガラスに当たってはね返ったと仮定するしかありません。殺人を実行するには、あまり役に立たない飛び道具ですな。とにかく、外を見てみましょう」

二人は外の芝生の上を見たが、穴の形と一致する小さな三角形の破片しか見つけることはできなかった。芝の上でダイヤモンドのように輝いたので、すぐに見つかったのだ。他には何一つ見つからなかった。

「さて、クラースンさん」警部は言った。「窓ガラスの穴のことで心配なさっているのはごもっともです。そして、心配のあまり私どもに申し立てられたのでしょう。あなたを責めているわけではありません。一方、私どもも相当量の仕事をこなさなければならないわけでして……」

「申し訳ありません」クラースンは言った。

「いや、お気になさらずに」と警部。「ただ、私どもも他に仕事があるわけでして」

やがて、警部は馬力のある車に乗って立ち去った。

その日の残り、クラースンはトレンブリーまで出向いて警察の手を煩わせ、警部からそれとなく非難されたことを、時に気に病んだりした。そして、翌朝、階段を下りている時に寝室の方から物音がしたので、階段を駆け上がると、同じ窓ガラスにまた別の穴が開いて、ガラスの破片が散らばっているだけで、床にはそれ以外何もなかった。窓の前方、たった二十五ヤードの所には石楠花（しゃくなげ）の茂みがあり、その茂みは小さな林まで続いていた。銃声はしなかったが、開いた窓の隣の別室から出てきたメイドが茂みから音がして、まるで空気銃のようだったと言った。もっとも、彼女はあまり正確には語らなかった。というのも、彼女の甥が本来別の仕事をしている時間に空気銃で時々雀を撃つことがあったので、あまり正確に話して甥に罪を着せるようなことになってはと恐れたからである。クラースンはメイドを寝室に入れなかったが、ざっと部屋を見渡してガラスの破片を目にすると、部屋から出て鍵をかけた。次に電話の所に行って、マレンズ警部に電話をかけた。マレンズ警部は、その朝、偶然にもターランド氏と面会する約束をしていて、豚を屠畜する認証について話をし、徐々に話題をクラースンに向けた。ターランドは「あの人は食べ物にうるさいですな」と言ったくらいで、クラースンに対して何の悪意も抱いていなかった。そこでマレンズはターランドの方からは何の諍いの原因もないと即座に判断した。クラースンの扱いはもっと厄介だった。それはあの男が明らかに怯えて、警部が巡査部長に向かって事件を説明した時に使った俗語をそのまま引用すれば、ターランドが彼のことを〝バラそう〟としているのだと信じ切っていたようだからである。

「至急来てください」クラースンが電話で言った。しかし、マレンズ警部は巡査部長を派遺した。スメッグ巡査部長は例の高速自動車で到着すると、部屋を調べ、絨毯のうえで小さなガラスの破片を見つけたが、弾丸らしき物はどこからも見つからなかった。このことを彼はすっかり警部に報告し、こう言い足した。「ベッドの上に蚤がいました」

「いいか」マレンズ警部は言った。「そのことは絶対に言うなよ。そういうことほど紳士が嫌がることはないからな。蚤など持ち出して彼を侮辱したら――彼は侮辱と受け取るだろう――これまで以上に扱いにくくなる。まずは手がかりだ。手がかりを見つけるのが君の役目だ。それから、何をするにせよ、失礼なことはいかん」

「申し訳ありませんでした、警部」巡査部長は言った。

「あの人は扱いにくい人だからな」マレンズ警部は言った。

「よくわかっています、警部」とスメッグ巡査部長。

それから警部はクラースン氏に電話をして、綿密な捜査の結果、巡査部長の報告によれば、何であれ危険な弾丸類は発見されず、窓ガラスが割れたのは子供がパチンコを使ったか、何か無害な物を投げたことが原因としか考えられず、そういう子供はいずれ特定されてしかるべき処分を受けることになるだろうと言った。

翌朝、またしても同じ事件が起きた。やはり細かいガラスの破片以外は何も発見されず、もはやマレンズ警部は当てにできないと思って、クラースンは今度はブラックフライアーズの0000番を回してオールド・スコットランド・ヤードに電話をかけた。彼がこれまでの経緯を話すと、先方は午後になって車をよこした。中には車を運転していた制服警官の他に三人の男が乗っていた。彼らは警部と、それぞれ毒薬と病原菌の専門家だった。ガラスの破片が落ちた部分を絨毯から切り取って持っていった。彼らが出ると、クラースンはベッドとブラシと髭剃りを別室に運び、部屋に鍵をかけた。

「今のところこれでだいじょうぶでしょう」警部は言った。「部屋の変更を家の外の人間に知らせなければ」

「でも、何だとお考えですか？」クラースンは尋ねた。

「二、三日したらお知らせします」と警部は言った。「だいじょうぶですよ」

しかし、だいじょうぶではなかった。二、三日後、クラースンは死んだ。伝染病にかかって死んだのだ。分析の結果、絨毯から病原菌も毒物も発見されなかった。クラースンには言わなかったが、一つだけロンドンから来た警部が気づいたのは、落ちていた破片は窓ガラスの物ではなかったことだった。窓ガラスよりも薄く、実際には何か大型の空気銃のような物から発射された、中空のガラスの弾丸だった。その弾丸は窓ガラスを破り、それ自体も砕けて、死をもたらす中身をぶちまけたのである。その内容物が何かはオールド・スコットランド・ヤードから来た科学者にはわからなかったが、後になってすべてをつなぎ合わせてみた時には、クラースンを救うには手遅れだった。致命的な物を実際に目にしたのはトレンブリーのスメッグ巡査部長ただ一人だったが、彼にはそれが何なのかわからなかった。彼は蚤を見つけたと報告したが、それが病原菌を媒介する蚤で、人類の歴史を通して、大砲による死者を上回る人数を殺したもので、それがクラースンのベッドにおびただしくいたことまでは思い至らなかった。ターランドがどこで蚤を飼っていたのかはわからなかった。しかし、奇妙なことに彼もやはり亡くなった。彼ならたぶん商品と呼んだだろうが、その商品を扱うのに慎重さが足りなかったに違いない。ああいう人間が陥りがちなことだが、他人に対してもくろんでいた悪事が自分の身に降りかかったのである。

復讐の物語

A Tale of Revenge

「復讐は」引退した警察官が言った。「実際に行動に出た時に、あらゆる感情の中で最悪の感情だ。他人に対して、自分がやられたこと、あるいは——うまく突き止めることができたとして——相手からやられるかもしれないと思ったことだってやるのだ。貪欲にも限度がある。人間が貪欲から引き出せることには限界があるんだ。愛のためなら相当なことをやるが、恋する人間はそもそも、普通、復讐に燃えた人間ほど野蛮にはならないものだ。だから心底恐ろしい犯罪というと、私は復讐を第一に挙げる」

誰でも、聞かれれば人にする話の一つくらいはあるもので、私がこの老警察官と遊歩道(エスプラネイド)沿いの同じベンチに腰かけて海を眺めながら会話をしたのは些細なことがきっかけで、その彼が今話をしているというわけだった。会話がよどんだ時に誰もが言うような言葉を口に出すと、彼が話を続けた。「私が知っている最悪の事件は復讐の事件だ。私の推測が正しければ、最悪なんてものじゃない。そいつは許すということを知らない、くよくよ気に病む男で、誰かがそいつに嫌なことをしようとしたら、そいつは相手にも同じことをやるまで決してやめようとはしない。そういう連中だ。奴らは決して許さない。彼はそういうタイプの一人だった」

「そして、想像するに」と私は言った。「相手がそいつにやりたかったことは些細なことに過ぎなかったんでしょう」

「ま、そこまでは言わないがね」マルガーズは言った。それが老警察官の名前だった。「うん、そこまでは言わない。些細なこととは言わん。彼はそいつを食べたかったんだ」

「食べるですって？」私は声を上げた。

「いやなに、彼らは救命艇に乗っていたんだよ」マルガーズは言った。「戦時中に救命艇にね。彼らは数日間、救命艇に乗っていた。実際、かなりの期間だ。そして、そこには三人しか残っていなかった。スミスというその男と、奴が許そうとしない男、そして小男だ。さて、スミスともう一人の男——ヘンリー・ブラウンという名前だ——は、同じくらいの体格で、三人以外の最後の人間が亡くなった時には——どうして死んだのかは知らないが——スミスはできるだけ小男に接近しようとした。もちろん、三人のうちの一人に何かが起きたとしても、彼は自分と小男が生存者であればよいと思った。そこで彼は手を尽くして——といっても、三人の間で残り少なくなっていたビスケットを除けばやる物は何もなかったので、食物を分けてやることはできなかったが――小男にすり寄った。あなたには信じられないかもしれんが、釣り針もなかった。誰もそのことを思いつきもしなかった。私がこの話を聞いたのはヘンリー・ブラウンからで、彼は真実だと請け合った。ボートにオールを取り付けたが、釣り針のことは思いつきもしなかったんだな。さて、彼らはビスケットと水で三日間生きていた。飲料水のことは忘れなかったんだ。戦争が始まって間もない頃だった。後になって、誰かが釣り針があったらと思い至った。せめて捕虫網でもあれば、近くを青い鳥のように飛んでいた飛び魚を捕まえることもできただろう。しかし、素手で捕まえることはできず、眺めているだけではいよいよ空腹になるだけだった。彼らはビスケットを公平に分配したと、ヘンリー・ブラウンは言った。しかし、明らかに友情の方は違っていた。彼らは少しオールで漕いだが、たいして漕いだわけではない。そのための体力がなかったし、どこへ向かえばいいかもわからず、何かそういうことを知っているボートの人間は全員死んでしまった。ジョーンズは小男にすり寄った」

「誰ですって？」私は訊いた。

「スミスだ」老警察官は答えた。「ジョーンズと言ったかね？　うっかりした。そういう名前の男を知っているからな。スミスは小男にすり寄り、二人ともヘンリー・ブラウンには話しかけなかった。二人がさらに生き延びようとするなら、二人で食物を食べる必要があった。ブラウンは一人っきりでボートの反対側にいた。その夜、誰もボートを漕いでいない間、星明かりの中で小男はヘンリー・ブラウンに近づいて話しかけた。スミスには、これがどういうことなのかわかった。二人はとても仲が良くて、次に誰かが死ぬとしたら、生き延びるのはその二人になるだろう。彼自身は空腹のあまり、相手がどんな気持ちでいるのか、自分に何が起ころうとしているのかわかった。それについては、小男にとっても同じだった。しかし、自分が先だ。明らかにこういう場合、人間というものは二、三日以上先のことは考えないようだ。小男は、たとえ一週間続く見込みさえなくても、ヘンリー・ブラウンとの友情に満足しているらしかった。座ったまま、まるで生涯の友人になるような様子でしゃべっていた。もちろん、或る意味でそのとおりだった。ヘンリー・ブラウンは何をするつもりだったのかは私に語らなかった。だが、かなりはっきりしている。ブラウンの話では、小男はたいした戦力にはなるとは思えなかった。しかし、二対一だ。それに、もちろん、スミスが死んだら、小男ならたやすく始末できる。ヘンリー・ブラウンがそんなことを話したというのではないぞ。私が自分で結論を引き出したんだ。そして、スミスはそのことがわかっていた。翌朝、亀がやって来た。そのことで、彼らは陸が近いのではないかと思ったが、待っているわけにはいかなかった。ヘンリー・ブラウンは、これまで以上に小男に接近したらしい。彼らは亀を捕獲しなかった。そして、ブラウンが口に出して言ったわけではないが、次に餌食になるのはスミスになったらしい。それはスミスが絶対に許すことのできないことだった。彼は小男に対して失地回復を図ったが、うまくいかなかった。ブラウンが彼を取り込んだのだ。熱帯地方で非常に暑かったため、日光を遮るために彼は小男に自分の帽子を譲り、小男を生き延びさせるためにできるだけのことをした。

彼らがいつスミスを食べることにしたのかはわからない。ブラウンの言葉を信じれば、そんなことはなかった。彼が小男に話しかけたのは、小男のことが気に入ったからだそうだ。しかし、スミスは彼の意図を見抜いたと思った。その次が小男だ。そして、スミスはこのことが許せなかった。彼らは知らなかったが、かなり岸に近い地点にいた。西インド諸島だった。しかし、ブラウンは待てなかった。彼がそう言ったわけではない。私の想像だが、ブラウンと小男が計画を実行しようとした時、椰子の木の生えた島が目に入り、大西洋を流れている海流に乗って島の方角に流された。やがて、モーターボートが近づいて、彼らを乗せ、スミスには何事も起きなかった。しかし、彼はブラウンを許せなかった。小男も。

小男がどうなったかは知らない。たぶん、無事スミスの手を逃れて、今でも生きていると思う。しかし、スミスとブラウンはロンドンに着き、二人ともやせ細って、もはや体重も七ストーン（四十五キロ弱）足らずの、骨皮筋衛門だった。ブラウンがこの話をしてくれたんだ。或る日、スコットランド・ヤードに電話をかけて、生命の危険にさらされていると言った。ま、当時は誰もがそうだったがね。バトル・オブ・ブリテン（一九四〇年七月から十月にかけて、ロンドン上空で行われた英独空軍の制空権をめぐっての戦闘）の最盛期だった。最初、われわれはあまり注意を払わなかった。やがて、私は彼に会いに行くよう命令を受け、スミスからどんな目で見られたかというような、とりとめのない話を聞かされた。もちろん、彼にとってスミスの目つきは、われわれにとってよりもはるかに重要な意味を持っていた。今はそれがわかる。ブラウンは同じことをスミスに対してやろうと考えた。それを念頭に置くと、相手がそのことをやろうとした時にどんな目つきになるかわかるのだ」

「何をやろうっていうんです？」

「彼がブラウンに対して意図したことだ」老警察官は言った。

「だから、それは何なんです？」と私は尋ねた。

「本当のところはわれわれにもわからなかった」彼は答えた。

「もちろん、どんな犯罪の話についても難しいのは、何が起きたのかスコットランド・ヤードの人間に尋ねなければ、実際の情報源にたどり着くことはできないことだ。それに、たとえ尋ねたとしても、彼らは知っていることを教えてはくれないだろう。立証されたこと以外は。そして、この事件では、立証されたことは決して多いとは言えない。ブラウンはロンドンに住まいがあり、スミスも同じだった。スミスはブラウンがどこに住んでいるか突き止め、よく近所をうろついて、彼と顔を合わせたりしていた。ブラウンが警察に苦情を持ち込んだのはその点だった。顔を合わせたからといって法律に触れる訳じゃない。

私はその点を彼に指摘した。すると、彼はおかしなことを言った。スミスが彼を飢えた目つきで見るというんだ。もちろん、私は彼が何を言いたいのか悟るべきだった。今はわかっている。ブラウンはかつて自分が飢えていた。だから、飢えるとどういう目つきになるのかわかったんだな。人間は他人の事情を本当に理解することはできない。われわれの仕事は他人を観察することで、何かがわかる時もある。たいしてわかるわけではないがね。だが、われわれは他人と同じ見方をすることはできない。画家が煉瓦壁とか何かを見た時と同じ見方をすることは、われわれにはできない。地質学者が地面を見る時と同じ見方をすることはできない。地質学とは何なのかも私は知らない。魚屋が魚を見るように、仕立屋が——あるいは医者も同じだが——通行人を見るように、われわれは同じ見方をすることはできないのだ。スミスの復讐心に燃えた顔に私が見ることのできなかったものをブラウンが見たという話を、私は信じることができなかった。さて、私はブラウンと面会した後でヤードに報告書を提出した。私は彼の話したことだけを書き留め、完全に公平を期し、すべてを記録したうえで、上司が取り上げるまでもないと判断した。目つきを理由に、一人の男を警察が保護することはできなかった。しかも、大戦のさなかだ。不可能だった。警察の落ち度ではない。再び同じことがあっても、同じ対応をするだろう。誰だってそうだ。

さて、犯罪者はへまをするという話を聞いたことがあるだろう。だが、時には被害者もへまをするんだ。この犯罪には何の手違いもなかった。これが犯罪だとしての話だが。いかね、私はこれについて何かを知っているわけではないんだ。ヤードではブラウンは気が触れていると考えた。一か月もボートに乗った後では、それも不思議じゃない。しかし、彼は正しかったのかもしれない、狂っていたとしても。というのも、スミスがもしもブラウンの言ったとおりの男なら、ブラウンがスミスの小さな家に行ったことは狂気の沙汰だった。そして、彼が行ったことは立証されている。スミスはミーンエイカー・ストリートに小さな家を持ち、そこに一人きりで暮らし、自炊していた。或る晩、ブラウンはそこへ行ったのだ。家の中に入るのを目撃されている。これは仮説だが、警察が助けてくれないなら自分でやるしかないとかブラウンが私に言ったことが裏付けになっている。仮説では、彼はスミスと和解しようとしたのだ。それが彼に残された唯一のチャンスと考えたのかもしれない。彼が何を思ったのかは知らない。いつだって他人が何を考えているのかわかるはずがない。とりわけ、ああいう経験をした人間の考えはな。だが、狂っていたにせよ正気であったにせよ、彼はスミスと和解しようとしたようだ。というのも、スミスの家に入る時、目撃者によれば二人はとても親しげだった。もちろん、誰もスミスの目に飢えた表情を見て取ることはできなかった。自身同じ目つきになったブラウンのみができることだ。さて、二人は家に入り、それ以来、ブラウンの姿を見かけた者はいない。これは随分と新聞をにぎわした。これ以上、私には何も言うことはできない。彼が失踪したことがわかったのは数日経ってからだった。それから一週間後、ヤードの私の上司たちは以前の決定を撤回し始めた。やがて、警察はブラウンの行方を捜し始め、しばらく経ってからスミスの家が家宅捜索を受けた。しかし、時すでに遅く、ブラウンの痕跡は跡形もなかった」

老警察官は海の方角に目をやった。もしかしたら、ボートでの光景を思い描き、ブラウンが小男を引き離した時の、スミスと呼ばれる男の狂おしい嫉妬心に思いを馳せたのかもしれない。あるいは私に何も言わないために顔を背けただけかもしれない。

「たぶんスミスは復讐を遂げたんでしょう」しばらくして私は言った。

「何と想像するのも勝手だ」彼は言った。「しかし、立証できることに基づいて判断するしかない」

「で、何も発見されなかったんですね？」

「ブラウンの髪の毛一本たりとも見つからなかった」警察官はそう言うと、再び視線を海に向けた。

演　　説
The Speech

「犯罪」或る晩のこと、クラブで老新聞記者が語った。「最近では暴力事件がよく新聞で取り沙汰されている。しかし、わしの若い時分、駆け出しだった頃に起きた犯罪ほど小説になるような事件を読んだことはない。まさに小説のような事件だった。だが、あの事件はもみ消されてしまった。実に手際の良い犯罪だったな、あれは。今ではああいう犯罪にお目にかかることはない。なぜかは知らないがね。どういうわけか人間が愚鈍になっているようだ。あまり工夫しなくなった。まあ、いいさ。たぶん、それでいいんだろう」彼はため息をついて、口をつぐんだ。若い新聞記者が——五十歳は若い青年だったが——言った。「ご一緒にウィスキーでもいかがです、ゴースコールドさん？」それが老人の名前だった。「ああ、いいとも」相手は言った。「かまわんよ。どうもありがとう」それから、ウィスキー・ソーダが運ばれた。その部屋には五、六人いて、私以外はいずれも新聞記者だったが、全員が何か起きるのではないかと期待して黙り込んでいた。

やがて、若い男が言った。「もちろん、あなたからどうしても話を聞き出したいというのではありませんよ。もみ消されたとおっしゃいましたからね。きっと、相当の理由があったからなのでしょう」

「そうなのだ」ゴースコールド老人が答えた。「当時はヨーロッパ平和について極めて慎重だった。政治家はそのことばかり考え、できることは何でもやった。慎重にやりさえすれば平和は保てると政治家は思っていたんじゃないかと思う。だから彼らはとても慎重だった。その犯罪そのものは新聞でも報道されたが、報道されるとすぐに忘れ去られてしまった。その理由については何も言及されなかった。ヨーロッパ平和を乱さないために、慎重を期したんだな。そしてそれが、この犯罪と関わっているのだ。才気縦横だったが、今ではほとんど人の記憶に残っていない、一人の青年がいた。今や過去の人物だ。その出来事についてはなるべく多くを語らない方が良かろう、今でも。しかし、名前だけはお教えしよう。ピーター・ミンチ議員だ。父親のことは聞いたこともないだろう。まったく身分の低い貴族、ロード・インチングスウェイトだ。しかし、盛時には人々はピーター・ミンチの名前を聞いたことはあった。彼は国会議員で野党の新進政治家、もはや名前も忘れられた新進政治家の一人だった。後世に名を残すのは、恐るべき子供たち(アンファン・テリブル)の方なのかもしれない。若い頃に彼らを厄介者にしていた精力が、後になって名声を維持するために必要になるようだ。ま、ピーター・ミンチは今では完全に忘れ去られているが、かつては三、四人の候補者を除けば、次期首相候補と言われていた。その予想も実現しなかったがね。あの頃、わしはジャーナリズムの世界に入ったばかりだったが、彼は人気絶頂だった。そして、議会で演説をする予定になっていた。情勢が相当煮詰まっているところで、彼が演説をすることになり、演題も決まっていた。さて、先ほども述べたように、当時はヨーロッパ平和について細心の注意を払っていたが、そんな時にこの少壮政治家が演説するのは平和に寄与することにはならなかった」

「扇動家だったのですか？」誰かが言った。

「いや、そうとまでは言わないが」ゴースコールド老人は言った。「少しは扇動家の要素もあったかもしれない。だが、その時期に彼が演説することは明らかに一触即発の事態を誘発しかねなかった。疑問の余地はなかった。彼の発言はオーストリアを刺激することだろう。そして、もしもドイツが極めて当然の憤慨を示してオーストリアを支持したら、ロシアは面白くないだろう。そうなったら火に油を注ぐようなものだ。そんなわけで、演説は中止するのがはるかに好ましかった。しかし、彼を止めることはできなかった。政府だって止められないよ、もちろん。そして野党にとって彼はお気に入りの人材で、たぶんオーストリア人を刺激するよりも政府を困らせることの方で頭がいっぱいだったのだろう。それ以外の人間は誰も、その時期にミンチ青年がやろうとしているような演説をするほど思慮不足ではなかった。だが、彼に演説を止めさせるとなると話は別だった。演説を止めさせようとする考えが誰かの頭に浮かんだとも思わない。政党、とりわけ野党は、才気煥発の青年のやることを止めようとはしないものだ。

そうこうするうちに、風変わりな事件、来るべき事件の前触れが起きた。一人の男がミンチの所属する党中央本部を訪れて、名前も告げずに、自分は正確にはメッセージというような確実な情報ではないが、それでも信頼できる情報を持っていて、脅迫ではなく警告と受け取ってほしいのだが、彼の演説は決して行われないだろうとはっきり述べたのだ。

『どういうことですか？』男の前のテーブルに着いていた党首が言った。

『つまり』と男は言った。『私とは何の関係も、いかなる関係もない、或る組織が存在して、ミンチ氏がどんな演説をするか知って演説を阻止しようと決意し、しかも彼らの脅しは口だけではないのです。脅しているのは私ではありませんよ。私はただ警告に来ただけです』

『つまり』と党首は言った。『彼らは実力行使するということですか？』

『必要とあればどんな手段にも訴えるでしょう』訪問者は言った。

『では、犯罪も辞さないと？』党首は言った。

『必要とあれば』男は言った。『しかし、私はあなたに警告に来たのです。平和的手段でミンチ氏の演説を中止してくれるように』

『犯罪！』党首は言った。『お気づきですか、あなたは……』

しかし、訪問者は慌てて言った。『私は共犯者ではありません。何なら私を警察に引き渡して、私の警告が脅迫だと証明しようとなさるがいい。そうすればもはや警告を受けることなく、事件は起きるのです。演説を阻止した方がいいのではありませんか？』

『とんでもない』党首は言った。『われわれは犯罪に屈したりはしません』

『われわれは』訪問者は言った。『つまり、彼らは戦争の方が大きな悪と考えています』

『戦争？』党首は言った。『われわれが戦争をするなんて、誰が言うのです？』

『彼らの情報によれば』訪問者は言った。『ちょうどこの時期にミンチ氏が演説しようとしていることは戦争の可能性を高めるものです。彼らは事情に通じていて、彼らの些細な暴力が、たとえ一人の人間の死を引き起こすにしても、ヨーロッパの平和を乱して数千人の命を失う危険を冒すよりも好ましいものだと、私に語ってくれました』

もちろん、当時は数百万の人命などとは思いもしなかったのだ。それから男は話し続け、この禁止は下院のみに、そしていわゆるヨーロッパの政局における情勢が些か危機的な現在にのみ適用されるものだと語った。やりたければ演説は外でやればいい。男の言う〝アジ演説〟なら状況に影響を及ぼさないが、議会で演説した後に討論が行われるとなると、阻止しなければならないというのだ。

ミンチが議会の外で演説する云々については、男の言い分は的を射ていた。報道機関は報道しないだけの分別があった。しかし、議会での発言となると報道しないわけにはいかない。そうなれば、当然、どんな発言であろうと世界中が読むことになる。ちょうどその当時、世界は不安定で、良い結果をもたらすとは思えなかった。

さて、丁重極まりない態度で——あの頃は誰もがとても丁重だったんだが——党首は男に一昨日(おととい)おいでと言ってやった。すると、男は帰り際に出口の所で振り返って、『演説は行われませんよ。いかなる状況になろうと、議会で演説は行われません』と言った。

それからしばらく党中央本部は沈黙に包まれた。やがて、党首が幹事長に言った。『われわれはどうするべきだろうか？』

『あの男を警察に引き渡すべきだと考えます』幹事長は言った。

だが、その頃には男はどこかへ姿を消してしまった。彼らがやったのはスコットランド・ヤードに通報することだった。そして、ヤードがやったのは、即座にその件を取り上げて、国会に登院する議員との干渉は極力避けること、とりわけはっきり殺人を臭わせるものがあったら、全警察を動員すると党首に確約することだった。警察は直ちにその件を取り上げた。そういう脅しを行う組織について警察は何らかの情報を握っていたに違いないと思う。口で言う以上の情報をだ。警察が情報を握っていたはずだというのは、党首を訪ねたのはホスケンという名前の男だろうと即座に言ったからだ。そして、実際にそのとおりだった。すると党首は男を逮捕してもらえないだろうかと言った。しかし、主任警部はそうしない方が得策だと答えた。男を泳がせておいた方がいい、そうすればもっと情報が引き出せるかもしれない。それが主任警部の取った措置だった。

即座にミンチは大規模な警察の保護を受けた。それが月曜日のことで、火曜日にスコットランド・ヤードはミンチを国会議事堂から百ヤード少し離れた場所にあるヴィクトリア・エンバンクメント沿いの家に移し、翌日には演説が予定されていた。ミンチの党本部はこの問題を警察の手に委ねると、ミンチに警察の指示に従うように伝え、彼はその日の朝に新しい家に移った。家主がどのような補償を受けたかは知らないが、何の問題も生じなかった。直後にミンチが散歩に出かけようとしたところ、多数の私服警官がついてきたので、家に戻ってきた。制服であれ私服であれ、多数の警官が家の周りを警備した。ミンチについてはそういう状況で、警察があらゆる点を完全に把握していると思い、党首が本部で肩から重荷を下ろしたような気分でいると、あの奇妙な男が再びやって来た。男が何を言うのか知りたかったので、警察は彼を中に通したのだ。今度は男を本名で呼び、そうすることによって、こっちはお前のことはすべてお見通しだぞ、特にあらゆる人間のことと状況を把握することは党本部の務めなのだ、と仄めかして党首は子供っぽい喜びを感じたのだと思う。そうでなくては選挙は勝てないからな。

『さて、ホスケンさん』党首は言った。『まだ何かおっしゃりたいことがありますかな？』

本名で呼びかけられて、ホスケンは微笑で応じた。それから彼は言った。『外国で今のような状況が続く限り、いくら警官を配備してもミンチ氏が議会で演説をして討論を開始することはできませんと言いに来ただけです』

『ミンチ氏が議会で演説したいのであれば、その権利はあるし、絶対にそうするでしょうな』党首は言った。

『私が言いたいのは』ホスケンは言った。『もしも彼が演説を一週間延期して事態が落ち着くまでの猶予を与えてくれるなら、私の友人が接触している強力な組織は実力行使には踏み切らないということです。あるいは、外で群衆の前で演説を行うのもいい。しかし、国会内では、目下の情勢を考えると、組織が阻止することになるでしょう』

『目下の情勢を考えると、ですと！』党首は声を上げた。『あなたがヨーロッパ情勢のことをおっしゃっているのなら、われわれはそのことにまったく関心がないと述べておきます。ヨーロッパの人間がわれわれに自由な演説を禁止できるはずがない』

『公然たる挑発行為になりますよ』ホスケンは言った。『ミンチが議会で危険な道楽に耽り、勝手気ままに振る舞うのなら、戦争に至るでしょう。われわれは彼が何について演説するかわかっています』

『いかなる状況であれ』と党首は言った。『議会での政策に外部から干渉することは許されるものではない』

『政策に干渉しようというのではないのです』ホスケンは言った。『他の人間が演説する分にはかまいません。しかし、若造のミンチがちょうど今、ヨーロッパの火薬庫で花火を打ち上げるのは許されることではなく、演説は行われないでしょう』

『警官を呼んでくれ』党首は幹事長に言った。

『かしこまりました』幹事長は言った。『中に入れましょうか？』

幹事長の言葉にはもちろんたいした意味はなかった。しかし、その言葉で、準備がすっかり整うまではスコットランド・ヤードはホスケンを逮捕することに消極的で、この男が一味の意図について唯一の情報源で、泳がせておいた方が得策だったことを党首は思い出した。

『ま、今はやめておこう』党首はそう言うと、ホスケンの方を向いた。『しかし、われわれが脅迫には屈しないことは肝に銘じておくべきだ』

『かしこまりました』ホスケンは言った。『でも、少なくとも一週間は、議会でミンチ氏が演説することはありませんよ。そして、あなたが穏便に彼の演説を止めさせたら、暴力に訴える必要はなくなります』

そう言うと、男は笑みを浮かべて立ち去った。

『さて、いったいこれは……』党首は言った。

『暴力に訴えると言っているのは明白ですな』幹事長が言った」

説明しておくべきだが、私は並み居る新聞記者の中で招待客だった。そして、その時、私はゴースコールド老人に党本部で交わされた会話を逐一正確に知っていたのか尋ねた。

「そりゃ、新聞社は」と彼は言った。「情報を入手しなければならないからな」

すると他の人間たちはうなずいた。私は愚かな質問をしてきまりが悪くなった。

「さて、事態はこうだった」老新聞記者は話を続けた。「われわれが話題にしていた政情は緊張をはらみ、この気性の激しい青年は今まさに議会で討論を始めようとしていて、そうなったら火に油を注ぎ、おそらく溢れた炎がヨーロッパ全土を焼き尽くすことだろう。それに脅迫者と呼ぶしかない連中の強力な組織だって、討論を絶対に阻止してやる、戦争に比べたら一人殺すくらい何でもないと言ったのだ。既に述べたように、当時われわれはヨーロッパ平和を極めて真剣に考えていた。そして、脅迫者組織に対抗して、明らかにそのうちの一人からの警告を受けて、事実上首都警察を総動員した。警察が取った警戒措置についてくだくだ述べるまでもあるまい。警察はあらゆる手だてを講じた。ミンチは少なくとも二名の警官によって絶えず護衛されていた。毒薬を警戒して、キッチンまで監視した。ミンチを移した家と国会議事堂の間にある家の二、三軒ごとに警官を一名配備し、間にある家々の窓は閉ざして監視した。反対側はテムズ川で、警官を乗せた蒸気船を置いた。ロンドンでミンチ以上に監視された人間はこれまでいなかったと思う。いいかね、殺人はこの問題のごく一部分にすぎない。自由に演説する権利と議会の尊厳、そしてもちろん警察の威信がかかっていた。組織が堂々と実行を公言し、しかるべき警告を受けていたにもかかわらず、警察の護衛している人間が目の前で殺されるわけにはいかなかったからだ。警察は直ちにホスケンの居場所を突き止めたが、逮捕はしなかった。警察は彼を監視下に置いただけだった。そうした方が役に立つと考えたのだろう。ホスケンは明らかに尾行されていると気づくと、尾行していた私服警官に振り向いて、党中央本部で言ったことを繰り返した。『議会でミンチ氏が演説することはない』私服警官が理解できないふりをしたのはもちろんだ。

それが火曜日のことだ。水曜日の朝には準備万端整っていた。ミンチは七時に演説する予定だった。既に議長との打ち合わせは済み、七時になったら議長がミンチに目で合図をすることになっていた。ミンチの一族全員が出席し、老父が貴族席に座り、叔父一人を除いてそれ以外の一族、二人の叔母と三人の妹は婦人傍聴席に陣取ることになっていた。当時は格子の奥に座ったものだ。ロード・インチングスウェイトの弟の叔父は出席できなかった。というのは、警察の忠告に従って、一般傍聴席は閉鎖されることになったからだ。警察はミンチに、窓にも厚さ一インチ以上の板ガラスがはまった、完全防弾仕様の車を用意した。何もかもばかばかしく思えるかもしれんが、当日の朝も匿名の手紙を送りつけられて『今日、ミンチ氏が演説することはない』と繰り返し挑戦されては、警察の意気込みも無理からぬことだった。

さて、実際の護衛は私が述べた以上のもの、イングランド銀行から輸送される金の延べ棒も及ばないほどだった。警察はミンチに国会には三時までに登院するように頼み、彼はおとなしく従った。彼は装甲車に乗せられ、おびただしい護衛を引き連れて移動した。警察は軍の協力も得られたが辞退した。警察は自分たちだけでできると言い、大挙してミンチの車を取り囲んで、下院までの百ヤードほどの道のりを行進し、無事ミンチを護送した。一行が到着すると、使いの少年が護衛の指揮を執っている警部に書き付けを手渡した。そこには『今日、ミンチ氏が演説することはない』と書かれていた。警部はほくそ笑んだ。国会議事堂の敷地内に入ってしまえば、殺人はまったく不可能だったからだ。かつて首相が暗殺されたことはあったが（一八一二年にスペンサー・パーシヴァル首相が下院のロビーで暗殺されたのが唯一の例）、その時は警告を受けていなかった。今回はロビーは警官だらけだった。一度、国会議事堂が地下室の火薬で吹き飛ばされそうになったが（一六〇五年のガイ・フォークスを主犯とする火薬陰謀事件を指す）、今回は地下室に警官が詰めていた。ミンチが議事堂に入り、警部は息づかいが楽になった。ミンチが議場に入る姿が見届けられた。国会議員であってもそれとなく監視され、どうやったのか私は知らないが、ポケットに武器を持っていないことは確認されていたと信じている。もちろん、私が警備について知っていたのはごくわずかだった。特権濫用になってしまうからな。だが、とにかく警備は行われた。

ミンチの一族は六時半に到着することになっていた。三時に退屈な討論が始まった。だが、出席者全員が脅迫のことは知っていたので、緊張でぴりぴりしていた。政府の支持者の中には、脅迫者組織の脅しが実現すればいいと密かに念じていた者もいた。というのも、ミンチ青年がヨーロッパ情勢を刺激したら、厄介な事態を処理し、事態を収拾しなければならないのは政府だからだ。しかし、議会の尊厳がおびやかされていたので、国会議員の大半は、たとえミンチが厄介の種をまこうとしている相手側であっても、その点を第一に考えた。時計の針が四時を回ると、徐々に緊張感が高まっていった。そして、高まった緊張感の中で、他人が何を考えているのか誰もがわかっているつもりだった。彼らは演説者がいつ冗談を言うのか察し、冗談が口をついて出る前に、即座に神経質な笑い声を立てるほどだった。指揮を執っている警部がロビーを一回りした。『異状ありませんか?』国会議事堂所属の守衛官が警部に言った。

『異状ありません』警部は言った。『充分な警告を受け、ありとあらゆる警戒をしたうえで、全警察が事実上一人の紳士の命も守ることができないとなったら、われわれは全員辞職するか、免職されて当然でしょう』

守衛官はうなずいた。

『感謝しますよ、警部』彼は言った。『だいじょうぶなことは私がわかっています』

四時五分過ぎに、一人の警官が警部にミンチ氏宛のメモを手渡した。警部はそれを守衛官に渡し、守衛官が議場に入ってミンチに手渡した。ミンチはメモを開けると顔面蒼白になった。

『父が死んだ』彼は横にいた議員に言った。『殺されたんだ』

『それはお気の毒に』相手の男は言った。『何があったんです？』

ミンチはメモを男に渡した。彼の父は自宅で射殺された。犯人は逃走した。

『すると君の演説は』その議員は言った。『遺憾ながら……』

『いや』ミンチは言った。『私を止めることはできない。私以上に悲しんでいる人間はいない。しかし、個人的な悲しみと公務は別だ。彼らに演説を止めさせたりはしないぞ』

『しかしですね』議員は言った。『君は貴族なんですよ』

『私が何だって！』ミンチは声を上げた。

『君はもう貴族なんだ』相手は言った。

『何ということだ！』ミンチは答えた。

しばらくして、彼はまだ知られていないことだとつぶやいた。正式に認められていない、と言ったように思う。

『あらゆる夕刊に掲載されることでしょう』相手の議員は言った。

さて、これが事の顚末だ。連中はやってのけた。もちろん、千人もの警官が待ちかまえている場所は攻撃しなかった。彼らが攻撃したのは、思慮深い人間がいつも攻撃するところ、最も守りの弱い、誰も予想していなかった場所だった。誰もロード・インチングスウェイト老人のことは思いもしなかった。だが、彼が死んだ瞬間、ピーター・ミンチは爵位を継いで貴族になり、もはや下院で演説することは不可能になった。さらに、議席を得るまでは上院で演説することもできなかったが、それには時間がかかった。彼はその週のうちに、かつての自分の選挙区における会合で演説を行ったが、オーストリアの気づくところとはならなかった」

「そうして戦争は回避されたのですね」私たちのうちの一人が言った。

「まあ、そうだ」老ゴースコールドは言った。「結局は同じことだったがね」

消えた科学者

The Lost Scientist

イギリス国内で原子核分裂を研究している研究所の正確な所在地は公表されておらず、タイムディルという小村が村外で最も知られているのはおそらく釣り、それも姫鮠(ひめはや)釣りのためであり、旧牧師館で行われていることのためではなかった。ところが、牧師がより小さな家に引っ越す前は教区の牧師館だった建物では、科学者の小グループが、国家の命運を決するためにいずれ使うかもしれないものについて一年中研究をしていた。彼らは物静かで愛想の良い男たちで、夏の晩、彼らの一人が塀に腰かけて村の少年やロンドンから疎開してきた子供が姫鮠を捕らえて壜に入れるのを眺めているのを見れば、その男が都市の破壊に関係した仕事をしているなどとは思わないだろう。そのように村人たちの誰もが信じていた。向日葵(ひまわり)と立葵(たちあおい)の咲き誇る広大な庭のある旧牧師館からは、多数の新型ミシンが出てきて、近隣でまずまず手頃な値段で売り出されたが、そこに住んでいる物静かな男たちの仕事は、そのミシンを組み立てることだと信じられていた。その五、六名の男たちがそこで働いていると、マシュー・モーネンという名前のさる教授が新しく仲間に加わった。旧牧師館にいる男たち全員が彼の仕事を知っていたわけではない。実は、知っているのは二名、所長のピーターズと副所長のブラウンだけで、二人は夏の日のこと、教授の到着直前に旧牧師館の庭で、そのことを話し合っていた。

ケンブリッジ大学の元代表（ブルー）選手が来るという噂が村中に広がっていた。もっとも、その男が獲得したのは補欠選手の半青章（ハーフ・ブルー）に過ぎなかったし、それも随分昔のことだった。さらに情報が届き、後で確かな情報だと判明したが、そのハーフ・ブルーはチェスで獲得したものだというので、失望が広まった。というのも、チェスの駒の動きから判断して、村人たちは新来者が何をするにものろまで、村を愉快にする点では役立ちそうもないと思ったからである。そして今、ピーターズとブラウンは新しい仲間の到着について論じていた。いや、彼が対処しに来た問題について論じたという方が正確である。その問題というのは極めて簡単に説明できるものだが、解決は非常に困難なものだった。こういう問題だ。旧牧師館にはクライジッチという名前の男がいた。彼はヒトラーのもとで原爆開発に携わり、開発競争で接戦を演じたが敗れ去った男だった。極めて有能な科学者で、彼が協力を申し出た時、国は断ることができなかった。だが、この男は信用できるのだろうか？　それが問題だった。彼の仕事は、少なくとも半ダースの軍艦に匹敵することは間違いない。かつて国家の軍事力は所有する軍艦の数でほとんど決まったが、今や半ダースの原子爆弾が同数の軍艦と同程度の破壊力を持っているのである。したがって、この男の仕事に国家の軍事力はおおいに関わっているのだ。というのも、彼の能力に疑問の余地はなかった。他方、リスクはあった。軍艦を売ろうという人間はいない。しかし、原子爆弾となると、いや、もっと悪いことにその製法の秘密となると、多数の国で取引の対象となり得る。

そこで、タイムデイルの旧牧師館から、この問題の解決に手を貸してほしいという趣旨の手紙が私の知らないとある住所に送られたのである。それに対する回答が、今にも到着する予定のマシュー・モーネン教授を派遣するという約束だった。ピーターズとブラウンは丈の高い向日葵の立ち並ぶ小道を歩きながら、新しく来る男は明らかに探偵であるという点で意見の一致を見て、どんな探偵だろうかという空しい当て推量は、あらゆる探偵小説から実生活の探偵にまで及んだ。もちろん、そのような当て推量は時間を要し、重要なことは屋内では話さないことにしていたので、二人は庭に長いことといることになった。お茶の時間をとうに過ぎ、とうとう屋内に入ろうとした時、メイドが建物を抜けて新来者を案内してきて、ピーターズとブラウンは男と牧師館の庭で対面することになった。一瞬、ピーターズの頭に世界一の名探偵が来たのだという考えが閃いた。かくも重大な使命を託すに足る男、地球上あるいは小説中の探偵の誰よりも巧妙に変装した探偵だ。というのも、その男はいかにも好々爺然として、タイムデイルに牧師が住み着いて以来数世紀、この庭にこれほど柔和な人間がやって来たことはないだろうと思われたからだった。三人は握手を交わし、しばらくおしゃべりをしてから、お茶を飲みにゆっくりと建物に入った。庭に面して開いているドアにたどり着く前に、ピーターズとブラウンの二人は男の白い頬髯が本物であるばかりか、柔和な態度全体が見せかけではなく、並んで庭を歩いている男は鷹のような目をした探偵でも、悪漢を追跡する猟犬のような男でもないことに気づいた。二人はびっくりしていた。ピーターズもブラウンも互いにちらりと目を見交わし、温厚な紳士を先に立てて建物に入った。三人は懸案の問題に関しては絶対の沈黙を守ってお茶を飲み、それ以外の話題については陽気に屈託なく論じた。他の人間はすでにお茶を終えており、新来者がクライジッチを含む他の人間に紹介されたのは後になってからのことだった。かつて牧師館だったその古い建物で、その後数週間に起きた出来事については、そこに住んでいた人間のみの知ることであり、私は知らない。だが、クライジッチの仕事によって原子核分裂に関して長足の進歩を遂げたこと、それによって我が大英帝国の軍事力が著しく増強したことは知っている。白い頬髯の老教授も懸命に仕事をした。到着するや直ちに仕事に取りかかった。しかし、私の口から言える、彼の仕事について知っていることといったら、古い橋の上からガラス壜で魚をすくっていた少年たちに釣糸と釣針をあげたことだけだった。そして彼はよく橋に腰かけて、子供たちが姫鮠（ひめはや）を釣るのを眺めていた。これは実際の仕事を偽装するためにやったことではなく、夏の晩、仕事をしていない時に決まって橋に腰かけたのは、万一、クライジッチが約百万ポンドの金額――取引のある市場だったら、それくらいの金額で簡単に売れるはずだ――で売る客を探すために秘密をすっかり持ち出して逃走した場合、そのクライジッチを捕まえる役目の彼が、少年たちが姫鮠を捕らえるのを眺めるのが好きだったからだと私は確信している。

すると、或る日のこと、クライジッチがまさにそれをしでかしたことが判明した。彼はお茶の時間の頃に抜け出し、暗号書を持って逃げ出した。その暗号書には巻末に空白ページが何ページもあって、そこにクライジッチの知った秘密の公式がすべて書き留められていた。もちろん、誰も彼が建物から歩いて抜け出すのを止めることも、飛行機に搭乗するのを阻止することもできなかった。しかし、彼が国外に脱出したという情報は正確かつ驚くほど迅速に伝わり、二時間と経たぬうちにタイムデイル中に知れ渡った。だが、彼が国外に脱出した以上、もはや何ができるというのだろう？　この情報がもたらされてピーターズから伝えられると、いつもお茶を飲んでいた部屋で全員が沈黙に沈んだ。とはいえ、誰もが独特の表情を浮かべてモーネンを見た。その表情に表れた感情は老人を押しつぶしかねないものだった。ところが、老人はまったく泰然としていた。

「あの男は何を持ち出したのです？」科学者の一人が訊いた。

「何もかもだ」ピーターズが答えた。

もちろん、クライジッチのことを言っていたのだ。その場にいた者は、それ以外の人間など考えなかった。それから金庫と暗号書、そしてクライジッチの預かっていた鍵について簡単な説明があった。ピーターズ以外に金庫の鍵を持っていたのはクライジッチ一人だった。すると、沈黙が再び重くのしかかり、一同はマシュー・モーネンの顔を見た。金庫に関する取り決めのうち、鍵と暗号書については完全にモーネンの決めたことだった。クライジッチが鍵を持つとしたのは彼であり、暗号書に空白ページを設け、そこにタイムディルにおける原子核研究についてクライジッチの知ったことを公式とともに書き留めておくことにしたのは彼だった。その本自体が、百万ポンドと引き替えにどこかの外国にクライジッチが引き渡そうとしている商品だった。もしもモーネンがクライジッチに鍵を持たせるべきだと言わなかったらと、その沈黙は言いたそうだった。あるいは、もしもクライジッチが知っていることすべてを暗号書に書かせたりしなかったら、実際もしもモーネンが到着してからやったことがすべて機能しなかったならば、かくも完璧な失敗には至らなかっただろう。やがて、ピーターズがモーネンに直に話しかけて沈黙を破った。「さて、どうしましょう?」

「これからあの男を捕まえるのです」モーネンは答えた。

「しかし、今頃はフランス上空を飛んでいますよ」ピーターズは言った。「まもなく、東に向かってスイスを横断するところでしょう」

すると、モーネンは自分の計画と暗号書に仕掛けたことを説明した。暗号書は非常にかさばらないように作られていた。クライジッチの知らない秘密もあった。しかし、彼が知っていることすべてと研究所の個別暗号は暗号書に書き込まれていた。モーネンは暗号書の装丁の背に重い鉄板を仕込み、近くに海や川があった場合、外国のスパイに奪われる前に投げれば沈むようになっていた。村の少年たちが歩いて渡るアレン川を除けば、タイムデイル近郊に海や川はなかったので、他の人間にとってモーネンが本の背に仕込んだ鉄板はたいして役に立ちそうになかった。しかし、モーネンをタイムデイルに送り込んだ人間は彼に絶対的な自由裁量を与えていたので、ピーターズも口を出すことはできなかった。

モーネンが長い説明をしている間、全員がふさいで黙り込んでいた。やがて、ピーターズがこう言って、彼の話をさえぎった。「今から二時間後にはラトヴィア共和国（旧ソ連邦を構成した共和国の一つ）に到着しますね」

「ええ」モーネンは言った。「しかし、使われることはありませんよ。もう少し説明させてください。いいですか、あの鉄板を皆さんはばかばかしいとお思いになったことでしょうが、あれには実は二つの物が入っているのです。一つはいわゆるZ原子で、それについて彼は暗号書に詳しく書きました。しかし、自分がその実物を持っていることは知りません。もちろん、皆さんはZ原子がどんな働きをするかよくご存じでしょう。広島や長崎における初期の実験から、われわれは長足の進歩を遂げたのです」

聴衆の間からため息が漏れ、何人かが口を開こうとした。「ちょっと待ってください」

モーネンは言った。「もう一つ、暗号書の背に仕込まれているのは小型受信機で、これは遠隔操作に応答するものです。さて、スイスで爆発させるわけにはいきません。あの男は暗号書を持ってラトヴィアを目指していると仮定してもだいじょうぶでしょう」

全員がうなずいた。

「大変けっこうです、皆さん」モーネンは話を続けた。「目的地に到着する時間を彼に与えましょう。そうしたら、アップウォルドの大放送局に五分か十分ごとに、あの男に宛てたメッセージを放送するよう手配しました。『ロバート伯父さんが三倍の値段を申し出ている。今夜八時の放送を聴くこと』というメッセージです。きっと彼は誘惑に乗るでしょう。金はああいう人間誰もが欲しがる物です。相手国に提示された三倍の金額が手に入ると考えたら興味をそそられ、安全に手に入るものか聴いてみようと思うはずです。そして八時になると、アップウォルドの放送局は本の背に仕込まれた受信機が応答する周波数を発信することになっています。その周波数にたまたま合致した個人用受信機は何の影響も受けません。しかし、アップウォルド局は、ご存じのように世界で一番強力な放送局です」

旧牧師館にいた全員が知っていたことを読者に説明する必要があるだろう。ロバート伯父というのはいわば、そこで使われていた個別暗号のキーワードのような物で、『ロバート伯父さんが五時にお茶に来る』というような言い回しはうわべとまったく違った意味を持っている。こういった言い回しは、その意味とともに暗号書に出ている。だから、午後八時にクライジッチが盗んだ暗号書と首っ引きで、ラトヴィアが提示した額の三倍という、目もくらむような申し出の詳細を聞き取ろうとするのは確実と考えられた。

「彼はアップウォルドからメッセージを受け取るだろうか？」ピーターズが尋ねた。

「だと思いますね」モーネンが答えた。「どの刑務所でも囚人たちが与えられた新聞すべてに熱心に目を通すことが知られています。そして、この男も逃亡している間、入手できるニュースをとりわけ熱心に知ろうとするでしょう。とにかく、あの暗号書は八時に公式もろとも爆発することでしょう。それ以後、クライジッチのことを耳にすることはありますまい。さて、もはや私にできることはありません。私の任務は終わりました。川の畔に行くとしましょう」

その後、ラトヴィアのホテルで事故が起きたことが漏れ伝わってきた。タイムデイルの旧牧師館の外では、Z原子として知られている公式について、それ以上のことが聞かれることはなかった。クライジッチはどうなったかと言えば、私はこの物語を「消えた科学者」と呼んでいる。実際、彼はあらゆる意味で消えてしまったのである。かつて彼を構成していた原子が、元々の状態で残っているかどうか、私はおおいに疑問に思っている。

書かれざるスリラー

The Unwritten Thriller

ロンドンの或るクラブには、居心地の良い部屋があり、そこは他の部屋よりも狭く、移動したりするような椅子はなく、深々とした柔らかい座り心地の良い椅子が大きな暖炉を囲むように、ほぼ三日月状に並んでいた。暖炉には寒い季節の数か月間、心地良い火が絶えることなく、必ずしもいつも同じ人間ではないが、よく一人の男が暖炉を前にして立っていた。その男が会話の口火を切ることもあるが、話はどの椅子からも出るような世間話だ。その部屋はクラブの中で私が一番好きな部屋だ。

この話が始まる晩、十一月末のことだったが、その部屋の様子は私がいつも覚えているとおりで、暖炉の前に男が立ち、椅子の大半にはクラブ員たちが腰かけ、愉快な会話が進行していた。その時、誰かが言った。「ティザーが政界進出に関心を持っているという噂だな」

すると、別の男がいきなり深い椅子から身を乗り出し、おおいに熱を込めて言った。「この中にどなたかテイザーに影響力のある人がいらっしゃるなら、是非とも政治から彼を遠ざけてください」

われわれの多くがこう言ったのは当然だった。「どうしてです？」

目に真剣な色を浮かべて身を乗り出しているその男は、インドラムという名前の黒髪の男で、やせた鷲のような顔をしており、しばらくの間、まるで必要なことはもう言い尽くしたとばかりに、われわれの問いに対して何の注意も払っていない様子だった。

無言のまま、われわれは彼を見た。やがて、補足説明すべきだと思い至ったらしい。「私にはその理由をお話しすることはできません」と彼は言った。「私の言葉を信じていただかなければなりません。ですが、私は軽い気持ちで言っているのではありません」すると、われわれの一人が言った。「それはわかっています。あなたがそんなことをするとは思いません。しかし、テイザーは議員に立候補しようとしています。彼がやろうとしていることを止めようというなら——それができるとして——そうするだけのかなり立派な理由がなければなりません」

「立派な理由ならあります」インドラムは言った。「しかし、それが何か話すわけにはいかないのです」

それから、われわれは全員黙り込んでしまった。このインドラムという男のことは全員が知っていた。彼が本気だということはわかっていた。しかし、たとえどれほど信頼できるにせよ、彼の判断を支持する前にもう少し話を聞こうとするのは理にかなっていた。

すると、暖炉の前に立っていた男が、われわれ大多数の気持ちを代弁して言った。「あなたがおっしゃったことには何か深刻な理由があること、そしてそのことを秘密にしなければならないと感じていらっしゃることはわかります。あなたの判断を支持したい気持ちはわれわれにもあります。ですが、われわれがあなたの意向を実現すると、何をすることになるのかについて何らかの手がかりを与えてくださらなくては」

「そう」インドラムは言った。「そうですね。まあ、そういうことなら、このことは言ってもいいでしょう。政治は刺激的なもので、人間の最大限の精力を呼び覚ますものだということです。万一テイザーがああいうことに乗り出したら、大変深刻な事態に至るでしょう。これ以上お話しすることはできません」

「彼に狂気の兆候が見られるとでも？」暖炉の前の男が言った。

「いいえ」インドラムは言った。

「では、彼が暴力に訴えるとか？」別の男が言った。

「違います」とインドラム。「彼の全精力が奮い立っている時に妨害を受けるのでない限り、そんなことはないでしょう。彼が問題を起こさない活動は幾つもあります。しかし、これ以上は何も言えません」

インドラムからはもはや何も聞き出せないとわかると、小声でかなりの会話が交わされたが、私はどういう結論になったのか知らない。彼がティザーの二、三名の親友に対しては過度の要求をしたことは確かだった。彼らに対して自分の判断をまったく信頼し、その信頼に基づいて高圧的に、極めて尋常ならざる方法で行動するよう求めたのである。彼らが小声で何をしようと話しているのか私は聞き取れなかった。彼がわれわれに訴えかけた熱意と、彼に力を貸すことにはならないだろうという気持ちから、一座に困惑が広がったようだった。彼がわれわれに示した以上の根拠もなくて、いかにして要求されたような行動に出ることができるというのだろう？　われわれは彼に力にはなれないと口に出して言うに忍びなかった。そういうわけで、一人また一人と、腕時計に目をやっては、部屋から出て行き、最後に彼と私が椅子に座っているだけになった。

他人が協力しない事柄で私が彼に手を差し伸べようというつもりはなかったし、結局は退けるしかなかった途方もない要請に座って耳を傾けながら、他人よりも当惑しなかったわけでもない。私がそこに居続けたのは、インドラムと差しで話をすれば、大勢を前にしては話せなかった奇妙な話も、もしかしたら聞き出せるかもしれないと思ったからである。というのも、奇妙な話に違いないと私は確信していたからだ。私が話しかけても、最初はこれまで以上のことは話そうとしなかった。やがて、どういうわけか、私は彼の口を割ることができた。なぜかはわからない。私からの巧妙な質問によるものではないことは確かだ。むしろ、何よりも沈黙のせいだろう。彼もまた黙って座っていた。私は沈黙が彼に圧力となるようにし向けた。何よりも沈黙を破ろうとして、彼は話し始めたのだと思う。だが、真相はわからない。

彼はこのように口を切った。「文書誹毀と口頭誹毀に関する法律はご存じでしょう。そんなのと関わり合いになっても、私に助力を求めに来ないでください。あなたに有利なことは何も言いません。私が言うことを繰り返しても、それはあなたの責任で、私は無関係です。できるならティザーを止めてください。でも、私の名前は持ち出さないように。彼を止めるのです。これからその理由をお話ししましょう。事の発端に戻る必要があります。或る日のこと、クラブで私は彼がどんな仕事をやっているのか尋ねましたが、彼が何かやっていると思ったからではありません。すると彼は小説を書こうとしていると答えたのです。私は君が小説を書くとは知らなかったと言いました。彼は小説を書いたことはないと認めました。しかし、大多数の人間が探偵小説を読んでいて、探偵小説では文章の問題ではなく、人を殺す完全に満足できる方法、捜査の裏をかく殺人法を発明できるなら、少なくとも百万人の読者が待ち望んでいて、出版社は売れ行き次第で印税を支払うと彼は言うのです。それが彼の考えでした。

彼はさらに続けて、すべて一世代以上にわたって研究し尽くされ、ほとんど掘り尽くされた鉱山のようなもので、決して容易なことではないことがわかったと言いました。しかし、彼が言うような殺人法が発明されたら、それで金を稼ぐことができます。初めに私が彼を激励してしまったのではないかと恐れています。私は彼に、探偵小説の様式を把握するために優れた作家の作品を読むこと、アイディアが湧いた時の準備をしておくように言い、がんばれば君ならいずれアイディアが湧くはずだと言ったのです。実は、彼が激励を望んでいるような気がしたので、私は確信しているようなふりをしました。今では励ましたことを後悔しています」そして、まるで話はこれで終わったという様子で、彼は黙って暖炉の火を見つめた。

「どうして後悔しているのです?」私はインドラムに訊いた。すると彼は暖炉の中に見た夢から覚めたような顔をして、話を再開した。「或る日、彼が細部まで練り上げられたプロットと、気づかれることのない殺人のアイディアが閃いたと言ったのです。彼は自信たっぷりだったので、私は信じました。人が名案を思いついた時にはいつもそれとわかるものです。私には理由はわかりません。でも、おわかりでしょう。そして私は、ティザーがやり遂げたのだと確信しました。そこで私は、彼がその名案を台無しにしないように、幾つか忠告してやりました。私は彼を信じ、それが金になることを信じたのです。いや、私が彼に話したのは些細なことに過ぎません。名詞を形容詞として使うなとか、面白くもないことだから鳩尾(みぞおち)のことは書くなということです。近頃の若い作家は頻繁なほど鳩尾に不快感を感じたと書くものですから。それから句読法について言ってやりました。どのようにするかではありません。それは彼の問題です。彼が書いた後で他人にさらに読点を加えられて原稿を汚されないようにするためです。それから連字符(ハイフン)とは何なのか教えました。すべて細々したことです。でも、それが何であれ、彼が持っていると私に本当に信じ込ませたアィディアを最大限活用してほしかったのです。その時はまだ、通常の探偵小説のように主人公を探偵にするのかどうか決めていませんでした。

彼の書く殺人事件の謎は解けるようなものではないと確信し、探偵が謎を解く形式にするとすべてが台無しになるような気がしたため、犯人を主人公にしようとしていました。そうなると犯罪小説になると言って私は反対し、彼は私の勧めに従うと言いました。しかし、人間は本当に忠告を入れることはなかなかありません。数日経って、彼と会った時に、探偵小説の方はどんな具合だと尋ねると、まだ書き始めていないと答えました。その時は、急がねばならない理由もなかったので、たいして気にもかけませんでした。再び彼と会ったのは数週間経ってからのことで、あれほど熱心だったし、大半の人間、とりわけ大蔵大臣が金に困っている時代なのだから、今度こそ小説を書いているに違いないと思いました。彼は金を稼げるのです。ところが、ティザーはまだ小説を書き始めていませんでした。どうして書かないんだと私は尋ねました。彼はのらりくらりとして、はっきり答えません。それから二、三日経って、再び彼に会った時、私は問いつめました。私は当惑していたのです。彼は自分の庭に金鉱を持ちながら、それを掘ろうともしない人間に見えました。どうしてなんだ、と私は何度も尋ねました。やがて、彼はこの件について、私がやったようにじっくり考えれば手がかりとなることをつぶやきました。『名案を無駄にしたくないんだ』

私がどういう意味だと尋ねると、ありとあらゆる返答、多すぎるくらいの返答が戻ってきました。いずれも何の意味もありません。実際に、彼と一緒にいると、彼はいろいろな言葉を尽くして巧みに言い逃れようとしました。彼が特に意図があるわけではないと説明すればするほど、何か企んでいることがはっきりわかりました」

「まさか……」私は言いかけた。

「そうなのです」彼は言った。「彼はそれを使うつもりでした。自分のアイディアを実行に移そうとしていたのです。すぐにではありません。それはわかりました。彼には怒りといったものが欠けていたので、特定の人間に対してではありません。しかし、何であるにせよ、彼は自分のアイディア、気づかれない殺人のアイディアを無駄にするつもりはありませんでした。彼はそのアイディアをとっておくつもりでした。使うつもりはありません。しかし、いずれ使うことになるだろうという気がします。だから私は彼を政治から遠ざけろと言うのです。同じように人間を興奮させることは幾つもありますが、そのすべてに拮抗するような競争相手がいるわけでも、同じような誘惑があるわけでもありません。それに、多くの国で政治がらみで行われた犯罪をご覧ください。その大半は最悪の犯罪です。

だから、できるものなら彼を政治から遠ざけなさい。さもないと彼は自分のアイディアをきっと実行することになるでしょう。気づかれないかどうかは何とも言えません。彼のアイディアがどんなものなのか知らないので。しかし、かなり巧妙なものであることは確信しています。とにかく、彼は気づかれることはないと考え、自分は安全だと思っています。その気になったら、彼はいつか使うでしょう。あなたはできるだけのことをしてください」

「やりましょう」私は言った。「それがどういう種類の殺人なのか心当たりはありませんか？　彼が実行しようという殺人が」

「まったく」インドラムは言った。「しかし、一つ手がかりがあります。私は彼から聞き出そうとして、彼にこう言いましたが、たぶんこれは真実でしょう。『気づかれない殺人法なんてないよ。たとえ多くの殺人が気づかれないことはあっても』さらに『多くの殺人犯は自分だけは安全と思って絞首刑になるのだ。君のアイディアも他のと同様、どこかに欠陥があるかもしれない』と言いました。すると彼は『こいつは死んだ芋虫を使ってやるんだ』と答えたのです。

それだけでした。彼のアイディアなるものが何なのかはわかりません。しかし、何らかの潜行性の毒薬、もしかしたら浅い傷、たぶんかすり傷に塗るようなものを暗示しているように思われます。だから、できることなら彼を政治から遠ざけていただきたいのです。

あなたが彼にどのような影響力をお持ちだかは存じませんが」

「ごくわずかです」私は言った。「でも、こんなのはどうです？　小説のために出版社から相当な金額を申し出てもらうというのは。そうすれば彼も小説を執筆するのに戻って、恐ろしいアイディアを適切に利用するのでは。事態がそれほど深刻ならば、われわれや他の人間も予約購読者になって出版社を支援します」

「だめです」彼は言った。「人間が実生活で何かを実行するという考えを抱いたら、小説などに書いて気を紛らせることなどできません。ええ、人生は現実なのです。虎を血から遠ざけるためにミルクをやるようなものです。あなたは最善を尽くしてください」

さて、以上が私がインドラムと話した内容だ。そこで私がまっすぐティザーのフラットに出向くと、彼は在宅だった。私は彼に政治を断念するよう説いた。まあ、私のような人間には手に余る仕事だ。生意気なことを言うだけに終わり、誰も私の言うことに耳を傾けないのだ。そこで私はかなり強烈なことを言って、自分の言葉に根拠があることを示さなければならなかった。彼が私に大きなお世話だと言うと、私は言った。「それなら芋虫をもてあそぶのをやめるんだな」

もちろん、これは彼には強烈なアッパーカットのようなものだった。同じような効果があった。彼は黙り込み、顔色を失って、私がインドラムと話をしたことを知った。私が言わなかったら、彼に影響を与えられたとは思えない。私の言葉に根拠があることを示す必要があった。実際には相手を脅かさなければならなかった。今では後悔しているし、これから一生後悔し続けるだろう。テイザーはハイ・ストリート選挙区で自由党に対抗して無所属で立候補しようとしていた。憤激に凍り付いたようになっている彼を残して、私は彼のもとを辞した。あの時はその怒りは私に向けられたものだと思った。彼を翻意させるのが絶望的とわかると、私はハイ・ストリートを下って自由党の選挙事務所を訪れ、彼が暴力に訴えるかもしれないと警告したが、その根拠を充分に伝えることはできなかった。しかし、その男は話のわかる男で、私の警告に耳を貸し、用心しようと言ってくれた。私はテイザーのだろうが他人のだろうが、政治信念には関心がなかったが、できることなら殺人の実行を阻止したかった。テイザーとの不愉快な会見を終えると、私はインドラムの話は本当だということに疑いを持たず、激昂して機会が到来したら、あの男はためらわずに無敵の凶器を使うだろうと確信していた。私はハイ・ストリートで相当な時間を無駄にした。彼が殺したのは対立候補ではなかった。インドラムを殺したのだ。私は確信している。誰にもそれは違うと私を説得できないだろう。インドラムが最後に生きているのを目撃されたのはチャリング・クロス駅のプラットフォームだった。彼は群衆の間を通って改札に入り、そこで誰かに押されたと苦情を言った。彼がプラットフォームに立っていたのは、ものの五分となかった。そして彼は急死したのである。医師の話では心臓麻痺が死因だった。だが、私は死因が自然なものだと言われても納得していない。私が最後に会った時、インドラムは健康そのものだった。

さて、私はどうすべきだろう？　だが、私はすでに心を決めていた。結局、沈黙を守ることにしたのである。何であれ証明するには証拠不充分なのだ。

ラヴァンコアにて

In Ravancore

ラヴァンコアで、ニューヨーク州ホームタウンのウィルコット・T・オーティス氏は偶像を買った。購入に当たって、彼はそれを売ったインド人に偶像を包んで紐で結んでくれないかと頼んだ。初め、インド人は何のことなのかわからない様子で、ウィルコット・T・オーティス氏は声を高くした。やがて、相手は言った。「紐はありません」「では、こいつをどうやって持っていけばいいんだ？」オーティスは言った。「あなたのポケットに入りますよ、旦那(サーイブ)」インド人は答えた。「私のポケットだと！」オーティスは声を上げた。「ポケットがふくらんで、スーツが台無しになる。ホームタウンではポケットをふくらませて歩き回る人間などおらん」インド人はにっこりして両手を広げ、市(いち)をゆっくりと流れていく群衆に目をやった。まるで、こう言っているようだった。「ここではポケットなどありませんよ」すると、アメリカ人は自分が故郷からはるか離れた土地に来ていること、故郷の習慣をここに持ち込むことはできないことを即座に悟った。そこで彼は、灰色の粘板岩の一種を彫って作った象の神ガネーシャでポケットを不格好にふくらませて、その場を立ち去った。

それは、彼がこれまで話しかけた相手の中で最も魅力的な二人の男に出会う前のことだった。二人は群衆の中から影のようにすっと抜け出した。彼らは二人の主人からそっと離れた影といった風情で、黒い顔に笑みを浮かべながらオーティスに近づいた。これまでイギリス人に弾圧されていたが、インドが独立してから復興した古い団体の集まりに出席しませんかと二人は言った。

「いいですとも」とオーティスは言った。

二人は喜んだ。彼らの家に案内される道すがら、オーティスは自分がかつてニューヨーク州ホームタウンで、〈インド人のためのインド協会〉の幹事をしていたことがあり、ごく最近インドが独立して解散したのだと説明した。すると、二人の新しい友人はこれまでにも増して微笑んだ。二人のほとばしるばかりの友好感情にアメリカ人は魅了されたが、幸福な満足感に時に影を落としたのは、自分の服装が適切ではないことを自覚している点で、その翳りはポケットに入っている象の神による細長いふくらみが原因だった。しかし、旅行の記念品で、はるか離れた故郷ホームタウンの炉棚を飾るはずの、その風変わりな偶像を置いていくのはもっと悪かった。しかも、何という旅だったことか！　そこにあるすべてが彼にとって目新しかった。あらゆる匂い、歌、見えない横笛からいきなり立ち上(のぼ)っては、再びいきなり消え去る旋律、そして女性たちの衣装の輝かしい色彩、大輪の花、そして空さえもが。

オーティスは奇妙な狭い通りを案内され、一度などは雌牛が寝そべって通行止めになっていた。彼が雌牛を起こすために蹴ろうとした時、二人の友人は彼を引っ張って別の通りに入った。そこでオーティスは初めて何者かに尾行されていることに気づいた。男は彼と同じような服装のインド人だったが、もっと明るい色のネクタイをしていた。一度、案内人の一人がオーティスと同時にきょろきょろした時、尾行していた男は無関心を装ってうつむいた。他の二人が見ていない時にオーティスがきょろきょろすると、尾行していたインド人は手で合図を送ってよこした。しかし、彼が何を伝えたかったのか、オーティスには見当が付かなかった。一行が曲がり角に近づくと、男はさらに近づいた。遮(さえぎ)る物のない通りに出ると、男は遠ざかった。彼は何を言いたいのだろう？　さらに狭い通りに入る曲がり角で、オーティスは束の間、案内人から遅れた。そうすることができたのは、通りがいつも混雑していて、曲がり角に男たちが集まっていたからだった。尾行していた男がすぐに近づいてきた。「あの連中はいけません、サー」彼は言った。「私はあなた同様に教育のある人間です。大学教育です。私の忠告をお聞きなさい」

「友よ、私は無学な人間が好きなんだ」オーティスは言った。「神は大学卒の人間より大勢の人間をお造りになった。私は彼らが自由でいるのを見るのが好きだ」

それ以上の時間はなかった。オーティスの最後の言葉は小声で、二人の友人に急いで追いつこうとして肩越しに発せられたもので、背後の男にはほとんど聞き取れなかった。

「無学な人間」オーティスは再び自分に言い聞かせた。「神の造られた大半の人間がそうだ」

小さい風変わりなドアの付いた、高い白壁の峡谷に挟まれながら、彼は二人の男に導かれて狭くて通気の悪そうな路地に入り、ドーム型のドアにたどり着くと、ドアがいきなり開いて、ヒンドゥー教徒ですし詰めの部屋に入れられた。ヒンドゥー教徒はオーティスを連れてきた二人の男と理解できない言葉で二言三言話すと、彼にまくし立てるように挨拶をした。ホームタウンには幾多の団体と大勢の幹事がいたが、オーティス氏はあまり重要な人物ではなかった。だが遂に、自分の仕事が、しかも彼が尽くしてきた分野における仕事がおおいに認められる機会がやって来たのだと彼は思った。周囲の顔はみな彼に向かって微笑みかけていた。部屋の端には演壇があって、そこに連れてこられて、椅子を勧められた。彼が腰かけると、まるで彼の到着を待っていたかのように、直ちに会合が始まり、演壇の中央に座っていた男が立ち上がって、英語で演説を始めた。部屋は立錐の余地もないほどで、〈インド人のためのインド協会〉の幹事としてオーティスは出席できることを喜んだが、顔に吹きかからんばかりの野生の香草の匂いには閉口した。彼は椅子に座ったままそろそろと壁際まで後退した。演説者は修辞的な質問をしていた。どうしてイギリス人たちは彼らの団体を弾圧したのか？　彼らの言う理由のためだろうか？　違う。彼らがインドの歴史ある慣習に無知で、嫉妬し、われわれインド人の神々を軽蔑したからだ。演説者は息継ぎのために言葉を切った。聴衆でいっぱいの部屋に穏やかな拍手が鳴り響くと、ウィルコット・T・オーティスは身を乗り出して、演説者に質問した。「あなたの団体は何をしているのです？」

「旅行者の援助を行っています」演説者は答えた。

「ほう、私たちもニューヨーク州でやっています」オーティスは言った。「ですが、あなたの団体の特徴は何ですか？」

「われわれの宗教です」演説者は答えた。「それをイギリス人は迫害したのです」

「私にはよく理解できません」アメリカ人は言った。「ですが、あなた方が解放されて良かった。宗教に口出しするとはひどい話ですな」

インド人はため息をついた。「ひどい話です」

それから、彼は興奮し期待に満ちた聴衆に向かって演説を再開した。何を期待しているのだろう、とアメリカ人はしばらくの間考えていた。しかし、演説が熱を帯び、明らかに演説者が一層鼓舞されると、イギリス人によって激しく弾圧されたという、ここにいる人々の古い宗教がまもなくこの部屋で復興するのだということがわかった。すると、オーティスがこのことに気づいたのは、奇妙なことに演説者が英語で話すのをやめてから長いこと経ってからだということに思い至った。とても丁重に、礼儀正しさと魅力さえ振りまきながら、ヒンドゥー教徒の一人がオーティスに近づき、〈インド人のためのインド協会〉ホームタウン支部の名誉ある幹事の顔が全員に見えるように、椅子を壁から離してもう少し前に出てもらえないかと頼んだ。オーティスはガネーシャ神によるポケットのふくらみに気づかれたくなく、これまでアメリカ市民を見たことがなく、アメリカ市民がきちんとした身なりをしていることを示さなければならない人々に対して、自分がきちんとした身なりでいることを重く見ていたので、あまりはっきり見られるのは嫌だった。しかし、彼が同意すると、ヒンドゥー教徒は熱心な聴衆の中に戻っていった。オーティスが椅子の腕を摑んで前に移動しようとした時、右手の人差し指と親指の間に何かが押し込まれ、目をやるとそこに封筒があった。彼のすぐそばには大勢の人間が立っていて、そのうちの誰が封筒を押し込んだのかはわからなかった。その時、彼の椅子の背に近づいていた男がいたが、オーティスは彼だとは思わなかった。封筒の中には手紙が入っていて、たぶん手紙の風変わりな届き方に驚いたためだろうが、手紙を取り出すと――近づいてきた男が、彼が椅子を動かすのを待っているかのようにじっと立っている間に――目を通してから椅子を動かした。アメリカの実業家の如才なさは、東洋の抜け目なさには及ばないかもしれないが、手紙がこっそり渡されたということは隠すに値することがあるということをオーティスは理解し、彼の知る限りでは誰の注意も惹かずに手紙を読んだ。演説は続いていた。古くからの宗教信条を弾圧したイギリス人の偏狭さに対する勝利を謳歌する時には、演説者の態度は僧侶のようになっていた。オーティスはヒンドゥスターニー語は知らなかったが、演説者がやっていることはまさにそれなのだということがわかった。そして、黒い聴衆全員が目をぎらぎらさせて、まるで啓示のように、演説者の言葉の一語一語に聞き入っていた。ところが、オーティスはいきなり演説をさえぎった。片手を演説者に向かって黙るようにと振りながら、彼は立ち上がって聴衆に向かって語りかけた。

「皆さん」彼は言った。「皆さんのボスの演説は実に威勢が良いですな。聞いていて気持ちが良い。しかし、私の話も聞いてください。向こうの壁の所でアンナ硬貨でもダーム銅貨でもお好きな硬貨を高く上げていただければ、私が射撃をして差し上げましょう。皆さんの誰かに弾が当たるなどと恐れる必要はありません。アンナ硬貨であれ何であれ、ど真ん中に命中させてみせますから」

手を振って演説者を黙らせたように、オーティスの声には威厳があった。彼はキプリングの詩「白人の責務」を読んだことがあり、大英帝国主義を軽蔑していた。しかし、オーティスの声にはそういった事柄が幾分か感じられて、それが聴衆の心を摑んだのだ。「そしてまた」彼は今、ポケットを軽く叩きながら言った。「ここに持っているのが旧式の六連発銃だなどと考えないでいただきたい。弾薬が十発装塡されていて、さらに十発分の装弾子があって、即座に装塡することができるのです」彼のすぐ後ろにいたヒンドゥー教徒は、椅子がなおも行く手をさえぎっていることに気づき、オーティスは横目でそれを見て、ポケットの中に手を突っ込み、ガネーシャ神の頭部を摑んでいた。

「さて、皆さん」彼は続けて言った。「アンナ硬貨を上げて、私の射撃を見物しようとはなさらないんですな。それなら私は失礼して、射撃を外でやることにしましょう。私とドアの間に立ちはだかる人間のために二十発の弾丸が用意してあります」そして今、彼は手紙を左手で掲げ、右手はガネーシャを摑んだ。「私の墓は既に掘ってあると見える。さて、こいつは私にとって好都合だな。というのも、この小さな拳銃を引き出したら、墓穴はいくらあっても足りないし、この暑い気候では自分で墓穴を掘る気にならないからな。もしかしたら、イギリス人たちが絞殺強盗団を禁止したのはやはり正しかったのかもしれない。たぶん、私が思ったよりも賢明だったのだろう。しかし、私は君たちのお楽しみや忌々しい神様にまで口を出すつもりはない。ただし、向こうが口出ししなければの話だ。わかるかな？　皆さん、おわかりか？　それとも拳銃を引っ張り出さなければならないかな？　ま、好きにすればいい。ただし、そうなったら墓穴は一つじゃ足りない。さあ、私は出かけるよ。君たちに会えて面白かったよ。サラームとか何とか言うんだったな。演説を続けたまえ、ボス」

そして、オーティスは右手をポケットに突っ込んだまま――そのせいで上着の形が台無しになったが——背後にさっと目を光らせながら外に出た。というのも、背後から襲うというのが絞殺強盗団のいつもの手口だったからだ。

しかし、誰も動かなかった。

しばらくして、オーティスが彼の人差し指と親指の間に手紙を押し込んで警告を与えてくれたインド人に会うと、それは通りで彼を尾行していた大学出の男だった。もちろん、オーティスは彼に素晴らしい夕食をおごった。その後で二人は長いこと話し合い、自分も含めて立派なインド人たちが、絞殺強盗団や粗野な女神ディウォーニーと忌まわしい崇拝に伴うあらゆる迷信を憎んでいる点では彼と同じであることを、とても明瞭に説明した。そうして、彼とウィルコット・T・オーティスはこういった話題について、極めて率直に文明人らしく長いこと語り合った。そして、オーティスはポケットのふくらみについて話をして、それがガネーシャ像に過ぎなかったことを説明した。するとインド人は「ああ」と言った。「しかし、その神様が救ったのはあなたに限った話ではないのですよ」

豆畑にて

Among the Bean Rows

　これは私がリプリーという名前の引退した老刑事から聞いた話である。その話には若干の食い違いがあるし、細かい点に触れていないが、これはたぶん今でも語らない方がいい事柄が多いためということもあったが、私に話しながらプトニーの自宅の庭に紅花隠元（べにばないんげん）の種を蒔き、紅花隠元が蔓を巻くように地面に支持棒を立てていたことが理由だろう。「現役時代にはらはらした事件だって？」彼は言った。「ああ、そうだな。出くわしたさ、たいていの連中が一度や二度は経験するようにな」それから、紅花隠元用の棒を突き立てて少し硬い地面に当たると、しばらく押し黙っていたので、これ以上話を聞き出せないのだろうかと不安になってきた。やがて彼が言った。「中でも忘れられない事件が一つある。すべては大英博物館の閲覧室で始まったんだ」

「大英博物館ですか？」私は聞き直した。

「ああ、そうだ」リプリーは答えた。「一番危険な敵を捜せという命令を受けたら、真っ先に当たる場所だ。あそこに一度や二度、顔を出さなかった敵は多くはないし、たいていはかなりの時間をあそこで読書して過ごすものだ。それが彼らのやることだ。奴らは来て本を読む。そして自分たちに必要なあらゆることを見つけ出すんだな。そもそもの発端はこうだ。或る人物が二人の男の話を耳にした。その内容はありふれたことじゃなかった」

「二人は何の話をしていたのです?」私は訊いた。

「殺人だ」彼は言った。「それこそ二人が真実関心を持っていた話題だった。大量殺人だ」

ここで彼の関心が再び豆畑に戻りそうになったので、私は尋ねた。「二人は何者だったんです?」

「スイスから来た男たちだ」彼は言った。「だが、ロシアの方に関心がある様子だった。彼らがスイス人だとは限らないし、ロシア人かどうかもわからない。本来どこの国の出身だか知らないが、スイスからこの国に来たのだ。二人は大英博物館で目をつけられたが、そこなら二人の話はほとんど盗み聞きされることはなかった。しかし、殺人を話題にする時はイースト・ロンドンの地下室の方を好み、私はそこへ彼らを監視するために派遣された。もちろん、一日でできることじゃない、実際、潜り込むまでに一年近くかかった。イギリス人のシンパに紹介される必要があり、彼らを通じて、私が監視するよう命令を受けた人物たちの、いわば外郭組織と接触した。メンバーは九名で、彼らは殺虫剤の製薬会社がアリマキや芋虫を研究するように、殺人を研究し計画していた。そして私は、その間ずっと、誰が話しても理解できるように、自分が出身を装っていた国の言語を学んでいた。私は正確にアクセントを学んでいた。君もわかるだろうが、そこが一番難しい部分で、一年でやるのは無理だ。だが、違っていた。幸運なことに、彼らは英語を話したので、私がすべきことは、時々口にする二、三の言い回しについてアクセントを絶対完璧にすることだった。私の出身国は、ロシア系という言葉でくくられる国の一つだった。組織の中核に食い込むには相当な時間を要し、すべての式典に参加するためにはさらに時間がかかった」

「式典というのは、どんな?」私は尋ねた。

「ま、ああいうことの一種だよ」リプリーは言った。「ああいったことのな……」すると、その時から彼は紅花隠元が蔓を巻く棒を忙しそうに地面に突き立て始めた。「ああいう式典の一種さ」彼は話を続けた。「それ以後、私はその大量殺人結社の正規メンバーになった。いつもイースト・ロンドンの地下室で会合を開いた。われわれの議題はたいてい大量殺人だった。最大多数の人々を殺害するために、どうやって街路に火をつけるか、何時頃が最も適切かというようなことだ。手始めはイギリス国内ではなかった。外国から始める計画だった。すべてずっと昔の話、ロシア皇帝が存命中のことだ。外国人の所有する店から地下に下りる階段があって、長いテーブルと十脚の椅子のある部屋に通じていた。そこに座って、殺人の話をしたものだ。そこはとても静かで、いつも店が閉まってから会合を開き、店の管理人以外にわれわれの立てる物音を耳にする人間はおらず、管理人は物音など気にしなかった。私はうまく立ち回り、他のメンバーと足並みをそろえ、彼らの気に入るようなことを話し、時には正確なアクセントで自分の選んだ国の言葉を口走ったりした。もちろん、私は自分の聞いた話をすべて報告していた。うまくやっている時に特有の感触を得ていた。殺人結社の議長がテーブルの上座に座り、われわれはいかにして人民に尊敬される政府を作るかを論じ、まずは恐れさせる必要があり、そのための確実な手段は、女たちの大半が買い物をしている時間にライフルを持った男たちを大都市の大通りに派遣して、一日中発砲させることだという点で意見が一致した。私は彼ら全員に賛成し、うまくやっていたので、和やかなうちに翌日また会おうと決めて散会した。翌日になり、全員が集合して、着席したばかりの議長が立ち上がって、『同志諸君、われわれの中にスパイがいる』と言った時は、驚いたのなんの。

私は驚いた顔をするのがいいと思った。だが、幸運なことに、私はまず他の人間の顔をうかがい、驚愕の表情がはっきりと表れていないことを見て取った。そこで私はかろうじて他人に倣うことができた。

議長が一番の年輩で、もちろんその場を仕切っていたが、そこで一番手強い男はブロッコイという男だった。彼は議長の隣に座っていた。彼がひとこと言った。『身体検査を？』

『うむ』議長の答えるのが聞こえた。

それだけだった。自身が議長の右隣にいたブロッコイは、直ちに右隣の男の方を向いて『失礼を許してくれたまえ、同志』と言うと、男の上着を脱がせ始めた。横の男が加わり、さらに二人が手を貸し、身体検査を受けた男は逆らわなかった。身体検査は徹底的に行われ、何一つ見逃すはずがなかった。その点を私はおおいに関心をもって見ていた。というのも、自分が愚かなことをしたことに気づいたからだ。私は細心の注意を払って、自分の身元を示す物は身につけなかったが、一つだけは例外だった。それは、ヴェストのポケットに入っているカードで、われわれ全員が常に携行する、刑事の身分証だった。もちろん、どんな書類を持ち運ぶことよりものっぴきならない証拠だった。小さなカードで、見つかるなどと思いもしなかった。だが、私は身体検査のことは考えていなかった。ま、そういうわけで、彼らは今度は次の男の身体検査をやっているところで、私の番が近づいてきた。カードを飲むことは簡単だった。しかし、今や多くの目が光っている。むき出しのテーブルと床だけで、カードを隠す場所はなかった。今カードを収めてある場所より良い場所はなかった。身体検査を受けたら発見されるのは避けられない。そのことはわかった。他人――大量殺人の専門家の一人――の身にこっそり忍び込ませるしか手はなかった。そこで、三番目の男の身体検査をするために二人の男が立ち上がった時、私もすぐに加わった。私は『失礼を許してくれ、同志よ』と言い、彼の服を脱がすのを手伝った。四人がかりだった。彼のポケットにカードを忍び込ませるのは簡単だった。自分からは見つけないようにした。他の人間に見つけさせた。そして一人が見つけた。彼はカードを見つけると、黙って議長に手渡し、議長はただうなずいただけだった。すると、身体検査を受けた男が抗議した。カードは自分の身体検査を行った誰かが彼に忍び込ませた物だと。完璧なまでに誠実な言い方だった。

そこで議長が話し始めた。いいかね、私は彼が言おうとしていることがわかっていた。ああいう場面では、感覚が鋭くなることがあるんだな。どうしてだかわからない。だが、私には彼の言おうとすることがわかった。彼はそのとおりの言葉を言った。しかし、他の人間がどういうことになるのか理解する前に、私は全員が議長に目を注いでいる間、紙片に数語書き付けて、それをそっとブロッコイに手渡した。その間、議長が言ったのは『同志ドロンスキーが言ったとおりかもしれないし、そうではないかもしれない。しかし、彼もしくは身体検査をした四人のうちの一人がイギリスのスパイであることは証明できる。同志諸君、ご存じのように、そして全員が誓ったように、すべては大義のためだ。したがって、私個人としては残念でならないが、この五名は抹殺しなければならない。一人のスパイがわれわれ全員の命を危険にさらすからだ。大義のためと知っているからには、この五名が異議を唱えるような愚かなことはしないだろう』

そして大量殺人が大義である以上、われわれ五名が異議を唱える妥当な理由はなかった。われわれは殺人に反対することはできなかったということだ。チェス・クラブに加入しながら、チェスは時間の浪費だと言うようなものだ。私が紙片に書き付けたのはこういうことだ。『やるか、やられるかだ。こちらは向こうを抹殺しなければならない。違うかね？』それから私が実際にやったのは目を使うことで、難しいことではなかったが、彼の表情を読み取る方が難しかった。だが、彼が私と同じ意見であると判断した。実際、後でそうだということが判明した。明らかに彼は議長よりも人を引っ張る力があり、いずれは議長の跡を継ぎ――われわれがああいう殺人集団のことをどう考えようと――当人にとって世界中で一番高い地位に就くことを考えなかったはずがない。取って代わるつもりの男を喜ばせるために、どうして自分が刺し殺されなければならないのか？　表情から多くは読み取れなかった。しかし、彼は賛成したと私は判断した。そこで私は首を振って、私のメモを他の人間に見せるよう彼に示唆した。議長が興味深い発言をしている間に彼はそうした。

ブロッコイが他の三人にメモを回したので、彼が私に賛成だということを確信した。そればかりか、その三人もブロッコイの言うことなら何でも賛成するだろうということも知っていた。彼はそういう人物だった。

そして三人はそのとおり賛成した。私は三人がメモを読んでいる間、時間稼ぎのために発言した。彼らは話を聞くのが好きだった。『確かに、議長同志』私は言った。『世界中のインテリゲンツィアの選り抜きであり、ピカ一の知性の持ち主である議長同志も、われわれ無実の人間を殺さずに、本物のスパイを抹殺することはできません』私はかなりのことを発言したが、今では何を言ったのか覚えていない。しかし、彼らは私の発言にかなり興味を惹かれた様子だったが、何の効果もなかった。『しかし、私は残念でならないと言ったはずだ』というのが議長の返答だった。まるで彼が残念に思っていることが、われわれに役に立つとでも言いたそうだった」

「どんな武器を持っていたんです？」

「武器？」老刑事は豆畑から目を逸らして言った。「短刀以外は何もなかった。議長がリヴォルヴァーの携帯を許さなかった。イギリス警察は奇妙な考えを持っていると彼は言うのだ。そこで、彼はリヴォルヴァーを禁じた。宣誓させて禁じたのだ。だが、もちろん、みな短刀は持っていた。たいてい外国人は持っている。そこで私も、単に殺人狂の外国人に見せかけるために短刀を携行していた。実際に使うことになろうとは考えもしなかった。しかし、後でわかったように、持っていたのは幸運だった。実に役に立った。

さて、私はもう何も言わなかった。というのも、すぐに他の四人の覚悟ができたことがわかったからだ。それも当然だった。結局のところ、それが彼らに残された唯一のチャンスだった。そこで私がブロッツコイの目を見ると、彼は短刀を持って議長の方に向かい、われわれは残りのメンバーに向かって行った。テーブルのこちら側と向こう側との闘いだった。われわれは彼らの戦闘準備が整わないうちに口火を切った。われわれはもっと殺すべきだった。議長ともう一人の二名を殺し、残るはわれわれ五人に対して相手方の三人だった。三人は後じさりし、われわれはまた前に出た。もちろん、その頃には全員が短刀を抜いていた。驚いている暇などなかった。彼らは壁を背にし、誰も一言もしゃべらなかった。もちろん、ブロッツコイが指揮を執り、彼の合図でわれわれは再び相手に迫った。しかし、その瞬間、彼ら三人が突っ込んできた。彼らは肋骨の間に短刀を突き刺してこちらの一人を倒し、われわれは二名を殺した。残るは一人だった。まだ、誰も声を出さず、相手の男は左手でもう一本の短刀を拾い上げ、隅に移動して、われわれと向かい合った。また誰かやられないかと恐れて、今度はわれわれも慎重になった。しかし、われわれは椅子を取って、それを盾代わりにして、まもなく彼を倒すことができた。

もはやブロッツコイと私と三人のメンバー――そのうちの一人は瀕死の様子だった――しか残っていなかった。私は素早く頭を巡らせる必要があった。今では敵の数は少なくなっているが、単純な算術の問題で、部屋の中に十人いた時よりも、五人になってしまった今、私がスパイである確率は倍になった勘定だった。そこで私は、誰も発言しないうちに、ブロッツコイの方を向いて言った。『同志、私はあなたがスパイでないことは、自分自身と同じく信じている。しかし、残りの人たちはどうだろう？』

彼らは怒れる物言えぬ家畜のような表情をして顔を上げた。しかし、私はブロッコイの目を見て、二人で迅速に行動した。そうして、われわれ二人だけが残った。私がやったように、目だけで多くを語ることは難しいと思うかもしれない。不運なことに、私はそれ以上のことを目で語ってしまった。私が彼を恐れているということを悟らせたのだ。それを知って、彼は私がスパイだと確信したに違いない。いずれにせよ、彼は私が恐れていることを知り、手に短刀を持っていることを知っていた。今では短刀は二本になっていた。他の人間から素晴らしい短刀を、部屋で一番長い短刀を奪ったからだ。しかし、その短刀を持ってはいたものの、大英博物館の閲覧室で研究を重ねた中でたぶん最も残忍な人物、それも、何も言わないが、今では私がスパイだと知っているに違いない男と同じ部屋に取り残されるのは嫌なものだった。それからしばらく、われわれは互いに相手を見ていた。

やがて、ブロッコイが慎重に、これまでずっと灯っていた照明のスイッチの方に動き始めた。私はポケットからマッチ箱を取り出して、二本の短刀を持ったまま、マッチを擦った。照明を消したら彼が何をするつもりだったのか、私にはわからないが、それが何であれ、私がマッチを点けている間はできなかった。しかも、マッチが指のところまで燃え尽きない限り──すぐにそうなりそうだったが──私は好きな時にマッチを消すことができるが、彼はできないのだ。しかし、彼は私がマッチを点けたのを見ると、照明を消すのを断念した。われわれはさらに少しの間、互いに無言で睨み合った。すると、或る考えが閃いて、私は言った。『だが、われわれは互いに自分たちの無実を証明することができるぞ、同志。カードにはスパイの署名がある。その名前を素早く書くんだ。私もそうする。素早く書けば、筆跡をすっかり偽造することなどできない。腰を下ろして、スパイの名前を書くんだ、同志。それから、私にペンを貸してくれ』長い短刀のせいで、彼は私になかなか近づけなかった。たぶん、そのために私の提案を受け入れる気になったのだろう。とにかく、彼は受け入れた。ああいう連中は短刀で戦うのは得意だったが、話を聞くのも大好きだ。彼は私の話に耳を傾けた。私のカードはテーブルの上にあり、私が指さすと、ブロッコイは腰を下ろして、ペンを取り出し、左手に短刀を握りながら、私に言われたとおり書き始めた。彼が何を思ったのかは知らない。ああいう連中のことは容易にはわからないものだよ。しかし、彼は子供が習字帳に向かうような無邪気な顔をして、左手にはなおも短刀を握ったまま座り、もしも生き延びていたら数千人の無辜の人間の死刑執行令状に署名したと思われる手とペンで書いた。そして、もしも彼が両手に短刀を持っていたら生き延びたかもしれない。しかし、一本だけでは、私の方に分があった」

「では、彼を殺したんですね？」私は尋ねた。

「ご覧のとおり、私は生きているからね」老刑事は言った。「議長が起立した時のことを思うと、最初は信じられない気持ちだったよ。ブロッコイは死に際に事実上私の正体を見破ったことを忘れてしまったに違いない。その顔には驚愕の表情が浮かび、喘ぎながらこう言ったからだ。『しかし、同志、私は真のレーニン－マルクス主義者だぞ』
『そうだ』私は言った。『だが、私は違う』」
「それで、警察の人間は死体の山をいったいどうしたんです？」私は尋ねた。
しかし、リプリーはすでに豆畑のずっと先まで行ってしまい、これまで以上に棒を一列に真っ直ぐ立てることに夢中になっていた。日が暮れて寒くなり、彼からこれ以上話を聞き出すことはできそうになかった。そこで私は自分の聞いた話で満足して帰った。

死番虫（しばんむし）

The Death-Watch Beetle

「それで、あなたの最大の事件は何です？」或る晩のこと、立葵(たちあおい)に囲まれた庭で私は老刑事に尋ねた。

「そうさな、殺人事件はいつだって最大の事件さ」

「一番の難事件は？」私は尋ねた。

「われわれが最も頭を悩ませた事件は」彼は言った。「あらゆる事件で最大の難問は、サリー州で起きた事件で、絶対に解決できないのではないかと思った。ティップという名前の泥棒稼業の男で、それも抜け目のない泥棒がいた。そいつはすべてわかったと思うまで家を下見するのが常だった。あたりをうろつき回っては、不法侵入で退去を命じられることがよくあった。その場合には頭を下げて立ち去るというわけだ。だが、いつも戻ってきた。家人全員が何をしているのか充分把握するに至ることがよくあったので、そんな時は主人が庭に出ている間に家に入り、召使いと出くわさないとわかっている部屋のすべてを見回ったほどだ。その際には決して盗みを行ったりはしない。すべての置き場所と家人全員の居場所を把握するまで何一つ手を触れず、やがて日中か夜に家に入って、欲しい物をすべて持ち出すんだ」

「あなたはどんな泥棒の手口もかなりよくご存じなんでしょう?」私は言った。

「まあな」彼は答えた。

「そのことはどこかで読んだことがあります」私は言った。「泥棒は各人が異なった手口を持っていて、その手口から誰がやったのかわかるし、彼らは決して自分のやり方を変えないんでしょう」

「そうなんだ」老刑事は言った。「或る程度まで、そして一般的には。しかし一般的な規則で困難な問題が解決できるわけじゃない。なぜなら、難しい問題というのは常に何か特殊な点、一般的規則からはずれる点があるからだ。それがティップにも当てはまった。彼は明確な仕事のやり方を持った泥棒で、そのことはわれわれもすっかり知っていた。すると、あいつは実に奇妙なことをやった。あいつはやめたんだ。自分の手口を捨てたどころか、泥棒稼業からすっかり足を洗って別のことに手を出した。実は恐喝屋になったんだ。君は不思議とも何とも思わないだろう。しかし、われわれにとっては魚屋が突然長靴を売り始めたようなものだった。そう、あいつは恐喝で金を稼ぐ仕事に鞍替えしたんだ。彼がやったのは、いつもの伝で、サリー州にある非常に古い屋敷を下見することだった。主人のウェザリー氏という人物は三人の召使いと一緒に暮らしており、あいつは周囲をうろつき回って、彼らの習慣を調べた。あまり姿を見られることはなかったし、姿を見られたら、次回は違う帽子をかぶって来た。別の人間だと思わせるのに普通はそれで充分だった。そして時には念を押すために、眼鏡をかけて戻ってくることもあった。あいつが盗みを企てたのは寝室で、屋敷の主人はいつも寝室に入る時にドアをばたんと閉めたから、いつ主人が寝室に入ったかティップが知るのは実に簡単だった。もう一つティップが知ったことは、主人が寝室を出る時にドアを開けっ放しにしていくことだった。いいかね、自分の流儀に固執するのは泥棒ばかりじゃないんだ。これがティップには好都合だった。というのも、ドアを開ける時の微かな物音も、できることなら避けたかったからだ。よほど耳を澄まさないかぎり、実際に音は聞こえないが、泥棒には誰が聞き耳を立てているかわからないし、たとえ誰もいなかったとしても、ほとんどいつも聞き耳を恐れているものだ。とにかく、泥棒には決してわからないからな。さて、ティップは屋敷の敷地内にいる召使いたちに何度か顔を見られていたが、毎回同じ召使いというわけではなく、後になってすべてを総合してみて初めて、彼らがティップを何度も目撃していたことや、いつも同じ人間だったことが判明したのだ。召使いの一人は一度、彼に何をやっているのか尋ね、ティップは私有地とは知らなかったと答えて、それ以上何も言わずに立ち去った。主人が庭に出ている間に屋敷に入ったのは、その日だったに違いない。

さて、盗みの準備が万端整おうという時になって、彼は突然泥棒に入るのを断念し、その代わり金を要求することに切り替えたんだ。あいつは玄関ドアに近づいて呼び鈴を鳴らし、ウェザリー氏にお目にかかりたいと言った。主人との面会は簡単だった。屋敷の中に招じ入れられ、主人と二人きりになると、あいつは単刀直入に二百ポンド欲しいと言い、もしも金が手に入らなければウェザリー氏は一週間以内に死亡するだろうと言った。当然、ウェザリー氏は訴えてやると言ったが、ティップは死ぬことになると言って脅し、証人はいないことを指摘した。あいつは小声で、できるだけ洗練されたアクセントで話をした。ウェザリー氏がベルを鳴らすために立ち上がると、ティップは再度金を要求し、これが最後のチャンスであり、要求を呑むようにと迫った。もちろん、ウェザリー氏はお前とはもう二度と会いたくないと答えた。するとティップが随分と奇妙なことを言った。あいつはウェザリー氏が金を渡すことを願っていると言い、もし渡さない場合は死ぬことになると言ったのだ。

『そうなったらお前に何の利益があるんだ？』ティップの言葉をさえぎって、ウェザリー氏が言った。

『これからお話ししようと思っていたところです』とティップ。『あなたが私に金を渡さないなら、あなたは死ななければなりません』そういう言い回しだった。『私はこの近くに住んでいる紳士の所に行って、彼からお金をいただきます』
『彼からお金をもらうだって？』とウェザリー氏。
『そうです』とティップは答えた。『あなたは向こう見ずなことに私にお金を渡さないかもしれません。あなたが信じないのは無理もありません。私も責めることはできません。でも、その紳士はあなたが死んだと聞けば、私の言葉を信じるでしょう。これから彼の所に行きます。あなたにお話ししたとおりのことを話すつもりです。お金をよこさなかったから、あなたはまもなく死ぬだろうと。私の話はとても信じられないことに聞こえるかもしれません。あなたのためを思って納得していただこうとしたのですが、あなたはまったくお信じにならなかった。だから私が願っていたほど信じられる話ではなかったのでしょう。しかし、もう一人の紳士は私の言葉をすぐに信じてくれるでしょう。できることなら、あなたからお金をいただきたいのですがね。あなたの人生にとって、はした金ですよ。でも、あなたがどうなったか知ったら、その紳士はすぐさまお金を払ってくれるでしょう』
　さて、ウェザリー氏がベルを鳴らすと、ティップは屋敷から出て行き、その言葉どおりのことをやった。あいつは別の男、プリンク氏という男の所に行って、同様に中に通され、二百ポンド欲しいと言い、ウェザリー氏に要求し、くれなければ死ぬことになると警告したと語った。実に残念なことにウェザリー氏は自分の言うことを信じなかったから、もしかしたらプリンク氏も信じないかもしれないが、ウェザリー氏が死んで二、三日以内にまた来るとあいつは言った。

プリンク氏は殺人犯の末路を語ってあいつを脅かそうとしたらしい。殺人犯が午前八時の朝食の後で歩む絞首台までの短い道のりについて語ったとしても不思議じゃない。だが、彼の屋敷で起きたことについてはほとんどわかっていない。プリンク氏は震え上がったらしく、告訴も証言もしそうもないからだ。ウェザリー氏は直ちに警察に出向いて、一部始終をわれわれに物語った。彼は震え上がってはいなかった。だが、彼の場合は事情がまったく違っていた。彼はティップの脅しを信じなかったし、彼を信じさせるものは何もなかった。ところが、プリンク氏となると事情はだいぶ違う。ウェザリー氏は、われわれが説明したように、人を脅して金をせしめようとする恐喝未遂で告発しただけだった。だが、残念なことにティップが話をした時、そのことを聞いていた人間はいなかったから、ティップを告発する根拠は彼自身の言葉しかなかった。もしもプリンクから話を聞くことができれば、ウェザリー氏の言葉を裏付けることができただろう。だが、プリンク氏は話そうとしない。われわれがやったのは、ウェザリー氏にティップと再度の会見を設定させ、その話を盗聴しようというものだった。だが、その前にウェザリー氏が死んでしまい、われわれはかつてない難問を抱えることになった。プリンク氏が二百ポンド支払ったことは言っておくべきだな」

「何が難問だったのですか？」私は尋ねた。

「そうだな、まず第一に」老刑事は言った。「あらゆる難問の中でも折り紙付きの難問を含んでいた。完璧なまでに単純な答えで、子供っぽいまでに単純だったから本当と思えなかった。いいか、ティップはウェザリーを死ぬと言って脅し、次の日に彼は死んだ。ティップが殺したという以外に答えはあり得ないだろう？　ところが、検屍法廷の評決は全員一致で単なる事故による自然死だった。われわれは陪審員に再考を促した。しかし、それ以上考慮の必要なしとの回答だった。そこで、われわれ自身で検討したところ、同じ結論に至った。間違いなく謎だった」

「事故というのは？」私は尋ねた。

「大きな樫材の梁が」と彼は言った。「頭上に落下したんだ。なにしろ極めて古い屋敷だったからな」

「ティップが何かの仕掛けをしたんじゃありませんか？」私は言った。

「われわれも同じ考えだった」彼は話を続けた。「しかし、調べれば調べるほど、すべて死番虫（しばんむし）（木材や古書を食い荒らす虫）の仕業だということが、いよいよはっきりしてきた。寝室の天井に渡っていた巨大な梁で、この虫が梁の両端を食い荒らしていた。屋敷は五百年前に建てられたものだから、時間はたっぷりあったんだ。当然だが、われわれは鋸や短刀など、梁の落下を早める手を使った形跡がないか調べた。しかし、そんな形跡はなかった。死番虫を殺人罪で絞首刑にするわけにもいかない。問題はこうだ。なぜティップはウェザリー氏を殺さなかったのか？　検屍法廷の評決は、彼が殺さなかったとはっきり述べているし、われわれには彼らの誤りを証明できない。ブリンク氏が告訴しないとなると、恐喝して金を要求したことすら裁くことはできないし、ウェザリー氏はおあつらえ向きに死んでしまった」

「おあつらえ向きにとおっしゃったのは、犯人の見地からですね」その時、竹の支持棒を立てようとしていた丈の高い立葵から老刑事の関心を逸らすために、私は口を挟んだ。

「われわれはあいつを犯人と呼ぶことができなかった」彼は言った。「そのためには証明しなければならないが、証拠など少しもなかった。明白な事件（プリマ・フェイシー）と呼ぶには証拠が不足していた。死番虫を訴えるのでない限りはね。それならあらゆる証拠が揃っていた」

「それでは、どうしてティップはウェザリー氏が事故に遭うことを知っていたのでしょう？」私は尋ねた。

「そこが問題なんだ」彼は言った。「われわれには絶対に解決できなかった。つまり、われわれだけではということだ。われわれは訊かなければならなかった」

「ですが、誰に訊くというんです？」私は声を上げた。

「ティップは二百ポンド使い果たすと」彼は言った。「また泥棒稼業に戻った、昔の仕事だ。そして微罪で捕まった。その時はたいして盗まなかった。いつも日中に寝室に入り込み、化粧テーブルから品物を失敬する。彼は数か月食らい込んだだけだ。日中にやる場合は大違いだ。もちろん、ティップはそのことを知っていた」

「なぜです？」私は尋ねた。

「そういう法律なんだ」彼は言った。「ただ歩いて入った場合には押し込み強盗にはならない。それに、日の出と日没の間に仕事をするのは、あいつにとってもずっと好都合だった。三、四か月ぶち込まれたよ。ああいう人間のことは警察もよく知っている。当時、私のいた署に連れ込まれて来た。私はあいつにお茶をやって、話を始めた。それから二人で昔話になった。以前はよくそうやって話をしたものだ。しばらくして私は言った。『ウェザリー氏の事件の真相は？』そうして、私はあいつから一部始終を教えてもらった。彼がやったのは、いつものように寝室に入って中を見回し、何がどこにあるかを確認することだった。すでに屋敷の下見は済ませ、ウェザリー氏の習慣については多くのことを把握していた。これから知りたいことは、彼が物をどこに保管しているかで、それがわかればさっさと欲しい物をかっさらって逃げ出すことができた。仕事に時間がかかればかかるほど、屋敷を抜け出した時に呼び止められる危険が高くなる。そこで、屋敷の中で五分以上費やした場合、立ち去る時に呼び止められても、ポケットの中はいつも空にしておき、私有地とは知らずに入り込んだロンドンからの行楽客を装った。盗みをする時は、屋敷に一分以上いなかった。さて、あいつはウェザリー氏の寝室を見回して室内の様子を観察した。あいつは忍び足で歩くことはなかった。それよりも優れた手を使った。ウェザリー氏がいつを見ていたが、召使いは知らなかった。すでに多くの時間を費やして部屋を見回していた。そして、いつものように目をぱっちり開けて、あらゆる方角に気を配っていると、ドアをばたんと閉めた時に古い樫の梁が動いたように思った。もちろん、寝室を見回してウェザリー氏がティップの求めている貴重品や細々した物をどこにしまっているのか探すという自分の仕事には無関係なことだった。しかし、見回している間、そのことがずっと気になった。とうとう、彼はもう一度見ることにした。単なる好奇心だったと、あいつは言った。ちょうど屋敷を立ち去ろうという時になるまで、あいつは梁に目をやらなかった。というのは、ティップが気づいたようにウェザリー氏は寝室を出る時は必ずドアを開けっ放しにする習慣があったから、二度もドアを音を立てて閉めたりしたら、ばれる危険があったからだ。ドアが二度ばたんと閉まる音を聞いて召使いが素早く行動したら、ウェザリー氏ではないことがわかってしまうが、あいつは運を天に任せることにした。それに、たとえ呼び止められたとしても、何も盗んでいないことがわかるだけだ。そこであいつは屋敷から抜け出す直前に、もう一度ドアをばたんと閉め、たまたま自分の真上にあった梁に目を注いだ。すると、あいつは自分が愚かなことをやっていることに気づいた。というのも、部屋は狭かったうえに、巨大な梁が部屋を横断し、背後に行く手を阻むようにベッドが置かれ、頭上で梁がぶるぶる振動していたからだ。その時、もしも梁が落下したら自分はおだぶつだと瞬時に悟った。だが、梁は落ちなかった。前回同様に数分の一インチはずり落ちたのだろうが、依然として釣り合いを保っていた。もっとも、どうして持ちこたえているのかティップにはわからなかった。しかし、あとほんの数回ドアをばたんと閉めたら、巨大な梁が落ちてくることははっきりわかった。梁を見ている間も、今落ちてきたら飛びのく暇などないと思った。次か、その次か、あるいはその次か、その下に立った男はもはやドアを閉めることはない。

ティップは屋敷を出たが、誰も呼び止めたりはしなかった。車回しを歩きながら、自分が実に奇妙な情報を手に入れたことに気づき始めたと、私に言った。骨董屋で品物をすぐに捌けたので、以前は屋敷の中で骨董品をくすねるのが好きだった。今は風変わりな情報を入手し、車回しを歩きながら、こいつは役に立つかもしれないという考えが閃いたと、あいつは言った。やがて、ウェザリー氏に二百ポンド要求するという考えが浮かんだ。おれが悪いんじゃないというのが、あいつの言い方だった。とにかく考えが閃いたんだ。それを無駄にするのはもったいないと思ったそうだ。あいつは決してウェザリー氏が死ぬのを見過ごすつもりはなかった。それどころか、二百ポンドもらったら、すぐに彼に警告するつもりだった。ティップに言わせれば『おれの二百ポンド』だった。その金は本当にあいつに支払われるものと思ったらしい。ところが、残念なことにウェザリー氏は頑なになった。ああなった男に何ができる？　プリンク氏は温厚な紳士だった。しかし、彼にしてもウェザリー氏の協力がなかったらどうだろう？　自分のせいじゃないと、あいつは言った。ウェザリー氏のことは心から残念に思い、氏が亡くなったと聞いた時には涙さえ流したという。『本当さ』とあいつは言った。やがて、あいつは泣き言を言い始め、私はもう話しかけなかった。われわれは告発できなかった。証拠などなかったのだ」

稲妻の殺人

Murder by Lightning

かつて、私はサリー州の小道を散歩する際に、引退した警察官ジョン・リプリーの庭の横を何度も通り過ぎた。その庭は彼のコテイジから小道まで続いていて、夏の晩に通りかかった時は必ず、彼が花々の間で庭仕事をしているのが見えたものだった。私の姿を認めると、彼は手を振って挨拶をし、私はしばしば立ち止まって彼とおしゃべりに興じた。六月の或る日のことは忘れられない。私が通りかかると、彼は長いキャンヴァス地の布きれと古い毛布を下ろしているところだった。その一端は庭の境界にある木の杭や、地面に立てられた一列に並んだ棒と結びつけられていた。何をやっているのか尋ねると、日中とても暑かったから、風鈴草の列の横に作った日よけを、今下ろしているところなのだと彼は説明した。「太陽というのは植物にとっては飲物みたいなものだ」と彼は説明した。「刺激を与えて生き生きとさせる。しかし程度が過ぎるとやられてしまう。こんな風に日が当たると、二、三日で枯れてしまうんだ」そう言いながら、彼はその奇妙な日よけを巻き上げた。彼はケント州生まれで、サリー州に代わって少し焼き餅を焼いていたか、ホームシックになっていたのだろう。実際、彼はケント州の代表的な花を揃えていた。彼は私にこんなことを言うこともあった。「ケント州ではこういう風に花を栽培するわけにはいかない。土壌が適さないんだ」別の機会にはこうも言った。「あそこの野生の薔薇は見物だったよ、私の若い頃はね」

彼が風鈴草の世話をしている間、私は単に会話を始めるために言った。「あなたが出世するきっかけとなった事件は何なんです？」

「私が出世するきっかけになった事件？」彼は言った。「そうだなあ、私はケント州の村の巡査で、それ以上昇進しそうもなかった。巡査で満足していたのではなくて、当時は高望みはしなかったんだ。そういう時に殺人事件が起きた。そして、それが私の出世するきっかけとなった」

「どんな殺人事件だったんです？」私は尋ねた。

「おぞましい事件だ」彼は言った。「計画殺人だ。何年も前から計画された」

「何年もですか？」私は訊いた。

「そう、何年もだ」彼は答えた。「たちの悪い、執念深い男だった。計画殺人というものがあるとすれば、あれこそそれだった」

「何年間計画していたんです？」と私。

「少なくとも三年間、私の知る限りでは」リプリー老人は言った。

「随分と長いこと待ったんですね」私は言った。

「あいつは楽しんでいた」とリプリー。「楽しんで待っていた。底意地の悪いタイプだ。他人がいろいろな趣味を持って生きているように、恨みを糧にして生きているような男だ。奴は腰を下ろして、いつの日かにんまりする日のことを考えていたに違いないと思う。庭に木の椅子を出して、谷の向こうの憎い男の家の方を見ながら座っている姿をよく見かけたものだった」

「何でその男を憎んでいたんです？」私は訊いた。「その男は彼に何かひどい仕打ちをしたんですか？」

「相手の男は悪人ではなかった」リプリーは言った。「それに、悪人だからといって人は他人を憎むものでもない。軽蔑するだけだ。人が本当に憎むのは、自分にない美徳、長所を他人が持っている時だ。連中が憎悪するのは、そういうことなんだ。その種の人間は他人が自分より金持ちなのが気に入らないが、いつかは自分たちも金持ちになれるかもしれないと心の中でいつも期待することで、他人を許せる時もある。連中が絶対に許せないのは、持って生まれた美徳だ。なぜなら、それは、連中が何と言おうと、絶対に手に入れることのできないものだからだ。あの手の連中が憎悪するのはそういうことだ。彼らは往々にして、自分たちの悪徳から善良な人々についての作り話をでっち上げて対抗しようとする。適切な地方色で豊かに彩られ、話をでっち上げた人間は自分たちの語っている中傷のありとあらゆることに通じているため、そういう話はいつも信用される。その手の連中は、普通はそれで充分なんだ。ところが、ブリクスというのがそいつの名前なんだが、奴にはそれでは充分ではなく、相手を殺すまで満足しなかった。そう、殺人を犯したのだ。奴は三年間を費やした。もしかしたら、もっと長いかもしれない。われわれにはわからない。さっきも述べたように、奴が座って相手の家の方を眺めている姿をよく見かけたものだ。その時の表情を見て、やがて事件が起きた時にヒントとなった考えが浮かんだ。極悪非道な事件だったので、犯人は奴だと私にはぴんと来た」

「殺人犯ということですね」私は言った。

「そう、殺人犯だ」彼は言った。

「その男は何を見ようと待っていたのです?」私は尋ねた。

「相手の男が雷に打たれるのを見ようと待っていたんだ」彼は答えた。

私は今に至るも老人の単純な叡智に驚異の念を抱かざるを得ない。もっとも驚くべきではなかった。書斎で自分たちの叡智を書き記して、それを読んだわれわれが、たぶん彼らこそ賢者だと思うような、教育を受けた階級だけが人生を観察しているわけではない。自分から語ることはめったにないが、はるかに単純な人間にも叡智はある。リプリー老人は、人間に対する長くて静かな観察を通じて得た叡智の宝庫から、私に今まで重要なことを話していた。しかし、相手の男が雷に打たれるのを見ようと待っている男の姿を見たと、彼がいきなり言い出した時には、観察は教育を受けた階級の専売特許だという旧弊な誤った信念に私は即座に後戻りした。私は彼に真意を問いただしもしなかったが、それはこんな奇妙なことを言う人間に、説明を求められて理性ある対応ができるとは思えなかったからである。そこで私は「ほう、そうですか」と言ったきりだった。

「そうなんだ」老刑事は話を続けた。「奴はそうしていたんだ。雷雨の時は必ず庭に出て、谷の向こうをじっと見たものだ。雨などお構いなしだった。たとえ土砂降りでも。彼の関心はもっぱら憎悪だけだった。彼が座っている姿をよく目にしたものだ。村の巡査として、村を巡回して何も異状がないことを確認するのが私の職務だった。いいかね、私自身も雷雲が南からやって来て、丘に沿って流れる間――そういうことはよくあることだったが――雷雨の中を見回りすることもあった。私は落雷にあった家はないか確認したり、時々あったことだが、川下の家が洪水の被害を受けていないか見た。しかし、奴がやっていたように特定の家を見て、雷に打たれればいいと期待するのとは話が違う」

「その男が実際にそういうことをしていたと、どうしてわかったんですか？」私は尋ねた。

「いや、私にはわからなかった、あの当時は」リプリー老人は言った。「そのことについて何か意見が言えるほどにはわかっていなかった。だが、私はわかっていなければならなかった。奴の顔に浮かんだ悪魔のような表情と、激しい感情を湛えた邪悪な目を見れば、奴が何を企んでいるのかわかったかもしれなかった。後になって奴のあの顔つきを思い出して論理的結論に到達したのだ。当時は、奴が何か起きるのを待ち望んでいたことしかわからなかった。それが何かはわからなかった」

「そいつは狂人に違いないですよ」私は言った。

「狂人というほどではない」ジョン・リプリーは答えた。

「でも、そいつは何度も繰り返したんでしょう？」と私。

「雷雨の時は欠かさず」彼は言った。「庭に座って睨みつけるようにしていた。そう、まさに睨みつけていたんだ。いつも同じように見つめていた。丘に座っている奴を見て、私がどう思ったか話そう。奴を見ると、古い大聖堂の天辺に石で刻まれている悪魔が物静かな参拝者を羨んで見下ろすのを連想した。そう、庭に椅子を出して座っているのを見ると、奴はいつもそんな様子だった。その感情は目に表れていたが、そのことを奴は知らなかった」

「しかし、そいつは本気で自分の望んでいることを目にすることになると思ったんでしょうか？」私は尋ねた。「どの家であれ雷に打たれる可能性は数百万に一つといったところでしょう。何百万に一つですよ」

「それほど少なくはない」ジョン・リプリーは言った。

「そうなんですか？」

「ああ」彼は言った。「そして、或る夜のこと、実際に雷が落ち、奴の憎んでいた男は死んだ。村を巡回していて、通りかかった時にブリクスの目に表れた表情を私は見た。それだけで私を考えさせるのに充分だった。それが私の出世するきっかけになった」

「でも、家は落雷を受けたとおっしゃったじゃありませんか」と私。

「そうだ」老刑事は言った。

「それなら、ブリクスが手を下したはずがありませんよ」私は言った。

「ああいう連中が執念に駆られた時」彼は言った。「執念深い悪魔のような人間がどんなことをしでかしかねないか、君にはわかっていないのだ。憎悪というのは人を夢中にさせる感情で、それに取り憑かれた人間は他人が恋愛に注ぐ精力を憎悪に傾注する」

「だとしても、家に雷を落とすことはできませんよ」私は言った。

「そうだ」リプリー老人は言った。「その家に住んでいる男に雷を落とすこともな。奴が何をやったのか話そう。奴がやったと知っていたから、私は何とか発見することができたのだ。あの男の顔を見て、奴がジャッセン——それが被害者の名前だが——を殺したことに気づかなかったら、絶対に発見できなかっただろう。だが、私は奴が犯人だということを知っていたために、最初から事件の鍵を手にしていて、その鍵を使って事件を解決することができたのだ。さもなければ絶対に解決できなかった。それに、もちろん、すべて解決した後でなかったら、自分の疑惑を口に出すこともできなかっただろう。気が狂ったと思われたに違いない」

「ですが、その男は雷に打たれたという話でしたが」私は再び言った。

「奴が何をしたのか教えてやろう」リプリーは言った。「まず、相手の家に侵入したのだ。初めて殺人を計画して三年は経っているに違いないと言ったのは、そういう理由からだ。というのは、この三年間は、奴がやったようにジャッセン氏の家に侵入して、何時間か作業する機会はなかったからだ。ジャッセン氏が最後に家を空けたのは死の三年前だった。その時でさえも、家事をする使用人がいたが、何者かがその使用人にダンス・パーティーのチケットを送った。それが誰なのかわからないが、おそらくブリクスだろう。ダンスは五マイル離れた場所で催され、彼女は深更になるまで家に戻れなかった。奴にとって、その時が最高のチャンスだった。本当のところはわからないがね」

「ちょっと待った」私は言った。「被害者は雷に打たれたんでしょう？」

「そのとおりだ」リプリーは言った。「さて、このブリクスという男は或る夜、家に侵入し、避雷針を切断し、ジャッセン氏の寝室の壁に穴を開けた。寝室の外には避雷針からの銅線が通っていた。奴がやらなければならなかったのは、銅線を曲げて、奴の開けた穴に銅線を通し、ジャッセン氏の眠る、腰板に接するベッドの鉄製架台の脚と繋げることだった。いや、奴がやったのはそれだけじゃなかった。白い腰板に開けた穴にペンキを塗り、銅線の端の四分の一インチ足らずの部分を白く塗らなければならなかった。手際の良い仕事だった」

「しかし、誰も外の避雷針にできた切断箇所に気づかなかったんですか？」私は尋ねた。

「それをこれから話すところだ」リプリーは言った。「奴はその点にも注意を払った。ジャッセン氏の庭に梯子があって、それを使ったに違いない。少なくとも、われわれはそう見ている。奴は鉛板を持ってきて、正確に避雷針と同じ幅に切断して銅色のペンキを塗った。下から見ると、銅そっくりに見えた。それも見事な手際だった。ただ一点を除けば。誰も何も気づかなかった。しかし、避雷針は地面にではなくて、ジャッセン氏の眠るベッドの鉄製架台に繋がっていた。その状態が数年続いた。やがて、或る夜のこと、ブリクスの待ちに待った閃光が閃き、ジャッセンは死亡し、寝室は火事になった。その火事はジャッセンの使用人が、自転車で駆けつけたブリクスの助けを借りて消火した。そして、その時こそ、銅線が燃えた腰板から突き出していたら、引き抜く機会だった。しかし、すぐに大勢の人々が集まって消火に手を貸したので、壁に梯子を立てかける時間はなかった。しかし、他人に気づかれそうなことはなかったし、誰も気づかなかった。私は奴の顔に気づいていた。それだけだ。そして、私は奴が犯人だと知った。それがおおいに役に立った。そこで私は、奴と落雷にどんな関係があるのか調べ始めた。そして、私が最初に考えたのは、男と落雷に関係があるという考えは必ずしも荒唐無稽ではないということだった。というのも、避雷針を立てれば、或る程度まで落雷を制御できるからだ。やがて、ブリクスが何をしたのかわかった。自宅に座っていて、一瞬にして閃いたのだ。それでもまだ、上司には一言もしゃべるわけにいかなかった。捜査を先に推し進める証拠があるわけでも、いわんや動機もなかった。もちろん、動機は憎悪だった。奴の頭にあったのはそれだけだった。人間の悪意を法廷に引っ張り出し、それを証拠品として差し出すことはできない。しかし、私は捜査を続け、避雷針に細工した形跡があるのを発見した。それから私は報告書を書いた。捜査を先に進める証拠が集まったからだ。しかし、まだブリクスの有罪を立証するまでには長い道のりがあり、告発することも難しかった。

或る日のこと、私は美術館に行った。アイディアがどうやって閃くのか、奇妙なものだね。私は画家の大半が絵に署名していることに気づいた。ブリクスはペンキを塗った時に署名したんじゃないだろうかと私は思った。確かに署名していたんだ。銅線に似せてペンキを塗った鉛板に深く署名が刻まれていたんだ」

「署名ですって？」私は言った。

「それよりも良い物だ」老刑事は言った。「拇指紋だった。あればかりはごまかしようがない。さて、それも普通なら私の疑惑の助けにはならない。三年前のペンキが乾いていない間に誰がつけたともわからない指紋だ。しかし、それが役に立った。ブリクスが犯人であることは確信していたから、私がすべきことは奴の拇指紋を入手することだけだった」

「どうやって手に入れたんです？」私は訊いた。

「ま、そういうこととなると、こちらにもいろいろ手はある」老刑事は言った。「実のところ、一ダースも手に入った。

そして、われわれは奴を絞首台に送った」

それからリプリー老人は風鈴草に戻り、私は散歩を続けた。

ネザビー・ガーデンズの殺人

The Murder in Netherby Gardens

　或る日、ブラックフライアーズ駅から半時間後に出発する列車に乗ろうとして、私はロンドン東部を歩いていたのだが、イナーテンプル法曹学院のそばを通りかかった時、そこの事務所にいるチャールズ・スタンターを訪ねてみようかという気になった。彼と同時期にオール・エンジェルズにいた者で、彼のことをはっきり覚えている人間はいない。彼はそれほど目立たなかった。それはたぶん、他の人間が流星さながら、たとえ一瞬後に暗黒に包まれようとも、束の間、輝かしい光を放ってその才能を振りまき、人々の記憶に留まるのに対して、法廷であれほどの名声を勝ち得るのに役立つ実力を彼が出し惜しみしていたためだろう。今、忘れ去られた名前の数々を振り返ってみると、錚々たる人物たちだった。世間の聞いたことのない名前ばかりだから、名前などは訊かないでほしい。それでも、才気煥発の連中だったと思う。一つには彼らは若かった。しかも、中にはそれ以外のものを持ち合わせている者もいた。まあ、今ではそのうちの少数の名前しか話題にならないし、そういう才気煥発だった連中に混じるとチャールズ・スタンターは冴えなかった。今や彼の経歴はめざましく、彼の弁護した事件で敗訴したものは一件たりとも思い出すことができない。しかも、彼は難事件ばかり手がけ、その多くは殺人事件、正確には殺人と見なされた事件だった。

さて、私が彼に再会しようという気になって呼び鈴を鳴らし、メイドに中に通されると、暖炉のそばの安楽椅子にチャールズ・スタンターが腰かけていた。すると彼は立ち上がって、私に温かい歓迎の挨拶をしてくれた。

私たち二人は最初、オール・エンジェルズにおける昔話や、失われた多くの燦然たる野心について話した。それから私は言った。「君は何件も興味深い事件を抱えているんだろうね」

「いや、全部が全部というわけでもないよ」彼は言った。「中には退屈極まりない案件もある。しかし、こいつは面白いぞ」そして彼はずっしりしたアメジストのペーパーウェイトの下にある書類を指さした。「この事件は公共下水設備とそこに流される廃水に関係している。問題となっているのは水源で、それが丘と特定できれば依頼人は満足し、われわれの訴訟相手の会社が動力、つまり電力を得る目的で流れの向きを変えていることに対して、裁判所から差し止め命令を引き出すことができる。事件全体はチャールズ二世が特許状で保証した権利にかかっているんだが、相手はその権利をわれわれが有していることを知らない。極めて興味深い法律的問題が多数含まれた案件だ」

「殺人事件はあるのかい？」私は尋ねた。

「ああ、まもなく一件が始まる予定だ」

　その時、事務員が部屋に入ってきた。

「プローバー事件の書類はどこかね、スマージン？」彼は事務員に言った。

「こちらだと思います」スマージンは言った。

　彼はスタンターに乱暴な手書き文書の束を手渡し、それをスタンターが私に渡した。

「読んでみるかね？」

「どんな事件だ？」私は尋ねた。

「わかりきった事件だ」彼は言った。「読めばわかるよ」

「それはどうも」私は言った。「殺人なんだろ？」

「ああ」彼は答えた。「殺人だ」

「殺人事件というとぞくぞくするな」私は言った。「確かに君の下水事件も非常に興味深い案件だ。でも、ぼくは殺人事件に惹かれる。よくないことかもしれないが。だが、とにかく惹かれるようだ。これほど間近で殺人事件に接することができたのは初めてだ。君さえかまわなければ読んでみたいんだが」

「どうぞ。腰を下ろせよ」スタンターは言った。

「その椅子に座って楽にしたらいい」

私はそうした。素晴らしい安楽椅子で、暖炉の火が心地よかった。スタンターはテーブルの方に移動して腰を下ろすと、どこかの市の下水設備に関する書類の山に取りかかり、まもなくその事件に完全に没頭した。私は金釘流の手書きの厚い文書の束に取りかかった。次のような文章だった。

私は数年来の知己であるインカー氏に会いに出かけました。正確に言うと友人というわけではありませんが、かなり前からの知り合いだったのです。私の訪問の目的は、まったく個人的なもので、事件とは何の関係もありません。私はネザビー・ガーデンズ十八番の家に着くと、呼び鈴を鳴らしましたが、誰も応える者はいませんでした。私は何度も繰り返して呼び鈴を鳴らしましたが、誰も戸口に出ません。そこで私は、中庭のドアは鍵がかかっていないのではないかと思って、中庭の階段を下りると、確かに鍵はかかっていませんでした。私はインカー氏に会いたかったので、ドアを開けて中に入りました。家は無人のようでしたが、誰かがいることはわかっていました。実際、彼はいました。応接間に行くと、そこにはいませんでした。しかし、少し離れた小部屋から物音が聞こえ、そこに彼はいました。ドアを数インチと開けるまでもなく、彼の姿が目に飛び込んできました。しかも、彼は人殺しをしていたのです。ナイフを持って、人を殺していたのです。男は床に倒れ、彼の振り上げたナイフが血に染まっていることから、既に彼に刺された後で、私が見た時は再度突き刺そうとしているところでした。こういう光景を目撃した人は、嘘か本当か知りませんが、眩暈がしたと述べるのを新聞で読んだことがあります。私にはそういう効果はありませんでした。私に与えた効果は、これまで思いも寄らなかったほど頭の回転が速くなったことでした。そして、私が考えたのは、犯行現場を目撃された以上、彼がやることは一つしかない、それは私を殺すことだということでした。私が逃げ出して、彼に不利な証言をするのを止めなければなりません。そのことは即座にわかりました。そこで私は、まるで競争が始まったかのように部屋から飛び出して、踊り場に達しました。少しでも遅れたら、彼に捕まったでしょう。ドアに達する前に、彼が背後に迫っている音が聞こえました。彼は一言も発しませんでした。私も同じです。

踊り場から玄関ホールに下りる階段と上階に続く階段がありました。下りるのがいいのはわかりきっています。しかし、距離が詰まっていたので、掛け金のつまみを回してドアを開けて、外に出る時間的余裕はあるだろうか？　私は迷いました。それに彼は私に追いつく必要はありません。一ヤード近く離れた場所からナイフを投げることもできるのです。一つには時間がないと考えました。それに、彼がどれくらい迫っているかわかりませんでした。しかし、一つだけ確かなことがありました。下りるのはわかりきった方向でした。だから私は別の方向に向かったのです。

これは彼の予想しなかったことで、私は少しリードを広げました。彼が近づく前に余裕で寝室に着き、鍵をかけました。依然として彼は一言も発しません。私もでした。

家から脱出しないで、どうして寝室に向かったのか不思議に思われることでしょう。でも、私は計画を立てなければなりませんでした。向こう見ずにじたばたしても何にもなりません。私は計画を立てていませんでしたが、その部屋でじっくり計画を練るつもりでした。寝室は別室に通じていて、そのドアの鍵もかけました。それから外を眺めるために窓に近づき、そこから眺められるものを眺めました。しかし、そこから脱出する手段はありませんでした。そこで私は戻ってきました。彼はドアの外にいますが、取っ手を回しもしません。私が鍵をかけた音を聞いたのです。

やがて、ベッドの頭の所に電話があるのに気づきました。それ以上の物は望めなかったので、受話器を取りました。私が声を発する前に、彼が階段を駆け下りる音がしました。私が「もしもし」と二、三度言うと、相手が出ました。私は警察に繋いでほしいと言いました。ですが、返事は届きませんでした。電話が切れたのです。

彼が電話線をナイフで切断したに違いありません。次に何をしたらいいだろうか？とにかく、彼はドアの外にはいません。これ以上、彼が私の居場所とわかっている部屋にいても仕方がありません。そこで私はドアの鍵をはずして部屋を抜け出し、さらに高い場所に移りました。下に行くのはいけません。彼は私と玄関ドアの間にいます。上に行けば、屋根に上って逃げられるかもしれないと期待しました。そこで屋根裏に上りました。すると、そこは絨毯の敷いてない長い通路になっていて、途中に戸棚があるのを除けば障害物はなく、突き当たりで曲がって、窓からの明かりも届かない薄暗い場所に通じていました。戸棚はあまりにも見え透いた隠れ場所で、中の仕切られていない丈の高い戸棚で、私の姿をうまく隠してくれます。しかし、私はまだ見え透いたことはやっていないので、私が戸棚をやり過ごして通路の奥の薄暗い場所を目指したと思ってくれるかもしれないと思いました。どうしてこう考えたのかはわかりませんが、私は一瞬のうちに考えて、彼も同様に考えると思ったのです。どちらにとっても生きるか死ぬかのことでした。私が予想した彼の行動は、行き止まりまで行って、戻る時に戸棚を開けるということでした。まっすぐ戸棚までやって来たらまずいことになったでしょう。もしも彼がやって来たら、二枚の扉を乱暴に開けて逃げ出す予定でした。しかし、彼は通路の端まで行くだろうと予想しました。彼が来た時、最初はそうするものと私は思いました。ところが、戸棚を二、三歩通り過ぎてから、彼が向きを変える音が聞こえました。そこで、戸棚の扉を開けるつもりだなと思いました。実際には、彼は戸棚の前で立ち止まって耳を澄ませ、こちらには意表を突くしか助かる道はなく、私が扉を開け放って自棄になって逃げ出そうとした時、彼はすっと後戻りして階段を下りたのです。私は不可解でした。彼にはわかったはずだ。階段を下りてはいけないと自分に言い聞かせました。彼も、まるで何かを探し求めているかのように慌てていました。しかし、家にいるのは死んだ男、インカー氏の殺した人物を除けば、私たち二人だけでした。彼が私の居場所を完璧に摑んでいるという考えが私には浮かびませんでした。彼の足音が徐々に弱くなり、階段のはるか足元で消え入るまで耳を澄ませました。彼が何をするつもりなのか、私には見当が付きませんでした。私は絶えず彼の意表を突こうとしていたのです。今では、彼が私を驚かせようとしていて、それがどんな驚きなのか私は首をひねるしかありませんでした。家の中はしんと静まり返り、考える時間はたっぷりあり、邪魔をするものは何もありませんでした。私は彼がやりそうなことをいろいろ考えましたが、正解には至りませんでした。彼が何をするのか見当も付かなかったのは断言します。まるで思いも寄りませんでした。思い浮かばなかったのです。それがわかった時はショックでした。かつてない大きなショックでした。

これ以上、述べることはありません。彼が警官を連れて戻ってきたのはご存じでしょう。私はインカー氏の犯した殺人の容疑で逮捕されたのです。警官は戸棚の中に隠れていた私を発見し、外の床にナイフが落ちていました。彼が投げ捨てたのです。私は一度ならず、警部に指紋を調べるよう頼みました。ところが、指紋はないということとでした。私同様、インカー氏だってナイフを拭くことはできたはずだと私は指摘しておきます。しかし、警察は私の言うことに耳を貸そうとしません。

この暗い話を読み終わって私が顔を上げると、部屋は明るく、まるで薄暗い洞窟から陽光の下に抜け出し、ちょうどダンテが思い描いたような安堵を感じた。スタンターは依然として別の案件の書類に没頭し、ちょうど私がブラックフライアーズ駅で乗る予定だった列車のことをすっかり忘れたのと同様に、私がいるのを忘れて事件の込み入った点について沈思黙考していた。

「君はこの事件をどう思うんだね？」私は尋ねた。

スタンターははっとして顔を上げた。それから彼は言った。「完全に明白な事件だ。それが依頼人の事件だ。君の読んだ書類は、もちろん秘密にしておいてもらわなければ困るが、この事件に関する被告の供述書だ。弁護側の主張はすべてこれにかかっている」

「しかし、真相は何なんだい？」私は尋ねた。

「ああ、真相か」彼は言った。「それは陪審員の評決次第だな」

アテーナーの楯

The Shield of Athene

リチャード・ラクスビーがオール・エンジェルズを去る時、父親は失望すると同時に驚いたが、彼は自分の好きな職業を選ぼうと決心した。彼は息子の職業はいつも父親が決めていた家系の出身だったから、リチャードの父親にとって彼の考えはまったく新しいものだった。親戚の遺言によって、彼には生活するための資金は充分にあり、父親の決めた職業に就かなければならないという、圧倒的なまでのしきたりからひとたび抜け出すことができれば、意志を通すことは可能だった。そして、彼がしきたりから抜け出すと、当然ながら、一族がこれまで考慮していた数少ない職業以外のものを選んだ。「すべて、愚にもつかぬ探偵小説ばかり読んで時間を無駄にしたからだ」と父親は言った。というのも、名探偵になることが青年の並はずれた野心だったからである。

「どうやって開業するつもりなのかね？」その質問の論理的帰結として青年が計画を断念

することを期待して、父親は尋ねた。ところが、ラクスビー青年はどうやって仕事を始めるのかについて何も知らないからといって断念するような男ではなかった。彼がやりたかったのは、まず始めることだった。そして、父親が何と言おうと、始めてしまった。彼はロンドンにフラットを借り、報道されたあらゆる迷宮入り事件のことを読んだ。事件が解決され、犯人が裁かれると、その事件を捨てて、別の事件を探すのだった。もちろん、彼はあまり成功しなかった。以上のことはすべて、大戦の数年前のことで、戦争になると国家が父親のできなかったことをやって、有無を言わさず徴兵したのだった。

数年前から知り合いになっていたので、或る日、私は彼に会いに行った。すると、彼はフラットで夕刊を読んでいた。彼は私にタバコを勧め、私は新しい職業の景気はどうだいと尋ねたが、他意はなかった。彼が何と答えたか忘れたが、返答が何であれ、彼がまったく何もやっておらず、全警察を途方に暮れさせた犯罪事件を解決してスコットランド・ヤードに乗り込み、その功績で雇ってもらえないか頼むという彼の考えは子供っぽい夢以上のものではないことはまったく明らかだった。このことはどういうわけかとても明白になったので、ちょうど子供が美しいシャボン玉を吹いている時に針を持って現れた友人のように、私がフラットで遇されているような気がしてならなかった。そこで私は彼のもとを辞去し、しばらく会わなかった。やがて、或る日のこと、彼が電話をかけてきて、私は彼の声が聞けてとても嬉しくなった。というのも、故意にではないにせよ、私たち二人の仲が冷え込んだのは自分の責任のような気がしていたからだ。

「君は、ぼくがどんな景気か訊いていたね」彼は言った。

「君に気詰まりな思いをさせるつもりではなかったんだ」私は言った。「ただ訊いてみただけなんだ。他意はなかったんだ」

「かまわないさ」彼は言った。

「くだらない好奇心だったのさ」私は答えた。

「そんなことないさ」と彼。「でも、もしも足を運んでくれるのなら、聞かせたい話がある」

この会話で私をおおいに喜ばせたのは、彼の声がとりわけ明るく、彼のばかばかしい野心の虚しさを朦朧とした夢の世界の心地よい場所から白日の下に引き出すという、私の不粋な行為に恨みを抱いていないことが明らかだったからだ。「お茶に寄ってくれよ」と彼は言った。

私が不粋だったと感じていたのと同様に、彼の方でも少し冷たくしすぎたかなと思い、二人の関係を修復しようとしたのではないだろうか。彼が私に見せるような何らかの進歩を遂げたなどとは、私は想像していなかった。

その時は三時半になっていたが、四時十五分には彼のフラットに着いた。新聞が何紙も載った小さなライトテーブルを前にして、私が最後に見かけた時と同じ安楽椅子に彼は腰かけていた。しかし、今回はテーブルにアルバムが載っていた。彼は手を振って言った。「見ろよ」彼はアルバムを開いた。新聞からの切り抜きが所狭しと貼ってあった。「読みたまえ」彼は言った。

おしゃべりをしに来た時に物を読まされるのはいつだって面倒なものだ。しかし、私は自分の失策を償いたい一心で、一行残らず読んだ。彼とそのアルバムが何を語ろうとしているのか、私には皆目わからなかった。初めは、或る彫刻家の作品に対する批評だった。「不自然なポーズの不釣り合いな作品であり、リアリズム一辺倒だが、手は実物よりも小さく、足はどちらに向かうともわからず、脚というよりもズボンというべきだろう。現実にこのような肉体があったら、立っていられるか疑問である」

アルバムにある別の批評家も立像の脚を批判し、こういう言葉を書き連ねていた。「アードン氏のすべての像は、その顔に同じ恐怖の表情を浮かべている。表情は変わるが、恐怖はいつも同じだ。これに対して、これ以上控え目な評価はできない。不自然な作品であり、ひとえに彫刻家の退廃的な気分を反映している。この言い方が誹謗中傷というなら、誰でもいい、千人の顔を見て、そのどれか一つにでも、アードン氏の全作品にはっきりと見られる驚愕した恐怖の表情——この表現が適切だとして——が見られるか確かめたらいいのではないだろうか？」

私がラクスビーの椅子に深々と座って、アルバムを読みながらページをめくる間、彼は立ったまま私を眺めていた。読んだ批評は一ダースもあったに違いないが、いずれも同じことを述べていた。すると、いきなり、まったく別の切り抜きに行き当たった。こういう内容だ。「ミス・ジェイン・イングリーが火曜の午後以来、行方不明になっている。ヨークシャー警察は綿密な捜査を行ったが、彼女の消息はいまだ摑めていない」その切り抜きは、娘の所在について何らかの情報を持っている方は地元警察に電話連絡してほしいと世間に協力を訴えて結んでいた。ページをめくると、さらに娘に関する切り抜き記事があり、見た限りではもはや彫刻の批評記事はなかった。しかし、私がページをめくるのを見ると、ラクスビーはそこでさえぎって、私が幾らかほっとしたことに、こう言った。「今のところ、これ以上読む必要はないよ」

私は顔を上げた。

「その娘は兄に確認された」彼は言った。

「確認されたというと」私は言った。「生きているんだね」

「いや」ラクスビーは言った。

「娘に何があったんだ？」私は尋ねた。

「ぼくの野心がいつも何だったか、君は知っているね」彼は言った。

「君は探偵になりたがっていた」ぼくは答えた。

「違う」彼は言った。「ぼくは名探偵になりたかった。どんな職業に就いても平凡にやっていくことはできる。それだけは避けたかった。どんな職業でも一世代に一人や二人の偉大な人物を生み出すものだ。ぼくはその一人になりたかった。誤った職業を選択して、真珠採りに生まれた人間が煙突掃除人になるようなことをしたら、平凡な人間になるしかない。自分の職業は自分で選ぶものだと思っていた。その職業でチャンスが待っているような気がした。さあ、そのチャンスが到来したんだ」

私は、彼が単に自分の選んだかなり風変わりな職業の弁解をしているのだと思い、彼の言葉のすべてに無言でうなずくばかりだった。すると、最後の言葉に私は度肝を抜かれた。何か役に立つことができたということなのだろうか？　いったい何ができたのだろう？あのアルバムにはその説明になるようなことはなかった。私は尋ねるしかなかった。

「チャンスが到来したって？」私は鸚鵡返しに言った。

「そうなんだ」彼は言った。

「で、それは何なんだ？」私は尋ねた。

「さて、そこが厄介なんだ」彼は言った。「まだ何も証明できることはない。陪審員を説得できることは何もない。君が信じられることもない。どう説明したらいいのか自分でもわからないんだ」

「ああ、君の言うことなら信用するよ」と私。

「説明しておかねばならないが」と彼は続けた。「未曾有の事件、少なくともノルマン人の征服以来このかた起きたことがなく、その前も長く絶えてなかったことだ」

「で、どんな事件なんだ?」私は訊いた。

「それこそぼくが疑惑を抱いていることで、証明しなければならないことだ。でも、兄なら妹のことを確認できると君が思っていると見なしていいね」

「ああ、そうだよ」私は答えた。

「さて」ラクスビーは言った。「君がそのことを認めるなら、それ以上は求めないよ。それを認めるなら、あとのことは信じられるさ」

「もちろん、認めるとも」私は言った。

「それをね、ぼくはこの事件全体の拠り所にしているんだ」彼は続けた。

「兄が妹の身元を確認できるということを? それでは、ぼくの人の良さにつけ込むことにはならないな」と私。

「まあね」と彼。「だが、それ以上のことがあるんだ。事件の一部始終を話した方がいいな」

「話してくれ」と私。

彼は私の向かい側に腰を下ろして語り始めた。

「ジェイムズ・アードンは」ラクスビーは言った。「若い彫刻家だ。少なくとも本人はそう言っている。ぼくは綿密な調査、徹底的な調査を行い、どこであれ彫刻を学んだという事実をどこからも見つけ出すことができなかった。当人はギリシャで彫像を鑑賞して彫刻を学んだと言っている」

「その男はギリシャに旅をしたのかい？」私は尋ねた。

「そうだ」ラクスビーは答えた。

「今は何をやっている？」私は訊いた。

「ヨークにアトリエを借りている」ラクスビーは説明した。

「娘が失踪した土地だな」私は言った。

「そのとおり」ラクスビーは言った。

「そして、ここに批評の載っている像を制作したんだな」アルバムを軽く叩きながら私は言った。

「そうだ」ラクスビーは言った。「だが、彼がどこで大理石を入手したのか誰も知らない。彫像に使用された大理石はすべて同じ物、ギリシャの初期彫刻、プラクシテレス（紀元前四世紀のギリシャの彫刻家）以前の彫像に使われている物と同じだ。だが、ぼくには彼がどうやってそれをヨークシャーで入手したのか突き止めることができなかった」

「君はどうやって入手したと思うんだ？」私は尋ねた。

「さて、そこが」ラクスビーは言った。「事件全体の核心なんだ。君は信じないだろうな」

「兄が妹を確認できるかということと関係あるなら」私は言った。「きっと信じられると思うよ」

「それこそ」彼は言った。「事件全体が依って立つ根拠なんだ」

「話の腰を折ってしまったね」私は言った。「さあ、続けてくれ」

そこで彼は話を続けた。「彫刻家は彫像をボンド・ストリートに送り、何百という人間が見た。大勢の人間が本物の人間そっくりだと言った。人間そのもので、これまで彫刻家が到達できなかったことだと言った者もいる。しかし、批評家には不評だった。しばらくの間、かなりの話題になった。やがて、その話はすたれていった。すると、或る日のこと、ラグビーの試合を観戦しにヨークシャーから来た青年が、この展覧会に入場した。理由はわからない。予測不可能な偶然の一つに過ぎないだろう。そして、その中の彫像に失踪した妹の面影を見いだしたんだ」

「なるほど」私は言った。「彫刻家のモデルだったわけか。で、君は彼が娘を殺したと思っているわけだ。ま、警察よりも先に突き止めたことについては、おめでとうと言わせてもらうよ。ぼくはすっかり信じられるよ、君の語った一語一語をね。だけど、ぼくにわからないのは、未曾有の事件、ノルマン人の征服以来なかった事件だという点だね。何かで読んだ事件だが……」

「待った」ラクスビーは言った。「兄は妹の面影を認めた。しかし、兄の話では妹は誰であれ彫刻家のモデルになったことはないと言っている。妹がその男のことを知らないとは言えないが、それほどそっくりに似せるために必要なほど長時間にわたってモデルになったことはないと断言している」

「証人として」私は言った。「その兄は自己矛盾しているようだね」

「ぼくはそうは思わない」ラクスビーは言った。

すると、電話が鳴り、捜査に役立つ詳しい情報が届くことになっているんだと言いながら、彼は席を外した。そして、実際にそのとおりで、誰かがアードンのアトリエについて彼に情報を提供しているらしかった。それをきっかけに、私はラクスビーのフラットを辞去することにした。電話のそばを通りかかりながら、彼にそっと手を振ると、彼は肩越しに振り返って「ぼくの言ったことをじっくり考えてみてくれ」とだけ言った。

その夜、私は遅くまでそれについて熟考したが、何もわからなかった。一瞬、邪悪な途方もない考えが私の頭に影を落としたが、たちまち消え去ってしまった。だが、それこそ正解だったので、消えるに任せてはならなかったのだ。

ラクスビーは翌日電話をかけてきたが、その奇妙な事件のことはおくびにも出さなかった。しかし、またお茶に来るようにと誘ったので、中断した話の続きをしてくれるんだなということがわかった。私が到着し、彼が私をくつろがせ、お茶を注いでから真っ先に言ったのは「また何人か失踪したよ」という言葉だった。

「ヨークシャーで？」私は尋ねた。

「そう、ヨークシャーでだ」彼は言った。「だけど、どこへ行ったのか突き止められないんだ。中にはロンドンとか余所へ仕事を求めて行く者もいる。しかし、行方不明になったことは念頭に置かなくては」

やがて、昨日電話で中断された話に戻った。「娘はアードンのモデルをしたことがないという話だったね」私は言った。

「ああ」とラクスビー。「兄が断言している」

「それなのに完璧なまでに似ているんだね？」私は訊いた。

「まあね。兄が妹の面影を認め」彼は言った。「法廷に召喚されたら、宣誓したうえで、その彫像は妹のものだと証言する覚悟だという」

「アードンは彫刻を習ったことがないんだね？」私は続けた。

「ぼくは徹底的な調査を行ったが」彼は言った。「彼に彫刻を教えた人間はいない」

「それから、彼は大理石も輸入していないんだね」私はさらに続けた。

「そうなんだ」とラクスビー。

「国内の取扱店から買ったわけでもないんだな？」私は念を押した。

「あらゆる店を当たったが」彼は言った。「そのどれもが彼に大理石を販売していない」

「彼はギリシャを旅行したというが」私は言った。「大理石を持ち帰ったわけでもないのか？」

「そうだ」とラクスビー。

「もちろん、ヨークシャーで見つけたわけでもないんだな」と私。

「もちろんさ」彼は答えた。

「では、どうやって彼はジェイン・イングリーの大理石像を作ったんだ？」私は質問した。

「答えは一つしかない」彼は言った。

ラクスビーはたびたび私を驚かせることがあった。彼は相当な奇人だ。その時も私はびっくりした。「ぼくは自分の言葉を疑われたくない」彼は言った。「それに、君の礼儀正しさに甘えるのも嫌だ。何が起きたのか、君からぼくに語ってくれないか。大半の事実は君に話した。そして、わかり次第さらなる事実も君に話すつもりだ。君がぼくに真相を話すんだ。君は事実をチェックし、ぼくに答えを話す。彼がギリシャを旅行したことを忘れるな」

「古代の、それとも現代のかい？」私は尋ねた。あまりにも愚にもつかない、口に出した途端に後悔する質問だった。古代ギリシャを旅行することなどできようか？　私の脳裏に潜んでいた、形の定まらぬ不吉な想像のせいで、つい口にしてしまったに違いない。私は直ちにばかなことを言ってしまったと思った。それでも、その言葉が私に手がかりを与えてくれた。

「古代さ」ラクスビーは私が質問を撤回したり弁解する間も与えずに即答した。すると私の思考は地理や大理石の輸入といった考えから離れて、歴史をさかのぼり、伝説の時代に遊んだ。古代の伝説、暗黒時代の恐怖の中で、当時の人間はメドゥーサの頭（蛇の髪の毛を持ち、その顔を見た者は石に変わるとされた）とアテーナーの楯（ペルセウスは女神アテーナーから楯を借りて、メドゥーサの首をはねる）を見たのだ。

「メドゥーサの頭だ！」私ははっとして言った。

するとと、彼はうなずいた。

「だけど、そんなこと、どうやって証明できるんだ？」

「彼は楯を見つけたんだ」ラクスビーは言った。「ぼくらはそれを手に入れなければならない」

「いったいどうやって見つけたんだろう？」私は訊いた。

「それはわからない」ラクスビーは答えた。「でも、ギリシャは驚異に満ちている。パルテノン神殿を見ればいい。ミロのヴィーナスを。現代の彫刻と比べてみろよ。奇跡だよ。そのことを説明することから始めよう。古代ギリシャの人たちは人間の精神を顔から判断した。他のことだって同じじゃないか？　彼らはぼくらの理解を超えている」

「でも、ちょっと待てよ」私は言った。「メドゥーサの頭は肉体だった。女神アテーナーは楯にその頭を付けて、見た者を石に変えた。しかし、頭はいつまでも残っているだろうか？」

「そうさ」ラクスビーは言った。「ああいう不死のものには、ぼくらとは違うものが血液の中にあるに違いない。明らかにゴルゴーンたち（メドゥーサはゴルゴーンの一人）は腐敗しないんだ」

「では、ああいうのが存在すると君は信じるんだね」私は言った。

「信じるしかない」彼は答えた。「他に答えがあるかい？　彫刻を学んだことのない男、彫刻について何も知らない男が、批評家が何と言おうと、実物そっくりの、古代ギリシャ時代を除いて、これまで大理石に刻まれなかったような彫像を制作したんだ。君が今、この部屋から出て行って、何の勉強もしないで戦艦を建造するようなものだ。それに、ぼくは徹底的な調査を行った。ぼくだって怠けていたわけではない」

「でも、君はぼくに信じられないことを信じさせようとしている」私は言った。

「もう一つの仮説は信じられるのか？」

「いや、それも信じられないな」私は答えた。

「おまけに」ラクスビーは言った。「ぼくは君に何かを信じてくれと頼んでいるわけじゃない。君は一番もっともらしいことを信じなければならない。君が何を信じるか、ぼくにどうこうできるものではない。それに、君だってそれは同じだろう」

「彼はヨークで大理石像を見つけたのかもしれない」私は言った。「かつてはローマ時代の軍事拠点になっていた土地エボラクムだったから」

「そのとおりだ」ラクスビーは言った。「しかし、娘の兄に見覚えがある細々した装身具を身につけ、やはり兄の確認した現代的ドレスを着た現代女性の像は出ないだろうな」

「そんなことが可能かな?」私は尋ねた。「ドレスや装身具を大理石に変えることが」

「君がメドゥーサの頭のことを言ってるなら、可能だよ」ラクスビーは言った。「娘と、その時に体に触れていた物はすべて。彼の彫像はいずれも、大理石のドレスと上着で完全に身を包んでいた」

「そうか」私はつぶやいた。

「それとも、こちらの方が信じられるというのかい」彼は続けて言った。「彼は必要な時にはいつでも、ヨークシャー・ムーアズ(イングランド中部の荒野地帯の俗称)の何もない所から大理石を拾い上げて、何の訓練も受けていないのに完璧な彫像を作り出すという仮説だ」

「いや」私は言った。「君の言うとおりなんだろう。彼はアテーナーの楯を発見したんだ。もしかしたら、群生したアネモネの間から端が突き出しているのを見つけて、掘り出したのかもしれない。しかし、彼がそれを見たとしたら、石に変わってしまうしかないんじゃないか? 伝説ではそう語られている。しかし、他に彫像を作る方法が見つからなかったら、信じるしかない」

「他に方法があり得るかね?」ラクスビーは言った。

「それなら、彼が楯を発見した時、どうして石に変わるのを避けることができたんだ?」

「表が下向きだったに違いない」彼は言った。「そして、彼が取っ手を摑んで持ち上げた時、たぶん山羊か何かがそれを見て石に変じ、彼はそれが何なのか知ったんだ。そうすると、男は相当慎重だったことになる。さもないと生きていないからね」

「おかしいよ」私は言った。

「それを言うなら」ラクスビーは言い張った。「もう一つの仮説だって同じさ。何の教育も受けていない彫刻家が大理石のないところから彫刻を作るなんて」

「ああ、それはぼくも信じられない」私は言った。

「ま、それを聞いて嬉しいよ」ラクスビーは言った。「これで仕事にかかれる。何をやるべきだろう?」

「君さえよければ、彼のアトリエを見てみよう」私は言った。「何とか入り込んで、客観的な見方、何なら法廷で君を支持する証拠を見つけ出すよ」

「いや、それはだめだ」彼は言った。「あそこには一つしか見るべき物はない。それに、君がそれを見たら……」

そして、数秒間、私たちは無言だった。

やがて、ラクスビーが口を開いた。「君が立派な彫像になるとは思えないな」

「でも、ぼくは目を閉じていることにするよ」と私。

「それじゃあ何も見えないぜ」とラクスビー。

それは明白だった。しかし、私は自分の考えを諦めるつもりはなかった。

そこで私は言った。「ペルセウスは鏡を使ったんじゃなかったかな？」

「いいか」ラクスビーは言った。「あの男は自分の首を守らなければならない。君が鏡を持って入るのを見たら、たちまち君の意図を見抜いて、君は険悪なもてなしを受け、運が良くてもたちまち追い出されるだけだ。もう一つ言っておこう。ペルセウスがゴルゴーンの首を取った時に使った三千年前の鏡は、ぼくたちの鏡のようにガラス製ではない。金属を磨いた物に過ぎず、ペルセウスはあまりよく見えなかったはずだ。現代の鏡だと、たぶん意外な所からの反射で君は石になってしまうかもしれない。証人になってもらうのは嬉しいが、君を派遣するわけにはいかない」

さて、私たちはこのように議論を続け、話せば話すほど、私は意地になってきた。「リヴォルヴァーを持っていくよ」私は言った。

「お願いだから、そんなことは考えないでくれ」ラクスビーは言った。「そんなことをされたら、何が君の身を守れるのか、ぼくには確証がない。リヴォルヴァーを携帯するのは違法だし、生命を脅かす目的で武器を持ったら、君は刑務所行きだ。そういうことなんだ。そんなことに関わり合ってはいけない」

「彼は丸腰で近づくには物騒な人間に違いない」と私。

「まあそうだろう」とラクスビー。「だけど、法はそんなことはお構いなしだ」

「どうして彼はあんなことをしたんだろう？」

「芸術のためだったら何でもやる人間はいる」とラクスビー。「そのことはぼくにも理解できる。だが、この男は芸術のことは何も知らないが、芸術家と見られるためだったらどんなことだってやりかねない。彼のは安っぽくてその場しのぎの方法だ。カメラのシャッターを切る方が芸術的で、モラルの面ではるかに優っている」

「ぼくは彼に会いに行くよ」私は言った。

私はすでに決意を固めており、ヨークの目抜き通りを見下ろす彼のアトリエの住所をラクスビーから聞き出した。

「君が危険を冒すのは気に入らないな」とラクスビーは言った。「しかし、ここだけの話、ぼくたちは多くの人命を救うことになるかもしれない。ぼくは一人では何もできなかった。ぼくは狂人扱いされて監禁されるだけだっただろう」

「それじゃ、ぼくは行くよ」

「君は冒険好きだな」ラクスビーは言った。「それから、いいか、あの楯は当然隠してあるだろう。彼が戸棚やカーテンの方に向かう様子を見せたら、目を閉じて逃げ出すんだ。そうすればだいじょうぶだろう」

そして、その時が来て私がやったのはまさにそれだった。あの男は既に少なくとも半ダースの彫像を作り上げており、そろそろやめさせなければならない頃だった。ラクスビーと私は座ってタバコをくゆらしながら、計画を練っていたが、特に役に立つ計画はできなかった。すべて私がアトリエで何を見つけるか次第だった。

さて、私はラクスビーのもとを辞去し、ヨーク行きの列車に乗った。ステッキ以外に武器は持たず、しかも愚かなことに私は一番軽くて華奢な木でできたステッキを持っていったので、護身用にもならなかった。それでも、私の身を守ってくれたのはそのステッキだったと思う。私が駅から通りを歩いてアードンのアトリエのドアをノックすると、出たのは当人だった。私は彼に展覧会を見たこと、実物そっくりなことに感銘を受けたことを告げ、自分の等身像を制作してもらえないかと頼んだ。すべて、戸口とむさ苦しい階段の間の通路での出来事だった。私たちが階段にたどり着いた時、私が彼の家に入った口実のことを彼が本気にしていないことがわかった。薄暗い中でどうしてわかったのか自分でもわからない。むしろ、感覚的にわかったに違いない。

階段を上りきった所にドアがあり、アトリエの明かりの中に飛び込んだ。彼が案内をぐずぐずしていたので、私が先に立って階段を上る格好になった。アトリエに入ると、彼はくるりとこちらを向いた。手玉に取れる相手ではないことはすぐにわかった。もちろん、私はそれをやっていたのだ。部屋はきちんと片づいていた。床には削りかす一つ落ちておらず、槌も鑿も見えなかった。せめて鑿の何本かは買っていたかもしれないと思っていた。しかし、自信があったためそんなことに頓着しなかったのだろう。部屋には大理石像が一体立っていた。普通の現代的な服を着た、普通の青年の像で、大理石の顔にはアードンの全作品に共通する異常な恐怖の表情を浮かべていた。私自身が同じ恐怖の表情を浮かべて、いつ大理石の塊になるかもしれないと感じた事実にも増して、私はそれを見てぞっとした。

私が戸棚やカーテンを探してきょろきょろすると、すぐそばに戸棚が目に入った。

「ご要望は何でしたか?」アードンが言った。

しかも、彼は即座に返答を要するような口調だった。しかし、私の目は恐ろしい大理石の顔に張り付いたまま、返事の言葉が見つからなかった。アードンは私が彫像の顔を見た時、私の表情を見ていた。彫像の顔の恐怖が部分的に私の顔に乗り移ったのだろう。アードンはそれを見て、私の疑惑に気づいたに違いない。返答を待たずに、彼は即座にくるりと体を回すと、戸棚に向かった。外からは駅に出入りする自動車の音が絶えまなく聞こえてきた。中ではアードンが戸棚の扉を開ける音がした。戸棚と大通りを挟んで三千年の時が横たわっていた。私はすぐに身を翻してドアを一瞥すると、目を閉じ、家を出てずっと遠くに来るまで目を開けなかった。私は片手でステッキを握ったまま、両手を壁に付けて、ドアまで手探りで進み、ドアにたどり着くと、すり抜けた。一瞥したのが役に立ったが、外に出るとこれまで以上に難しくなった。何度か私はほんの一度だけ薄目を開けて、階段全体を見渡したい誘惑に駆られたが、そうすることは同様にメドゥーサの頭を見ることになる。アードンは私のすぐ背後に迫っていたから、楯を持っていることがわかった。彼が戸棚から取り出した時に扉に当たる音がした。それに、もちろん、目を閉じて慣れない階段を下りる私よりも、彼は二十倍も速く動けるのだ。

　彼の犯したミスは、私の頭を殴らなかったことだ。楯の端とか何かで殴れたはずだ。そのことを気づかせたくなかったので、頭を守るために手をかざしたくなかった。階段を下りる間、首のあたりにアードンの温かい息さえ感じ、いつ殴られても不思議ではなかった。彼は一言も発せず、私はドアにたどり着いて、依然として彼はすぐ背後にいた。するとその時、私は冷たくて背筋の凍るような冷気を顔に感じ、彼が私の肩越しに楯をこちらに向けて差し出したことがわかった。もちろん、彼がそうしながら顔を背けたに違いないことがわかっていた。それで私は大通りに面したドアを開ける――私の手首を摑めば容易に阻止できたかもしれないのに――時間的余裕ができた。しかし、彼は仕事をメドゥーサに任せ、私は目を固く閉じていたので、メドゥーサは役目が果たせなかった。

　どんな犯罪者も自分のやり方に固執すると言われる。例えば、或る男は女を浴槽で殺し、浴室に入らなければ女は安全だ。彼が私の頭を殴ることもできたのに、私の命を救ったのはその種の特異性だと思う。ドアを開けると、新鮮な冷たい空気が顔に当たったが、メドゥーサから頬に感じた背筋の凍るような冷気ではなかった。まだ安全ではなかった。彫刻家の戸口に彫像があっても場違いではない。もうやったが、誰も気づかなかったのかもしれない。次に彼は何をするのだろう？　大通りで目をつぶったまま、私に何ができるだろう？　すると、いきなり名案が閃いた。目をつぶっていなければならないなら、そうするしかない。盲人のように歩いて、盲人の受ける援助と慈悲に頼るんだ。私はまっすぐ往来に出て、盲人がやるように、足元の道をステッキで突きながら進んだ。メドゥーサを見ることになりかねないので、自動車が近くに来たかどうか確認するために目を開けることは一瞬たりともなかった。冷気を漂わせた楯が顔のそばにあることはわかっていたが、私は耳を澄ませ、とにかく十ヤード以内に自動車は一台もいないことを確かめると、ステッキを突きながら歩き続けた。そして、それがうまくいった。

一、二度、ブレーキの軋む音が聞こえ、やがて交通の流れは穏やかになり、私は無事道路の中央までたどり着いた。既に反対車線の交通は収まっていて、私は通りの向こう側に渡ることができた。すぐに、車の流れが再開した。アードンにとっては早すぎればいい、と私は思った。だが、私には何とも言えない。私は左折し、舗道にステッキを突きながら、依然として目を閉じたまま、駅に向かった。まもなく、一本の腕が私の腕を取って交差点まで引っ張っていった。もちろん、アードンではないという確信は持てなかった。だが、私に話しかけたのは実直なヨークシャー人の声だったので、私はその親切な人に礼を述べた。私がもう少し先まで先導してくれないかと頼むと、彼は駅までずっと導いてくれた。アードンが敢えて駅であれを使うとは考えなかったが、運を天に任せる気にはならなかったので、ヨークを発つまで絶対に目を開けなかった。ポーターが私を客車まで案内してくれた。

　結末がどうなったか知りたいだろう。私はラクスビーの所に戻り、すべてを彼に報告すると、彼は警察に通報し、この奇妙な話について互いに裏書できるように私も同行した。警察は初め私たちを不審の目で見て、そっけない態度を取り、私たちの住所を書き留め、また出直すように言った。そして、翌日、再び出向くと、私たちがいる間に警察の態度が一変したことに気づいた。電話でヨークにいる警察官から知らせが飛び込んだのだった。すると、警察は丁重極まりない態度になった。何があったかというと、私が訪問した後、アードンは何者かに露見したと悟った。ラクスビーと私は警察に不審の目で見られたが、警察はヨーク署に調査するよう連絡し、警察官がアードンのアトリエを訪ねた。アードンは警察官の姿を見ると逆上した。彼は現存するいかなる彫刻家もかなわない――そもそもそんな彫刻家がいるとしての話だが――異常なリアリズムと恐怖の彫刻コレクションに、また一つ警察官の彫像を加えた。やがて、彼は万事休すと観念し、アテーナーの楯を取り上げて、表を向けてメドゥーサの顔を真っ向から見た。彼は、そして楯も石と化した。立像は一度ならず公開された。大理石と変じた楯は今ではまったく無害だ。奇妙な白い立像のことを覚えている方もいるだろう。カタログでは『楯を試す青年』と題されていた。

ファンタジーの巨匠が残した唯一のミステリ作品集

探偵小説研究家
真田啓介

本書は、アイルランドの作家ロード・ダンセイニの手になるミステリ短篇集 *The Little Tales of Smethers and Other Stories*（一九五二）の全訳である。

作者は本名をエドワード・ジョン・モアトン・ドラックス・プランケットといい、一八七八年生れ、一九五七年没。ダブリン郊外に中世から建つダンセイニ城に住まう男爵家の第十八代当主で、貴族の称号を筆名とした。英国のイートン校及びサンドハースト陸軍士官学校を卒業し、ボーア戦争と第一次世界大戦に従軍したが、人生のかなりの時間は狩猟や旅行、クリケット、チェスなどの趣味に費やされた。特にチェスは、当時の世界チャンピオンと対戦して引き分けたこともあるほどの腕前だったという。

そうした多彩な活動の合間を縫うようにして短期間に集中的に書かれた著作は、小説のほか戯曲、詩集、エッセイ、自伝など六十冊にも及ぶ。その中心を占めるのは、創作神話

『ペガーナの神々』(一九〇五)以下の短篇集と『影の谷物語』(一九二二)、『エルフランドの王女』(一九二四)等の長篇からなる幻想小説群で、「私は肉眼で見たものについて書くことは決してない。夢みたことについてだけ書く」という作者の言葉が端的に作品の本質を示している。これらの作品により作者は二十世紀のファンタジーにおける真の巨人の一人とみなされているが、H・P・ラヴクラフト、フリッツ・ライバー、アーシュラ・K・ル・グィン、レイ・ブラッドベリ、稲垣足穂ら錚々たる顔ぶれの作家たちに多大な影響を与えた事実からしても、その存在の大きさがうかがわれよう。

一九三〇年代以降は作風に変化が見られ、幻想的・神秘的な色彩は薄れて、より現実的な世界を舞台にした小説――ロンドンのクラブでウィスキー片手に法螺話を語るジョゼフ・ジョーキンズのシリーズや、本書にまとめられた短篇ミステリなどが書かれた。作者のミステリ作品はこれ一冊にとどまるから、分量の点ではこのファンタジーの巨匠にとって余技であったと見るほかないだろう。だが、この一冊でロード・ダンセイニの名はミステリ史にも残ることとなった。

実作のほか評論研究にも力を注いだエラリイ・クイーンは、その充実したコレクションと鋭い鑑識眼に基づいてミステリ短篇集の殿堂を築き上げた。一九五一年刊の『クイーンの定員』(*Queen's Quorum*)は、エドガー・アラン・ポオの『物語集』(一八四五)以降一九五〇年までの間に出版された膨大な数の短篇探偵／犯罪小説集のうちから、百六冊の最重要書目を選定し、それらを中心に短篇ミステリの歴史を綴った本である。一九六九年に刊行された増補版では十九冊が追加され、計百二十五冊が〈定員〉となった。

本書『二壜の調味料』は、そこに百九番目の席を与えられたことにより、ミステリ史における里程標的作品の一つとみなされるに至っている。

クイーン曰く、「この本は宝の庫だ――二十六篇もの犯罪と探偵の物語が収められており、それらはすべてロード・ダンセイニの魅力と機知、そして独特の文体によって輝いている。初めの九篇はリンリー氏の功績を記録しており、その中には（著者自身の本としては初めて）あの非の打ちどころなき現代の古典「二壜の調味料」が含まれている。」

「著者自身の本としては」とあるのは、「二壜の調味料」が最初に収められた本は一九三四年刊の *Powers of Darkness* と題するアンソロジーだったから（初出は一九三二年十一月の《タイム・アンド・タイド》誌）。クイーンも、アメリカの本としては最も早く、一九四一年にアンソロジー *101 Years' Entertainment* で同作を紹介している。「二壜の調味料」は、本書に収録される以前からもうアンソロジー・ピースとなっていたのだ。

本書が〈定員〉に選定されたのは、その刊行年（一九五二年）からして当然、『クイーンの定員』の元版（五一年刊）ではなく増補版においてのことだったが、そのことは既に元版で予告されていた。元版では一九三三年発表のヒュー・ウォルポール「銀の仮面」についてふれた後、「二壜の調味料」を取り上げてその来歴を詳しく紹介し、リンリー物をまとめた短篇集が刊行されたら、「言うまでもなくこの本は〈定員〉に選ばれることになろう」と述べている。その時点でクイーンはリンリー物の続篇を読んではいなかったようだが、最初の一話だけで十分にその価値があるから、と。

クイーンによれば――ロード・ダンセイニは、人々が彼の繊細な物語よりぞっとするような殺人の物語を好んで読むと知って興味をそそられ、彼らを存分にぞっとさせられるような物語が書けるかどうか試してみる気になった。その結果生み出されたのが「二壜の調味料」だというのである。

こんな話――金持ちの若い娘の家に男がやってきて同棲を始めたが、男が金を手に入れると娘の姿が見えなくなった。男が殺したとしか思われないが、死体をどこにやったのかが分からない。男は家の庭にある木を切り倒し、薪にし始めた。何日もの大変な肉体労働の結果たくさんの薪の山ができたが、それは一本も使われていない。探偵役のリンリーは、男が買った二壜の調味料の手がかりから恐るべき真相を看破する……。

結末はたしかにぞっとさせられるものだが、読後受ける感じはそれにとどまらない。真相は読者にあからさまには告げられず、最後の一行、「しかしなぜあの男は木を切り倒したんでしょう？」という警部の質問に対するリンリーの答えによって暗示される。その何げない答えの意味が脳裏に浸透するとき、読者は衝撃と恐怖と笑いがゴッチャになったような、何ともいえぬ感じを経験することになるだろう。

江戸川乱歩は、この独特の味わいを「奇妙な味」という言葉で表現した（『幻影城』所収「英米短篇ベスト集と「奇妙な味」」）。もっとも、乱歩自身これに明確な定義を与えてはおらず、「二壜の調味料」のほか、ロバート・バーの「健忘症連盟」、ウォルポール「銀の仮面」、トマス・バーク「オッタモール氏の手」などの作例をあげ、その内容を紹介しながら個別にその味を指摘するにとどまっている。「二壜の調味料」の場合だと、「平然としてあどけなく、ユーモラスに行われる極悪、原始残虐への郷愁というようなものがテーマになっている」というのだ。チェスタトンについて言われている「ヌケヌケとした、ふてぶてしい、ユーモアのある、無邪気な残虐」といった言葉も重ね合わせてみると、何となくその感じがつかめてくる。

これを「奇妙な味」とは絶妙のネーミングだが、本書を紹介する際この言葉に寄りかかり過ぎてはなるまい。「二壜の調味料」以外の作品には、乱歩が言う意味での奇妙な味はほとんど感じられないのだから。

本書の前半三分の一を占めるリンリー探偵物九篇は、第一話が異色ではあるけれども、全体としてはユーモア・ミステリの連作ととらえるのが適当だろう。

「軽業師のように鍛え抜かれ、鳥のように敏捷な頭脳の持ち主」であるリンリーと、彼に心酔している調味料の訪問販売員スメザーズのコンビが、ホームズとワトスンをモデルにしているのは明白である。このジャンルの専門作家ではない作者がミステリを書こうとしたとき、偉大なる先達に範を仰いだのは自然なことだろう。彼らがルーム・シェアをするくだりがそれだし、スコットランド・ヤードがお手上げになった事件に乗り出す設定もおなじみのものだ。リンリーの「何が重要になるかわからないのだよ。メイドが掃き出した一本の画鋲が一人の人間を絞首刑にするかもしれない」というセリフはホームズの発言であってもおかしくないし、クロスワードの解答から犯人の特徴を推理するやり方なども、そのこじつけ気味の印象も含めてホームズ風だ。

しかし、リンリーの言動には往々にしてシャーロックというよりシュロック・ホームズ——ロバート・L・フィッシュによる最も成功したホームズ・パロディの主人公——を思わせるところがあるのも事実だ。リンリー物をユーモア・ミステリないし広義のホームズ・パロディと見ても、あながち的外れとはいえないだろう。

このシリーズの楽しさを支えているものとして、スメザーズの愉快な語り口も忘れてはならない。原題にいうとおり、何よりもこれらは「スメザーズの物語」（The Little Tales of Smethers）なのだ。彼の単純だが誠実な人柄（これもワトスン譲り？）が物語の印象にあたたかみを添えている。

その他の作品のうちには、巧みに盲点をついたパズル小説、人間性の一面を浮き彫りにした犯罪小説、騙りと裏切りのスパイ物、読者に判断を委ねるリドル・ストーリー風の作品、さらにはＳＦないし幻想小説の領分に踏み込んだものもあってヴァラエティに富むが、いずれもユーモアを基調とし、一抹の幻想味をたたえている点が共通している。

さて、この解説を先に読んでこられた方は、さっそく本文に取りかかっていただきたい。極上のネタを仕込み、ユーモアと幻想で味つけした一品料理が二十六皿。これらを賞味するのに、調味料はいらないはずだ。

本書は、二〇〇九年三月にハヤカワ・ミステリ
として刊行された作品を文庫化したものです。

2分間ミステリ

ドナルド・J・ソボル 武藤崇恵 訳

Two-Minute Mysteries
by Donald J. Sobol
早川書房

2分間ミステリ

Two-Minute Mysteries

ドナルド・J・ソボル

武藤崇恵訳

銀行強盗を追う保安官が拾ったヒッチハイカーの正体とは？　屋根裏部屋で起きた、首吊り自殺の真相は？　一攫千金の儲け話の真偽は？　制限時間は2分間、きみも名探偵ハレジアン博士の頭脳に挑戦！　事件を先に解決するのはきみか、博士か？　いつでも、どこでも、どこからでも楽しめる面白推理クイズ集第一弾

ハヤカワ文庫

海外ミステリ・ハンドブック

早川書房編集部・編

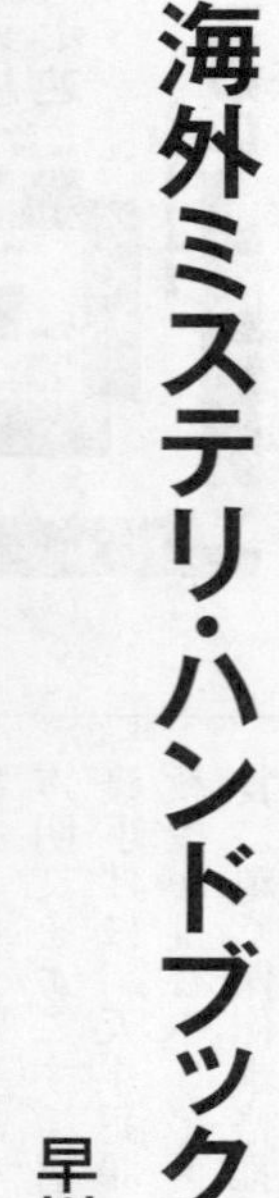

10カテゴリーで100冊のミステリを紹介。「キャラ立ちミステリ」「クラシック・ミステリ」「ヒーロー or アンチ・ヒーロー・ミステリ」「〈楽しい殺人〉のミステリ」「相棒物ミステリ」「北欧ミステリ」「イヤミス好きに薦めるミステリ」「新世代ミステリ」などなど。あなたにぴったりの〝最初の一冊〟をお薦めします！

訳者略歴　1957年生，東京大学卒，東京大学大学院修了，埼玉工業大学教授

HM=Hayakawa Mystery
SF=Science Fiction
JA=Japanese Author
NV=Novel
NF=Nonfiction
FT=Fantasy

二壜（ふたびん）の調味料（ちょうみりょう）

〈HM444-1〉

二〇一六年十一月二十五日　発行
二〇一七年　七　月　十五　日　二刷
（定価はカバーに表示してあります）

著者　ロード・ダンセイニ
訳者　小林晋（こばやし すすむ）
発行者　早川浩
発行所　株式会社 早川書房
郵便番号　一〇一 - 〇〇四六
東京都千代田区神田多町二ノ二
電話　〇三 - 三二五二 - 三一一一（大代表）
振替　〇〇一六〇 - 三 - 四七七九九
http://www.hayakawa-online.co.jp

乱丁・落丁本は小社制作部宛お送り下さい。
送料小社負担にてお取りかえいたします。

印刷・星野精版印刷株式会社　製本・株式会社川島製本所
Printed and bound in Japan
ISBN978-4-15-182401-2 C0197

本書は活字が大きく読みやすい〈トールサイズ〉です。